Brigitte Kanitz

Mister Dream

Achterbahn der Gefühle

Für Alice und Virginia.
Ich wünsche euch traumhafte Küsse mit den coolsten Typen dieser Welt!

MIX
Papier aus verantwortungsvollen Quellen
FSC® C014496
FSC www.fsc.org

5 4 3 2 1

ISBN 978-3-649-66892-3

Hafenweg 30, 48155 Münster

Text: Brigitte Kanitz
Covergestaltung: Elsa Klever, Anna Schwarz
Innenillustrationen: Elsa Klever
Lektorat: Frauke Reitze
Satz: Sabine Conrad, Bad Nauheim
Printed in Germany
www.coppenrath.de

Das @book erscheint unter der ISBN 978-3-649-67072-8.

Brigitte Kanitz

MISTER DREAM

Achterbahn der Gefühle

Band 1

Mit Illustrationen von Elsa Klever

COPPENRATH

1

Küss mich, Colin!

Die Wolke plumpste nach unten. Ich hätte darauf gefasst sein müssen – war ich aber nicht. Der Fahrtwind zerrte an meinen Haaren, krampfhaft klammerte ich mich an den Sicherheitsbügel. Ich bekam kaum Luft. Noch ein paar Sekunden und die Höchstgeschwindigkeit war erreicht.

Jetzt! Jetzt! Jetzt!

»Küss mich!«, rief ich.

Colin gehorchte.

»Emma, sweet Emma«, flüsterte er, bevor er seine Lippen sanft und zärtlich auf meine legte.

Sanft und zärtlich?

Na ja. Nicht ganz.

Sein Mund stieß so heftig gegen meinen, dass ich bestimmt eine Lippenprellung bekam, falls es so etwas gab, und unsere Zähne trafen mit einem knirschenden Geräusch aufeinander. Ich glaube, es flogen sogar Funken.

Egal.

Toller Kuss, toller Typ! Bei über hundert Stundenkilometern auf der Achterbahn keine schlechte Leistung.

Ich schwebte im siebten Himmel. Oder zumindest: in der Achterbahn im Himmelspark.

Colins meergrüne Augen hüpften vor meinem Gesicht auf und ab, nachdem er seinen Mund mit einem »Plopp!« von mir gelöst hatte.

»Halt dich an mir fest, Baby!«

Verliebt wollte ich meinen Blick in seinen versenken; war bloß schwierig, weil der Wolkenwagen heute besonders heftig ratterte und wir hin und her geschleudert wurden. Mein Magen hob sich, und Colins Augen wirkten jetzt wie Murmeln, die jemand ständig in die Höhe warf.

Hilfe!

Mit aller Kraft wünschte ich mir den romantischen Moment zurück. Und wenn ich mir dabei die Vorderzähne ausschlug! Das war's wert. Wer drei Jahre lang auf den ersten Kuss von seinem Traumtypen gewartet hatte, der durfte das verlangen.

»Küss mich!«, rief ich wieder.

»Ich knall dir gleich eine!«

Was?

»Colin, sag mal, spinnst du?!«

»Nix Colin. Lilli.«

Der Wagen ratterte noch stärker. Oder war es eher ein Rütteln? Ein wildes Schwanken?

Etwas traf mich an der Schulter.

»Aua!«

»Ich roll dich aus dem Bett, wenn du jetzt nicht ganz schnell klar in der Birne wirst. Und hör auf, so zu schmatzen!«

Okay, das reichte. So redete kein verliebter Traumtyp, so redete wirklich nur eine: Lilli, meine beste Freundin. Eventuell auch meine neue beste Feindin.

»Ich schmatze nicht, ich küsse, und zwar Colin«, erklärte ich so würdevoll wie möglich.

»Häh?«, machte Lilli. Sie rüttelte weiter und boxte wieder gegen meine Schulter.

Langsam wurde mir wirklich schlecht und so halbwegs wachte ich auf. Leider.

»Ich hasse dich!«, stieß ich aus und bekam große Lust, meine Freundin zurückzuboxen. »Du hast mir den Traum meines Lebens zerstört!«

»Den Traum vom Kuss mit einem Typen, den es nur in deinen Träumen gibt? Cool.«

Hm. Dagegen konnte ich nicht viel sagen. Allerdings bedauerte ich zum ungefähr tausendsten Mal, dass ich Lilli in einem schwachen Moment mein Geheimnis anvertraut hatte. Auf der anderen Seite war ich schon genauso oft froh darüber gewesen, weil es wenigstens *einen* Menschen gab, der eben dieses Geheimnis kannte und mich *nicht* für verrückt erklärte.

Höchstens ein klitzekleines bisschen. Meine beste Freundin galt zum Glück selbst nicht unbedingt als die Vernunft in Person, einige Leute fanden sie sogar leicht durchgeknallt. Deshalb hielt sie meistens brav die Klappe und akzeptierte mich so, wie ich war. Samt dem traumhaften Colin.

Ich blinzelte vorsichtig und entdeckte Lillis rundes Gesicht mit der Stupsnase direkt vor mir.

Ihre Augen waren nicht meergrün wie die von meinem Mister Dream, sondern haselnussbraun, genau wie ihre Haare. Außerdem war Lilli klein, kaum eins sechzig groß, während Colin mich selbstverständlich locker überragte. Und das war in meinem Fall eine echte Leistung. (Eine Leistung meiner Fantasie, natürlich.)

Lilli erhob sich von meiner Bettkante und ihre leicht pummelige Figur geriet in mein Blickfeld. Okay, wenn ich sie bis gerade noch im Halbschlaf mit meinem sportlich durchtrainierten Traumjungen verwechselt hatte, zerstörte Lillis Anblick die Illusion in Sekundenschnelle.

Wer sie nicht kannte, hätte meinen können, dass sie bei Jungs keinen großen Erfolg hatte, aber das war ein Irrtum. Lilli wurde viel öfter als ich um ein Date gebeten. Denn dass sie nicht unbedingt aussah wie ein Model, machte sie locker mit ihrem quirligen Temperament und ihrem goldenen Herzen wett.

Ich blinzelte noch mal.

Ihrem goldenen Herzen? Mannomann! Da war ich aber noch ganz schön tief in meinem Liebestraum gefangen. So ein Kitsch fiel mir sonst nicht ein.

»Bist du endlich wach?«, herrschte Lilli mich an.

»Gleich«, murmelte ich und streckte mich unter der Decke. Meine Füße ragten ein ganzes Stück über die Bettkante hinaus. Ich war einfach zu schnell gewachsen, mein Bett hatte da nicht mithalten können. Und Lilli reichte mir höchstens noch bis zur Schulter.

Colin lächelte mich liebevoll an.

»Don't go, Emma!«, flüsterte er.

Wenn ich mich anstrengte, wenn ich die Augen wieder fest schloss, gab es vielleicht noch eine Chance für uns. Wir würden wieder auf der Achterbahn »CloudKiss« fahren, die so hieß, weil es mit den Küssen da oben eine besondere Bewandtnis hatte.

Unsere Lippen würden sich wiederfinden und niemand würde uns stören.

Seufz!

Ich entspannte meine Gesichtsmuskulatur, blendete Lillis Anwesenheit aus und fühlte mich warm und geborgen. Der Kuss war so real, wie ein Kuss nur sein konnte. Also, nicht dass ich da so viele Vergleichsmöglichkeiten hätte. Was daran liegen könnte, dass ich seit drei Jahren in einen Typen verliebt war, der buchstäblich durch mich hindurchsah.

Wahrscheinlich, weil ich so blass war. Jedenfalls hatte dieser Kerl mich noch nie geküsst und deshalb wollte ich es anfangs auch mit keinem anderen versuchen. Na ja, ein bisschen Erfahrungen hatte ich inzwischen schon gesammelt. Hatte sich bloß noch nie besonders richtig angefühlt. So wie der Kuss mit Colin gerade …

»Igitt! Jetzt sabberst du auch noch!«

Lillis Seelenverwandtschaft zu mir äußerte sich eher selten verbal. Ich achtete nicht auf sie, sondern strich mir über die Wange und bildete mir ein, es wären Colins zärtliche Fingerspitzen.

»Hast du endlich genug an dir rumgewischt? Können wir jetzt mal zur Tagesordnung übergehen?«, erkundigte sie sich freundlich und zog mir mit aller Gewalt die Bettdecke weg.

Ich kämpfte verzweifelt, während Colin sich endgültig verkrümelte.

»Bye, Darling, bis bald!«, wisperte er.

»Was machst du überhaupt in meinem Schlafzimmer?«, grunzte ich und gab endlich den Kampf auf, woraufhin Lilli mit viel Schwung und samt der Decke auf den Fußboden plumpste.

»Autsch!«

»Strafe muss sein«, sagte ich grinsend und schwang die Beine aus dem Bett. »Also? Wieso bist du um diese Uhrzeit hier?« Ich linste zum Wecker. »Um acht Uhr früh?«

»Wir haben reingefeiert, schon vergessen? Und ich kann auf dem blöden Ding da nicht mehr schlafen.« Sie deutete auf die dünne Schaumstoffmatratze am Boden. »Außerdem hast du angefangen, diese komischen Geräusche zu machen.«

Auf Letzteres ging ich lieber nicht ein. War mir ein bisschen unangenehm, jetzt, wo ich richtig wach war.

Reingefeiert?

Oh, Mist!

Vor lauter Traum-Küssen hatte ich glatt vergessen, dass ich siebzehn geworden war.

»Happy Birthday!«, sagte Lilli feierlich. »Jetzt bist du wieder fünf Monate lang ein Jahr älter als ich.«

Typische Lilli-Logik.

»Du hast mir doch bestimmt schon um Mitternacht gratuliert«, erwiderte ich, während mir nach und nach die Einzelheiten unserer kleinen Feier einfielen. Hätte ich drauf verzichten können.

Aber so ist das leider mit dem Bewusstsein: Wenn es erst mal richtig da ist, kriegt es so eine verdammt schonungslose Art und erinnert dich daran, was du alles angestellt hast. Da fallen dir dann so Dinge ein wie »Karaoke-bis-sich-die-Gäste-beschweren«, »Heularien-weil-dich-keiner-liebt« und »Mond-anjaulen-weil-du-für-jemand-Bestimmtes-Luft-bist«.

Peinlich, peinlich.

Dabei war noch nicht mal viel Alkohol im Spiel gewesen. Was es irgendwie noch schlimmer machte, fand ich. Aber Lilli trank aus Prinzip nichts Hochprozentiges und alleine hatte ich keine Lust auf Cocktails gehabt.

Also hatten wir hauptsächlich Chips gegessen und uns die halbe »Sex and the City«-DVD-Sammlung meiner Mutter angeschaut. Bis heute das beste Studienmaterial über Männer!

Danach hatten wir gesungen, ich vielleicht noch etwas lauter als Lilli, weil ich mich trotz ihrer Gesellschaft plötzlich so einsam gefühlt hatte.

Na, und dann hatten ein paar Gäste unseres Hostels gegen die Wand gedonnert.

Das »Cloud« gehörte meiner Mutter, und eigentlich waren die Leute, die bei uns abstiegen, überwiegend jung und gut drauf. Aber gestern Abend hatten ein paar von denen anscheinend schlechte Laune gehabt. Was daran gelegen haben konnte, dass ich eher unmusikalisch bin.

»Du klingst wie ein kastrierter Terrier auf Ecstasy«, hatte Josephine mit PH mal behauptet.

Nett.

Danach war ich furchtbar traurig gewesen und weder Lilli noch Colin hatten mich trösten können.

»Klar habe ich dir gratuliert, aber da hast du schon nichts mehr mitgekriegt«, sagte meine Freundin jetzt. »Du hast geheult und gejault und nach Colin gerufen. Dann bist du von jetzt auf gleich eingeschlafen, dabei wollte ich dir noch die Karten legen. Bist du sicher, dass in deiner Cola nur Rum drin war?«

»Ich schwöre!«

»Wäre mir ja sonst auch aufgefallen. Und du weißt, dass zu viel Alkohol meine magischen Kräfte minimiert.«

Ein todernster Ausdruck senkte sich in ihre Augen und sie war schlagartig genau das Gegenteil von quirlig und leicht durchgeknallt. Sie wirkte plötzlich sehr erwachsen und irgendwie brillant. Wenn ich sie nicht schon so lange gekannt hätte, wäre ich schwer beeindruckt gewesen.

So aber kicherte ich nur.

Nachdem Lilli von ihrer Mutter im Alter von zehn Jahren deren ausrangierte Glaskugel geschenkt bekommen hatte, gehörte ihr die Zukunft. Also, die Zukunft anderer Leute. Meine, zum Beispiel. Die war, seit Lilli sie mir vorhersagte, richtig abwechslungsreich geworden. Nur leider nie so ganz korrekt. Sonst hätte ich inzwischen drei Shetlandponys und einen Golden Retriever besessen, einen Goldschatz am Ende des Regenbogens gefunden, meinen Papa heimgeholt und Eriks Herz erobert.

Das war der Typ, der grundsätzlich durch mich hindurchsah.

Ach ja, und vor zweieinhalb Jahren hätte ich laut Lilli Robert Pattinson küssen können. War halt damals mein Schwarm gewesen, und – hey – jeder macht mal Fehler. Immerhin hatte er mich eine Weile von Erik abgelenkt. Und von Colin. Was der mir allerdings ein bisschen übel genommen hatte.

Ja, also meine Zukunft. Dumm gelaufen bisher, aber so leicht gab Lilli nicht auf. Schließlich war ihre Mutter Nena Nickel die Wahrsagerin im Himmelspark, und Lilli hatte fest vor, eines Tages entweder ihren Job zu übernehmen oder in Las Vegas ganz groß rauszukommen.

Bis dahin übte sie in ihrer Freizeit. Vorzugsweise an mir. Einmal hatte ich vorsichtig darauf hingewiesen, dass die alte Glaskugel einen Riss hatte und die Vorhersagen vielleicht deshalb nicht so ganz korrekt waren. Aber davon wollte Lilli nichts hören. Sie glaubte fest an ihre Fähigkeiten. Und neuerdings spezialisierte sie sich sowieso auf Tarot.

»Wir können das jetzt machen«, bot sie an. »Ich hol nur schnell die Karten aus dem Rucksack. Wo habe ich den denn hingeschmissen?«

Suchend sah sie sich um, aber ich sprang schnell aus dem Bett.

»Sorry, keine Zeit. Muss heute Vormittag noch zwei Zimmer vorbereiten.«

Ausnahmsweise war ich froh darüber, dass ich im Hostel so viel mithelfen musste. Gestern noch hatte ich mit meiner Mutter gestritten und darauf bestanden, dass eine hart arbeitende Schülerin das Recht hatte, in den großen Ferien auch mal Urlaub zu machen. Die Sommerferien hatten nämlich schon vor einer Woche begonnen, aber bisher war ich noch nicht ein einziges Mal dazu gekommen, morgens richtig auszuschlafen.

Mama hatte ihr übliches entschuldigendes Lächeln aufgesetzt und gesagt: »Ich weiß, Emma, mein Schatz. Aber wir haben Hochsaison und ganz allein wäre ich völlig hilflos.«

Was leider stimmte.

Da sie schon mal dabei war, erinnerte Mama mich auch gleich daran, dass wir beide ohne das Hostel demnächst unter einer Brücke schlafen würden beziehungsweise Hartz IV beantragen müssten, was in ihren Augen gleich schlimm war.

Die ewigen Sprüche.

Ich konnte sie nicht mehr hören, obwohl ich wusste, dass sie recht hatte. Alles in meinem Leben hing unrettbar zusammen: ich selbst mit meiner Mutter und dem Hostel »Cloud«. Das Hostel mit dem Himmelspark, einem der beliebtesten deutschen Vergnügungsorte. Der Freizeitpark mit der Achterbahn

»CloudKiss«, die Jugendliche aus aller Welt erleben wollten – für die sie deshalb sogar bis in die norddeutsche Tiefebene kamen und in einer Kleinstadt namens Kiesel übernachteten, die so unbedeutend war, dass sie es mit ihrem Namen nicht mal bis zum Stein oder gar Felsen gebracht hatte.

Das war uns allen hier verdammt peinlich.

Wenn wir bei einem Ausflug nach Hamburg oder Bremen erzählten, wir kämen aus Kiesel, ernteten wir regelmäßig ratlose Blicke. Fügten wir hinzu, das sei die Stadt neben dem Himmelspark, wussten alle sofort Bescheid.

So einfach war das. Der Park war wichtig und das Hostel war wichtig. Für mich hatte es zur Folge, dass ich kräftig mit anpacken musste, zumal meine Mutter nicht gerade die geborene Geschäftsfrau war.

Es gab kein Entrinnen.

Seufzend schnappte ich mir Jeans und T-Shirt.

»Für die Zukunft habe ich heute echt keine Zeit«, erklärte ich knapp. »Es gibt Pflichten zu erfüllen.« Das klang gut und erwachsen, fand ich. Musste ich mir merken.

Lässig glitt ich in meine Jeans. Blöd nur, dass ich mich mit beiden Beinen im rechten Hosenbein verhedderte und meinen souveränen Eindruck gleich wieder zunichtemachte, indem ich hilflos zurück auf mein Bett sackte. Meine langen Glieder waren einfach mal wieder im Weg. Daran musste ich noch arbeiten.

Lilli grinste. »Boah! Dünner geht's nicht. Du brauchst echt bloß ein Hosenbein!«

»Eben nicht.« Ich kämpfte darum, meinen linken Fuß zu befreien. Der steckte irgendwo in den Tiefen meiner angriffslustigen Hose fest.

»Soll ich Seifenwasser holen?«, bot Lilli hilfsbereit an. »Dann flutscht es besser.«

»Untersteh dich!«

Ich zog und zerrte. Der Fuß löste sich mit einem Ruck, mein linkes Knie knallte gegen mein Kinn. Ich sah funkelnde Sterne.

Lilli klatschte in die Hände. »Hast du dich gerade selbst k.o. geschlagen?«

»Klappe«, knurrte ich. Und weil ich ein bisschen sauer auf sie war, wiederholte ich noch mal: »Ich will von deiner Wahrsagerei jetzt nichts wissen, klar?«

Lilli zog einen Flunsch. »Du machst einen schweren Fehler. Ich spüre gute Vibrationen, das ist dein Moment. Du wirst erfahren, ob Erik heute Abend zu deiner Geburtstagsfeier kommen wird. Und so erwartet dich eine leuchtende Zukunft!«

Fast wäre ich auf sie reingefallen, obwohl ich mir unter einer leuchtenden Zukunft nicht viel vorstellen konnte. Klang nach radioaktiver Strahlung.

»Interessant«, erwiderte ich und tat, als würde ich scharf nachdenken, während ich meine Beine so elegant wie möglich in die jeweils für sie vorgesehenen Hosenbeine bugsierte.

Prompt hoben sich Lillis Mundwinkel. »Vertrau deiner allerbesten Freundin – und der Macht der Karten.«

»Prima. Blöd nur, dass es keine Party gibt, zu der irgendjemand kommen könnte.«

Die Macht der Karten fiel in sich zusammen. Beziehungsweise: Lillis Gesichtszüge entgleisten.

»Du gibst keine Party? Du bist endlich siebzehn und willst das nicht feiern? Machst du Witze?«

»Nö.« Ich stand wieder auf, zog den Reißverschluss hoch

und schloss den Knopf. Dann hüllte ich mich in ein schwarzes T-Shirt in XXL-Größe.

Es fiel so, wie es fallen sollte, nämlich weit und locker über meine kaum vorhandene Oberweite und meine abstehenden Hüftknochen. So konnte wenigstens die Illusion entstehen, unter dem Stoff würden sich weibliche Proportionen befinden, die ich nur verstecken wollte.

Meine Mutter war der Meinung, ich machte mir da zu viele Gedanken. Ich sollte mich ruhig ein bisschen farbenfroher und figurbetonter kleiden, sagte sie immer. Ich sei nämlich bildschön und würde das nur nicht merken.

Meine Mutter hatte eben keinen Plan.

Figurbetont, ha!

Erstens gab es nichts zu betonen und zweitens erledigte meine Mutter das schon an sich selbst mit ihren engen Kleidern und tiefen Ausschnitten.

Nee, danke. Eine in der Familie reichte.

Neuerdings fügte sie gern hinzu, ich müsste nur warten, bis ich ausgewachsen sei. Die richtigen Pölsterchen würden dann schon noch kommen.

Okay, aber wann sollte das sein? Wenn ich die Drei-Meter-Marke überschritten hatte? Ich war jetzt schon knapp eins achtzig. Das reichte! Von einer Hormonbehandlung, um die ich meine Mutter anflehte, seit ich dreizehn war und anfing, in die Höhe zu schießen, wollte sie natürlich nichts wissen. Der Natur dürfe man nicht ins Handwerk pfuschen, behauptete sie.

Na super. Eines Tages würde ich im Himmelspark als Attraktion ausgestellt werden. Herrschaften, treten Sie näher, sehen Sie das größte Mädchen der Welt, wie es sich selbst k.o. schlägt …

»Das würde ich nie zulassen, Darling!«, versicherte mir Colin schnell, als ich so weit mit meinen Überlegungen gekommen war.

Aber da stellte Lilli sich auf die Zehenspitzen und klopfte mir mit dem Fingerknöchel gegen die Schläfe.

»Pennst du im Stehen weiter? Also, was ist jetzt mit der Party?«

»Keine Party«, gab ich dumpf zurück, in Gedanken noch ganz bei der Drei-Meter-Emma. »Ich bin zu groß dafür.«

»Was?«

»Ich meine, zu müde. Außerdem haben wir gestern schon gefeiert.«

»Quatsch. Wir haben Cola getrunken, Chips gegessen und zugesehen, wie Carrie mit Mr. Big rumgemacht hat. Das ist nicht feiern. Und heute ist Samstag, da hat keiner was Besseres vor.«

Ich hob die Schultern. »Egal. Hab trotzdem keine Lust.«

Allein der Gedanke, ich müsste einen kompletten Abend mit der Hoffnung verbringen, ein gewisser Typ könnte tatsächlich vorbeikommen – nur um dann enttäuscht zu werden, weil er doch nicht kam –, jagte mir ein paar kalte Schauder über den Rücken. Ich hielt mich selbst grundsätzlich für ein ziemlich starkes Mädchen, aber das war selbst mir zu viel. Lilli und die anderen, die in meine unglückliche Liebe eingeweiht waren, würden versuchen, mich zu trösten, die Party würde sich wie Kaugummi in die Länge ziehen, und mein armes, junges Herz würde endgültig brechen.

Knacks!

O Mann, irgendwas machte dieser siebzehnte Geburtstag mit mir. Irgendwas furchtbar Kitschiges.

Zum Glück konnte Lilli keine Gedanken lesen.

Hoffte ich.

Endlich fiel mir aber eine gute Ausrede ein: »Ich werde viel zu kaputt sein. Nachher kommt eine Gruppe aus München. Fünf Typen zwischen achtzehn und zwanzig. Das wird total anstrengend!«

»Pfft«, machte Lilli. »Pass auf. Ich helfe dir mit den Zimmern und nachher reden wir noch mal über heute Abend, okay?«

»Okay«, sagte ich leichthin.

Hilfe konnte ich immer gebrauchen und irgendwie würde ich Lilli schon von ihrer Partyidee abbringen. Mir war einfach nicht danach – und ich hatte meine Gründe.

Oder besser gesagt, einen ganz bestimmten.

2

Der Ritter der Schwerter

»Erst mal frühstücken«, entschied Lilli.

Ich nickte, obwohl mir noch ein wenig schlecht war von der Schaukelei im Traum und Lillis Angriff auf mein Bett. Aber ein heißer Tee und etwas Zwieback konnten nicht schaden.

Lilli schnappte sich ihren Rucksack, marschierte vorneweg in unsere Küche, füllte den Wasserkocher und schaltete ihn ein.

Unsere Wohnung im ersten Stock eines Altbaus war winzig, weil meine Mutter so viel Platz wie möglich für das Hostel hatte lassen wollen. War eine kluge Entscheidung gewesen, vor allem für Mamas Verhältnisse. Regelrecht vorausschauend. Bis heute bewunderte ich sie insgeheim dafür. Aber wenn ich noch weiter wachsen sollte, konnte es eng werden.

Es gab überhaupt nur zwei Räume, wobei das Zimmer meiner Mutter auch als Wohnzimmer diente. Meistens zog ich es aber vor, in meinem eigenen kleinen Reich zu bleiben. Außerdem hatten wir noch eine schlauchartige Küche und ein winziges Bad. In der Dusche musste ich jetzt schon den Kopf einziehen.

Zum Hostel gelangte man über einen kurzen Flur. Hier oben gab es zwei Gästezimmer plus Gemeinschaftsbad, unten im Parterre waren noch einmal drei Räume eingerichtet, jeweils mit zwei oder maximal drei Betten. Alles reichlich eng und bescheiden. Dafür waren sämtliche Wände hellblau gestrichen, und überall segelten aufgemalte Schäfchenwolken zu den Zimmerdecken hinauf, was immerhin den Eindruck von Weite und Größe vermittelte.

Ich seufzte.

Es gab Tage, da hoffte ich, das »Cloud« werde sich auf magische Weise ausdehnen. Mehr Platz, mehr Licht und größere Einnahmen, indem wir mehr Leute unterbringen konnten. Zimmer mit vier oder sechs Betten brachten definitiv mehr ein.

Leider würde sich diese Hoffnung nie erfüllen, da half auch der künstliche Wolkenhimmel nichts. Wir wurden rechts vom Kieseler Rathaus und links vom Luxushotel »Star« eingequetscht. Vor dem Haus lag der Marktplatz, und hinten raus trat man direkt auf eine schmale Gasse, an die sich eine weitere Häuserzeile anschloss. Keine Chance auf Vergrößerung.

Ich seufzte abermals. Es war nicht gut für mich, so früh am Morgen schon an das »Star« zu denken. Konnte mir die Laune für den ganzen Tag verderben. Erstens erstreckte es sich im Gegensatz zu unserem Hostel über drei miteinander verbundene Altstadthäuser – Platz ohne Ende hinter historischen roten Klinkerfassaden und spitzen Giebeldächern. Zweitens gehörte es der Mutter meiner Erzfeindin Josephine mit PH, und drittens … ach, es war besser, ich dachte nicht länger darüber nach.

Lilli interpretierte mein Seufzen falsch. »Jetzt lass endlich mal deine Jungs in Frieden. Die beiden haben einen entspannten

Samstagmorgen verdient. Du darfst sie nicht ständig mit deinen Wünschen verfolgen.«

»Was? Eben hast du mir noch angeboten, dass du heute Abend …«

»Blödsinn. Ich bin keine Magierin. Hätte bloß mal nachgesehen, ob er vorbeikommt. Vielleicht geschieht ein Wunder.«

»Sehr komisch.«

»Na ja, ich kann eben nicht zaubern!«

Über Zauberer wollte ich im Moment lieber nicht nachdenken. Das hatte mit meiner Mutter und dem neuen Magier im Himmelspark zu tun und war so eine Sache, die mich extrem störte. Ernest Livingston hieß der und meiner Meinung nach hatte er Mama hypnotisiert. Vielleicht auch verflucht.

Keine Ahnung.

»Und diesen Colin musst du endlich abhaken«, fuhr Lili mit todernster Miene fort. »Das ist definitiv ungesund, wie du an dem hängst. Der tut dir nicht gut.«

Prompt meldete sich Colin aus den Tiefen meines Unterbewusstseins zu Wort. »Du willst mich wohl loswerden!«, rief er empört.

»Das stimmt doch gar nicht!«, gab ich zurück.

»O doch«, sagte Lilli. »Du bist meine beste Freundin, Emma, und ich sorge mich um dich.«

»Nicht nötig«, erwiderte Colin. »Emma kann auf sich selbst aufpassen.«

Lilli riss die Augen auf. »Das finde ich jetzt aber ein bisschen krank!«

»Was denn?«, fragte ich, ganz in Gedanken.

»Dass du von dir selbst in der dritten Person redest.«

»Ach so.« Colin grinste. »Sie denkt, dass du sprichst, wenn ich spreche.«

»Ach so«, sagte ich.

»Und du gibst dir selbst dein eigenes Echo«, ergänzte Lilli. »Na, egal. Colin muss jedenfalls weg.«

Colin ballte die Fäuste, aber das ging mir dann doch etwas zu weit.

»Hör auf!«, rief ich.

»Sie soll mich in Ruhe lassen, that old witch!«

Ich schüttelte den Kopf. Langsam löste Colin sich in Luft auf.

»Häh?«, machte Lilli.

O nein, hatte ich etwa schon wieder mitgesprochen?

»Nichts«, antwortete ich und hoffte, dass ich zumindest Colins letzten Satz nicht laut gesagt hatte.

Lilli warf mir einen zweifelnden Blick zu, dann streckte sie sich zu einem der Hängeschränke in die Höhe. »Wo sind die Teebeutel abgeblieben?«

Ich griff über sie hinweg und reichte ihr die Packung English Breakfast. Manchmal war es doch von Vorteil, groß zu sein. Lilli hängte je einen Teebeutel in zwei Becher und goss heißes Wasser auf. Ich stellte währenddessen Zwieback auf den Tisch und holte, da ich meine beste Freundin gut kannte, Butter, Marmelade und Aufschnitt aus dem Kühlschrank.

Lilli toastete dünne Weißbrotscheiben, dann saßen wir einander gegenüber am Frühstückstisch.

»Wirklich«, sagte sie, »du musst damit aufhören!«

Ich hatte gehofft, sie hätte das Thema vergessen. Um Zeit zu gewinnen, pustete ich in meinen Tee. Endlich sagte ich: »Was kann ich denn für meine Träume?«

Lilli legte sich drei Scheiben Salami aufs Brot, biss ab und kaute langsam.

»Ist nicht mein Spezialgebiet«, meinte sie dann. »Aber ich schätze mal, du hast das provoziert.«

»Was?«

»Du weißt schon, was ich meine.«

Wusste ich, wollte es aber nicht hören. »Ich denke normalerweise überhaupt nicht mehr an Colin. Das ist vorbei«, behauptete ich, halbwegs selbst davon überzeugt.

»Ja klar, und Miley geht ins Kloster«, erklärte Lilli.

Okay, sie glaubte mir nicht. Mir verging komplett der Appetit und ich zerbröselte meinen Zwieback auf dem Teller. Blöder Geburtstag. Konnte ich drauf verzichten.

»Colin Hemdswolle schwebt in anderen Sphären als du.«

»Helmsworth«, korrigierte ich automatisch. »Er heißt Helmsworth. Ist ein alter englischer Traditionsname.«

Lillis Zeigefinger schoss vor. Ich begriff, dass ich in ihre Falle gelaufen war.

»Das ist vorbei, was?«, fragte sie. »Du denkst kaum noch an ihn, ja?«

»Korrekt«, erwiderte ich, trank von meinem Tee, verbrannte mir die Lippen und unterdrückte einen Fluch.

»Darling, du musst besser aufpassen«, sagte Colin und schüttelte, besorgt lächelnd, den Kopf.

Ich verdrehte die Augen und lächelte zurück.

»Was gibt's da zu grinsen?«, fragte Lilli.

Ich zwang meine Mundwinkel in Normalstellung.

»Sag ihr, sie soll sich um ihren eigenen Kram kümmern!«, zischte Colin.

Schätzungsweise musste ich ihn wirklich besser unter Kontrolle halten. Aber wie kontrollierte man eigentlich sein eigenes Unterbewusstsein?

»Wenn ich nicht über ihn reden müsste, wäre es vielleicht einfacher, ihn zu vergessen«, sagte ich kleinlaut.

»Nee, das funktioniert genau andersrum. Wie bei einer Teufelsaustreibung.«

Ich erschrak. Colin auch. Er wurde regelrecht blass, fast durchscheinend.

»Help me!«, rief er.

»Emma«, sagte Lilli fest, die zu ahnen schien, was in mir vorging. »Du bildest dir diesen Engländer bloß ein. Der ist nicht echt, capito?«

»Das weiß ich doch!«, erwiderte ich.

Ich wusste es wirklich. Meistens.

»Du hast ihn dir ausgedacht, weil du vor drei Jahren dein Herz an Erik verloren hast, und jetzt wirst du ihn nicht mehr los.«

Lilli konnte verflixt deutlich werden.

Aber ganz so einfach war das nicht gewesen. Damals waren ein paar Dinge gleichzeitig passiert, die – na ja – meine Fantasie beflügelt hatten.

»Was ist denn nun?«, fragte Lilli mitten in meine Überlegungen hinein. Mein Tee war kalt, der Zwieback zu Staub zerfallen.

»Hm?«, machte ich.

»Willst du dich endlich von Good-Boy-Colin verabschieden oder den Rest deines Lebens mit einem Geist verschwenden?«

Ich zuckte zusammen. »Rest deines Lebens« klang verdammt lang. Eine Vision entstand vor meinen Augen: Emma Stern, so um die achtzig, faltig und mit krummem Rücken, die mit einem kahlköpfigen Grufti-Engländer vor dem Kamin saß, wobei der Ohrensessel ihres Freundes seltsam leer wirkte …

Echt gruselig!

Lilli steckte sich eine Scheibe Salami ohne Brot in den Mund. Sie konnte besonders gut nachdenken, wenn sie etwas aß. Behauptete sie.

»Die Frage ist, ob eine Teufelsaustreibung wirklich hilft. Meiner Meinung nach bist du nämlich noch nicht bereit für den ultimativen Abschied.«

Der leere Ohrensessel machte mir schon etwas Angst, aber bis ich achtzig wurde, war es ja noch eine Ewigkeit hin.

Lilli hatte recht. Meinen Colin ließ ich mir so schnell nicht nehmen. Ich dachte tatsächlich noch häufig an ihn und ich wollte ihn so gerne noch mal küssen.

Nein, nein! Colin durfte noch nicht gehen!

Lilli las es mir vom Gesicht ab.

»Alles klar. Er bleibt also. Aber sag mir später nicht, ich hätte dich nicht gewarnt! Ich glaube nämlich, du kriegst mit dem noch eine Menge Ärger.«

»Quatsch. Ich habe das unter Kontrolle.«

Lilli schnappte sich die letzte Scheibe Salami, bevor ich den Teller mit dem Aufschnitt zurück in den Kühlschrank stellen konnte.

»Eine Party würde dir helfen, auf andere Gedanken zu kommen. Nette Leute, coole Musik, gute Stimmung. Und wenn der schöne Erik seine starken Arme um dich legen würde …«

»Fang nicht wieder davon an!«

Lilli lachte, zog ihren Rucksack unter dem Tisch hervor und holte ihre Tarotkarten heraus. »Komm schon, Emma. Lass uns nur einen Blick hineinwerfen. Eine einzige Karte, die dir sagt, ob dein Traumtyp dein dumpf pochendes Herz erhören wird.«

Ich musste lachen, weil Lilli auch ganz schön kitschig drauf war. Und weil ich nicht sicher war, wen sie nun genau mit »Traumtyp« meinte.

»Lieber nicht.«

»Feigling. Ich spüre, da kommt jemand auf dich zu. Jemand, der dich von deinem Mister Dream erlösen wird.«

»Ich denke, du kannst nicht zaubern?«

»Ist nur so eine Idee.«

Ich fühlte mich jetzt schon von meinem Geburtstag überfordert, dabei war ich bisher nur aufgestanden und hatte Tee getrunken.

Müde sah ich Lilli an. »Was wollen wir denn eigentlich genau wissen? Ob Erik sich in mich verlieben wird oder ob da ein anderer auftaucht?«

Allein der Gedanke, ich könnte mich in jemanden verlieben, der nicht Erik Hansen hieß, erschien mir absurd.

»Alles. Na los.« Lilli fächerte die Karten auf. »Zieh eine. Bloß eine. Sei keine Spielverderberin.«

Ich dachte daran, dass sie meine beste Freundin war und dass sie unglaublich viel Geduld mit mir hatte, seit sie von Colin wusste. Außerdem wollte sie mir helfen, die Zimmer zu putzen. So einen Menschen sollte man nicht verärgern.

Also tat ich ihr den Gefallen. Ich setzte mich wieder hin und zog eine Karte.

Lilli drehte sie um.

»Oh, der Ritter der Schwerter.«

Ich nahm die Karte und sah einen ziemlich finster blickenden Typen in goldener Rüstung. In der Hand hielt er ein breites Schwert, das er vermutlich gleich dem nächstbesten Gegner in den Bauch rammen würde.

Der sollte mich von Colin erlösen? Indem er ein Blutbad anrichtete?

Nee, danke.

»War wohl nix.«

»Hör erst mal zu.« Lilli zog ein Buch aus dem Rucksack. »Ich lerne noch«, sagte sie entschuldigend.

Als sie meine hochgezogenen Augenbrauen bemerkte, fügte sie selbstsicher hinzu: »Sogar ein Genie wie ich muss sich manchmal noch rückversichern. Aber keine Angst, ich mache das schon.«

Dann blätterte sie, bis sie die richtige Seite gefunden hatte.

»Aha. Hier steht's: Der Ritter der Schwerter ist ein dunkelhaariger junger Mann mit braunen Augen. Er ist kühn und furchtlos und sich seines Erfolges gewiss. Mit großer Entschlossenheit bewegt er sich voran und opfert alles für seine Ziele. Der ewige Krieger, der jede Schlacht des Lebens schlagen kann.«

Das war ja beängstigend! Aber auch lustig. Ich konnte mir die Fast-drei-Meter-Emma schwer als eine Art Burgfräulein vorstellen, das von einem Ritter errettet werden musste. Unwillkürlich fragte ich mich, ob er mich auf seinem Schimmel entführen würde und ob das Ross groß genug für mich war. Hoffentlich schleiften meine Füße nicht auf dem Boden! Würde die Szene irgendwie verderben.

Ich gluckste in mich hinein, während ich mir die Tarotkarte besah. »Wenn der freundlicher gucken würde, hätte er fast Ähnlichkeit mit Colin. Aber das olle Schwert steht ihm nicht.«

Lilli verdrehte die Augen. »Ich bin noch nicht fertig. Die Figur symbolisiert Tapferkeit, Mut und Ritterlichkeit.«

»Genau wie Colin«, flüsterte ich und grinste.

»Er verteidigt das Gute und streitet gegen das Böse!«

Ich wartete, ob noch mehr kam, doch Lilli packte das Buch weg.

»Wahnsinn!«, sagte ich. »Das passt alles total. Aber wie soll mir denn bitte Colin helfen, Colin zu vergessen?«

Lilli sah sich nach Essbarem um. Der Tisch war allerdings schon abgeräumt. Also zauste sie sich bloß die Haare und schwieg eine Weile vor sich hin.

So langsam lief mir die Zeit weg, die Zimmer waren immer noch nicht hergerichtet.

Als ich schon wieder aufstehen und aus der Küche gehen wollte, holte Lilli tief Luft.

»Es steht viel schlimmer um dich, als ich befürchtet habe«, sagte sie düster.

»Was?«

»Es gibt kaum Hoffnung.«

»Hallo? Geht's noch?« Ich wollte lachen, denn sie klang wie Meredith Grey in »Grey's Anatomy«, aber es kam nur ein komisches Gurgeln aus meiner Kehle. Als ob der Kartenritter mir sein Minischwert drohend an den Hals gesetzt hätte.

Lilli blieb vollkommen ernst. »Warum siehst du in jedem Typen gleich deinen erfundenen Engländer? Es könnte auch jemand ganz anderes sein. Jemand, der herbeikommt und dich ablenkt. Und die Charaktereigenschaften passen übrigens auch ganz prima auf …«

»Also, erstens stimmt das überhaupt nicht«, unterbrach ich sie mit fester Stimme. »Ich kenne eine Menge Jungs und keiner erinnert mich an Colin. Und zweitens …«

Zweitens fiel mir kein weiteres Argument ein, deshalb verstummte ich. Lilli konnte die Ähnlichkeit zwischen dem Miniritter und Colin natürlich nicht erkennen, sie wusste ja nicht, wie er aussah. Und ich würde mich hüten, ihr zu erzählen, was für ein schöner, großer Typ mit dunklen Locken und meergrünen Augen er war.

So ein bisschen normal wollte ich in ihren Augen schon noch bleiben.

3

Idioten im Anmarsch

Zehn Minuten später betraten Lilli und ich das erste der beiden freien Zimmer im Parterre, die geputzt werden mussten. Wir waren mit Eimer, Wischmopp, frischer Bettwäsche und Staubwedeln ausgerüstet.

»Wo ist eigentlich Charlotte?«, fragte Lilli und fing an, das untere Stockbett abzuziehen.

Ich nahm mir das obere Bett vor und musste mich nicht besonders strecken. »In Hamburg«, antwortete ich. »Auf der Reisemesse. Ist schon ganz früh losgefahren.«

»Wow!«, meinte Lilli. »Hat sie da einen Stand oder so? Nur für euer Hostel?« Ihre Stimme drang gedämpft zu mir nach oben. Wahrscheinlich kämpfte sie gerade mit dem Bezug.

»Nein«, gab ich zurück. »Aber Kiesel hat einen, zusammen mit dem Himmelspark. Und Mama will ein paar Flyer verteilen.«

Das passte zu ihr. Unser Tagesgeschäft ließ sie gern mal schleifen, aber mitten unter Leuten sein, gut aussehen und plaudern – das gefiel ihr.

Es war okay. Ein bisschen mehr Werbung für das »Cloud« konnte nicht schaden. Und ich war nicht traurig, dass sie an meinem Geburtstag fehlte.

»Fahr nur«, hatte ich gesagt. »Das ist wichtig. Es geht ums Geschäft.«

Und so war es ja auch. Ich seufzte.

Colin stupste mich liebevoll in die Seite. Dann schnappte er sich das Kopfkissen, das ich gerade abgezogen hatte, und warf es in die Luft.

»Sei nicht traurig, Baby«, sagte er, »ich bin doch bei dir!«

Ein paar Federn wirbelten hoch und vollführten einen irren Tanz vor meinen Augen. Darüber musste ich lachen. Colin auch. Das Kissen bekam noch mehr ab, der Bettpfosten leider auch.

»Autsch!«, rief ich und wackelte mit den Fingern, um zu prüfen, ob einer gebrochen war.

Nee. Keiner stand in unnatürlichem Winkel ab. Der Schmerz ließ auch schon nach. War aber nützlich gewesen, weil mein kurzer Moment von Trübsinn jetzt verflogen war.

»Danke, Darling!«, sagte ich.

»Immer wieder gern«, sagte Lilli. »Wofür denn?«

»Nichts. Vergiss es.«

»Ah, verstehe. Du führst Selbstgespräche mit Colin und schlägst dabei um dich.«

Sie brachte mein kleines Problem wie gewohnt auf den Punkt.

»Musste nur mal das Kopfkissen ordentlich aufschütteln.«

»Das klang aber anders!«

»Lass uns einfach weitermachen.«

Lilli antwortete nicht. Sie rührte sich auch nicht mehr.

Upps. War sie jetzt etwa doch genervt von mir? Ich hätte es ja verstehen können. Seit ich ihr von Colin erzählt hatte, warnte sie mich vor ihm. Ihr war das absolut nicht geheuer, wie eng ich mit ihm befreundet war – beziehungsweise wie stark ich von ihm besessen war, um mal ihre Worte zu benutzen. Sie sprach ernsthaft von einer Obsession, die sich angeblich leicht zu einer Geisteskrankheit auswachsen könnte. Andererseits lenkte sie aber auch immer wieder ein und war auf meiner Seite. So um Weihnachten herum hatte sie sogar mal ausprobiert, sich einen eigenen imaginären Freund anzulachen. Zu ihrem größten Bedauern war sie damit kläglich gescheitert. Sie verriet mir, der Typ habe in ihrem Kopf alle paar Minuten die Gestalt gewandelt. Von Justin Bieber zu Bill Kaulitz zu King Kong zu Gollum …

Aber nun war Lillis letzter Versuch, mir Colin auszureden, kaum eine halbe Stunde her. Vielleicht hatte sie ja endgültig die Geduld mit mir verloren.

Ich schaute nach unten und sah, dass sie gebückt über dem Bett hing.

»Was ist denn los? Hat einer der Gäste mal wieder was vergessen?«, fragte ich vorsichtig.

Das passierte ständig. Klamotten, Geldbeutel, Handys – unglaublich, was die Leute so liegen ließen. Letztes Jahr hatte ich sogar mal eine Babypuppe gefunden, die so echt aussah, dass ich sie vor Schreck fallen ließ, als sie anfing, in meinen Armen zu wimmern. Dann war sie still. Meine Mutter hatte ein Weilchen gebraucht, um mich davon zu überzeugen, dass ich keine Mörderin war. Ich dachte nicht so gern daran zurück.

Langsam kam Lilli hervor und richtete sich auf. Sie trug ein bunt verpacktes Päckchen in der einen und ein zusammengefaltetes Blatt Papier in der anderen Hand.

Ein paar Sekunden lang war ich unheimlich froh, weil sie nicht aussah wie jemand, der eine jahrelange Freundschaft zerstören wollte. Nur wie jemand, der nicht fassen konnte, was er da gefunden hatte.

»Ich glaube«, sagte sie andächtig, »das ist für dich. Und es fühlt sich an wie ein funkelnagelneues Smartphone.«

»Kannst du neuerdings wirklich hellsehen?«, fragte ich. Aber ich dachte dasselbe. Dieses Päckchen hatte genau die richtige Größe, und ich wünschte mir sofort intensiv, ich könnte noch heute mein uraltes und oberpeinliches Tastenhandy entsorgen.

»Hat Charlotte gerade Geld für so was?«

Mein Wunsch löste sich in Luft auf.

»Nee, natürlich nicht.«

Es sei denn … Es gab da eine andere Chance und die war sogar recht groß.

Lilli reichte mir das Blatt Papier. Ich erkannte die verwaschene Handschrift meiner Mutter und brauchte eine Weile, bis ich sie entziffern konnte.

»Happy Birthday, mein Schatz«, las ich vor. »Ich dachte mir, dass du dein Geschenk hier am ehesten findest. Das Zimmer steht ja seit gestern Abend leer, aber wie ich meine fleißige Emma kenne, wird es heute ganz früh vorbereitet. Und deshalb sollst du eine besonders schöne Überraschung erleben! Das Geschenk ist von deinem Vater. Das hast du dir wahrscheinlich schon gedacht, nicht wahr? Es wurde vor ein paar Tagen abgegeben. Ich hoffe, ich bin heute so rechtzeitig zurück, dass wir beide feiern können. Hab dich ganz doll lieb …« Ich brach ab. Lilli musste nicht unbedingt wissen, dass meine Mutter auch was von vielen dicken Küssen und festen Umarmungen geschrieben hatte.

Ich las den Zettel noch einmal und schluckte.

Colin wollte einschreiten und die Nachricht zerreißen und einen Moment lang kämpften meine Hände miteinander um die Vormacht.

Papa.

Mein verschwundener, quasi nicht existenter Vater. Der irgendwo ein Leben ohne mich lebte und wahrscheinlich eher selten an mich dachte. Der für diesen ganzen Schlamassel mit dem Hostel verantwortlich war – und der mir fehlte, obwohl ich kaum noch wusste, wie er aussah und wie es sich überhaupt anfühlte, einen Vater zu haben.

Nur eines wusste ich genau: Ich würde ihn finden, irgendwann. Und ich wollte erfahren, warum er mich verlassen hatte.

»Ich helfe dir dabei«, flüsterte Colin mir zu.

»Danke, aber das muss ich allein tun.«

»Was?«, fragte Lilli. »Charlotte hat dich ganz doll lieb und du musst was allein tun?«

»Äh, nein.«

Meine Hände gehörten wieder mir und falteten den Brief zusammen.

»Das ist also von deinem Vater? Echt? Smartphone! Smartphone! Smartphone!«, skandierte Lilli.

Okay, sie wusste von Martin Stern genauso viel wie ich, nämlich fast nichts, aber sie hatte im Laufe der Zeit mitbekommen, dass er mir zum Geburtstag und zu Weihnachten tolle Geschenke machte. Nicht in jedem Jahr, und manchmal schien er mich regelrecht vergessen zu haben. Aber wenn ich es schon nicht mehr erwartete, kam meistens doch noch etwas von ihm.

Ich hasste meinen Vater, weil er nicht da war, weil er noch

nicht mal Kontakt mit mir haben wollte, aber ich nahm natürlich seine Geschenke an. Das war schließlich das Mindeste, was er für mich tun konnte. Und ohne ihn wäre ich wirklich arm dran gewesen – ohne iPod, ohne Laptop, ohne Nikes (die zwar eine halbe Nummer zu klein gewesen waren, aber trotzdem toll), ohne Colin … Ja, auch dafür war er indirekt verantwortlich.

»Mach auf! Mach auf! Mach auf!«

Ich riss das Papier herunter, sah die Schachtel und fischte das flache, handliche Gerät heraus, das mich endlich ein normaler Teenager werden ließ. Ich suchte das Päckchen nach einer Glückwunschkarte ab, nach einem wenn auch noch so winzigen Zettel.

Nichts. Wieder mal kein Wort von meinem Vater!

Ein kleiner, zorniger Schauder lief mir über den Rücken. Aber ich presste die Lippen aufeinander und knirschte mit den Zähnen, während sich Lilli für mich freute. Ich musste wirklich lernen, mit meinen Eltern besser klarzukommen.

»Ich kann mein Angebot nur wiederholen, Darling«, sagte Colin hilfsbereit.

»Was?«

»Denk dran, ich habe Erfahrungen als Privatdetektiv. Gemeinsam finden wir deinen Daddy.«

»Nein! Du bist nicht echt. Du kannst das nicht.«

»Wollen wir wetten?«

»Shut up!«, rief ich, und mein Traumboy funkelte mich beleidigt an.

»Emma!«, stieß Lilli aus. »Ich habe überhaupt nichts gesagt!«

»Sorry.«

Mist. Ich hatte schon wieder laut gesprochen. Das musste ich schnellstmöglich in den Griff kriegen! Aber Colin hatte recht. Es war wirklich dringend nötig, meinen Vater aufzuspüren und eine Erklärung für sein Verschwinden einzufordern. Ich konnte dieses Problem nicht länger vor mir herschieben.

Doch bevor ich wieder mal darüber nachgrübeln konnte, wie und wo ich eine Spur meines Vaters finden konnte, nahm Lilli mir mein neues Smartphone aus der Hand und begutachtete es.

»Guck mal!«, rief sie aus. »Inklusive SIM-Karte, also bestimmt auch mit Vertrag. Wo ist denn der?«

»Hat wahrscheinlich Mama«, mutmaßte ich, noch nicht ganz über die Enttäuschung hinweg.

»Los«, sagte Lilli. »Ich habe das Vorgängermodell. In null Komma nix zeige ich dir alle Funktionen.«

Ein Glück, dass ich meine beste Freundin hatte!

Dankbar ließ ich mich neben ihr auf das Bett fallen und wir versenkten uns in meine »Emma-ist-endlich-wie-alle-anderen-Zukunft«.

Das dauerte ziemlich lange, und wir vergaßen die Zeit, weil wir uns mit WhatsApp-Nachrichten amüsierten.

Ich stellte mir vor, wem ich außer Lilli noch gerne schreiben würde, lächelte vor mich hin und gab einen kurzen Text ein. So ganz aus dem Herzen.

»Fein«, schrieb Lilli zurück. »Ich liebe dich auch, Süße, aber alles hat seine Grenzen. An wen hast du denn gerade gedacht?«

Ich las noch ihre Antwort, als sie schon losprustete.

Ich grinste schief.

»Aha!« Lilli gluckste noch eine Weile vor sich. »An Erik. Na, wenigstens ist der echt. Den darfst du lieben.«

Ja, dachte ich. Half mir bloß nicht viel bei einem Typen, der glatt durch mich hindurchschaute. Der mich seit einem bestimmten Moment vor drei Jahren tatsächlich gar nicht mehr wahrzunehmen schien.

Als sei ich aus Luft oder so.

Als sei ich nicht besser als ein gewisser Colin Helmsworth! Der Engländer in meinem Kopf kräuselte die Lippen. Ich drängte ihn mit aller Kraft beiseite.

Der bestimmte Moment vor drei Jahren hatte auch etwas mit Handys und Nachrichten zu tun gehabt, und seit damals versuchte ich, die Geschichte zu vergessen. Nicht einmal Lilli wusste davon. Manchmal war ich kurz davor, ihr davon zu erzählen, aber dann hielt ich lieber meine Klappe.

»Außer mit mir solltest du über die beiden Jungs übrigens nicht so viel reden«, erklärte Lilli jetzt. »Also weder über den in deinem Kopf noch über den, der dich nicht ansieht.«

Ich verstand, was sie meinte. Das konnte rufschädigend sein.

»Stell dir nur vor, die Viper erfährt davon!«

Damit meinte sie Josephine mit PH. Mir wurde zur Abwechslung mal ganz heiß.

»Keine Sorge, ich halte dicht.«

»Danke.«

Für meine Erzfeindin von nebenan wäre es ein Schlachtfest an Lästereien. Mit nebenan war natürlich das Hotel »Star« gemeint, das Josephines Mutter Anna von Lerchen gehörte. Diese Tatsache allein war angesichts meiner unglücklichen Familiengeschichte schon Demütigung genug.

Hinzu kam, dass Josephine außer dem PH in ihrem Namen, auf dem sie so bestand, ungefähr alles hatte, was ich mir wünschte: blonde Engelslocken, dunkelblaue riesige Augen, ein herzförmiges Gesicht, eine Stupsnase, einen Kussmund, die perfekte Figur … Ach ja, und sie war schon achtzehn, was ich auch gern gewesen wäre.

»Dafür ist sie ein Miststück«, sagte Lilli. »Eine gemeine, hinterhältige Zicke.«

Ich starrte sie an.

»Was ist denn?«, fragte sie.

»Du solltest die Fachrichtung wechseln.«

»Häh?«

»Vergiss die Glaskugel, die Karten und das Pendel. Konzentriere dich auf Telepathie. Wenn du damit reich geworden bist, kannst du mir ja eine kleine Provision zahlen.«

Lilli lachte laut heraus. »Weil ich erraten habe, dass du meganeidisch auf die Viper bist? Das war keine Kunst. Du hast ausgesehen, als würdest du in der nächsten Sekunde platzen.«

Ich musste auch lachen und gab mir alle Mühe, nicht mehr an Josephine von Lerchen zu denken. Es sah bestimmt nicht schön aus, wenn ich explodierte.

Plötzlich gab es Lärm im Eingang.

»Verdammt!«, stieß ich aus. »Die Gruppe aus München ist da und die Zimmer sind noch nicht fertig.«

»Die werden das schon überleben«, meinte Lilli ungerührt. »Schick sie rüber zu Gino, in der Zeit machen wir schnell alles fertig.«

»Gute Idee.«

Gino war das Eiscafé auf der anderen Seite des Marktplatzes.

Im Flur wurde herumgepoltert. Die sogenannte Lobby unseres Hostels bestand nur aus eben diesem Flur, der unwesentlich größer war als der im ersten Stock. In eine Ecke war ein alter Bartresen gequetscht, der als Empfang diente. Der Laptop und das altmodische Gästebuch darauf sahen aus, als hätten sie sich verlaufen. Vor dem Tresen standen zwei zerschrammte Barhocker. Nicht wirklich luxuriös, aber auch kein Grund, sich zu schämen, behauptete meine Mutter.

»Was ist das denn hier für ein Loch?«, erkundigte sich eine jugendliche Stimme mit bayrischem Einschlag. Klang absolut unausstehlich und arrogant, der Typ, fand ich gleich.

Ich trat aus dem Zimmer, drückte mich an der fünfköpfigen Gruppe vorbei und suchte Zuflucht hinter dem Tresen.

»Willkommen im ›Cloud‹«, sagte ich freundlich. »Ich hoffe, ihr hattet eine gute Anreise.«

Das war mein Standardsatz, den ich nur veränderte, wenn ältere Leute eincheckten. Dann siezte ich sie.

Der arrogante Typ baute sich vor mir auf. Er war groß, aber nicht größer als ich, hatte eng zusammenstehende Augen und herabhängende Mundwinkel. Sah aus wie dreißig, fand ich, war aber wahrscheinlich kaum achtzehn. Der war mir auf Anhieb so was von unsympathisch, dass ich mir mein Willkommenslächeln fest ins Gesicht tackern musste, um ihm nicht die Zunge rauszustrecken.

»Hier bleiben wir nicht«, klärte er mich auf.

»Nein?«

»Nein! Es ist primitiv und wahrscheinlich dreckig. Wir gehen nach nebenan ins ›Star‹.«

Idiot!

Das »Cloud« war klein und bescheiden eingerichtet, aber es war immer sauber, dafür sorgte ich schon!

Ich zwang mich, noch ein bisschen breiter zu lächeln. »Kein

Problem«, sagte ich. »Dann braucht ihr mir nur die Hälfte eurer Übernachtungskosten als Stornogebühr dazulassen. Und im ›Star‹ zahlt ihr übrigens hundert Euro. Pro Person. Aber ich kenne die Besitzerin, vielleicht macht sie euch ja ein Sonderangebot.«

Aus dem unfertigen Zimmer schallte Lillis Stimme herüber: »Klar! Hundert Euro plus Tritt in den Arsch.«

Zum Glück hörte das niemand außer mir, da jetzt ein großes Palaver unter den Jungs losging. Der arrogante Typ ließ sich nicht so leicht überstimmen, aber ich hörte, wie einer sagte: »Wir bleiben hier bei dem Vampirmädchen.«

Wie bitte?

Meinte der mich?

Weil ich einen gewissen … ähm … Gruftielook trug?

Oder was sonst?

Unauffällig checkte ich, ob ich seltsame Spuren im Gesicht hatte. Ich wischte mir mit den Fingern über den Mund, dann betrachtete ich sie genau.

Nö. Kein Blut.

Oder er spielte darauf an, dass ich von Natur aus eben etwas farbloser war als andere. Blass wie ein Leichentuch, wie mal jemand behauptet hatte. Schätze, das war Josephine mit PH gewesen, die sagte nie etwas Nettes über mich.

Ich hatte echt schon alles versucht. Sonnenbaden, Sonnenstudio, Selbstbräuner – zwecklos. Ich wurde nicht braun, noch nicht mal rot. Ich war und blieb – blass.

Böse starrte ich den Typen an.

Frechheit! Ich hatte große Lust, die ganze Bande rauszuwerfen. Aber sofort dachte ich an meine Mutter, an unsere Finanzen und daran, wie alles miteinander verknotet war. Also lächelte ich weiter und wünschte mir nur heimlich ein paar schöne scharfe Eckzähne.

Einer der Jungs trat vor. Er war kleiner und schmächtiger als die anderen und wirkte wie jemand, der seinen ganzen Mut zusammennehmen musste. Ein wenig sah er aus wie eine jüngere Ausgabe von Howard aus »The Big Bang Theory«, zum Glück ohne diese schreckliche Pilzkopffrisur und die neonfarbenen Klamotten. Er wirkte wie ein schüchterner Nerd und hatte es wahrscheinlich nicht leicht im Leben.

»Ich kann mir kein teures Hotel leisten, Bodo«, sagte er zu Mister Arroganz.

»Yo, Mann«, gab dieser zurück. »Unser kleiner Max hat entschieden, Leute. Wir müssen bleiben. Sonst wird sein Papa noch böse, weil Bubi das hart erarbeitete Geld rauswirft.«

Die anderen brachen in Gelächter aus, ein paar schlugen Bodo auf die Schultern.

Max wurde über und über rot, sagte aber nichts.

Schon klar, dachte ich. Er war es wohl gewohnt, ausgelacht zu werden.

Lilli, die nebenan gelauscht haben musste, dachte offenbar dasselbe wie ich. Sie kam aus dem Zimmer geschossen und baute sich mit verschränkten Armen vor Bodo auf.

»Nun mach hier mal nicht so auf dicke Hose, großer Häuptling! Sonst kannst du gleich wieder verschwinden. Wir dulden nur gut erzogene Gäste.«

Gut erzogene Gäste? Ich musste mir ein Grinsen verkneifen.

Das Gelächter der Münchner verebbte, bloß Bodo wirkte immer noch amüsiert.

»Und wer bist du?«, erkundigte er sich hochnäsig. »Hast du hier was zu sagen?«

»Ich putze eure Zimmer«, gab Lilli ungerührt zurück. »Stell dich lieber gut mit mir, sonst packe ich dir eine tote Maus ins Bett. Oder ich verfluche dein Kopfkissen. Dann träumst du, du liegst in einer Blutlache.«

Lilli hatte echt viel Fantasie. Und sie war in Gedanken noch bei dem Vampirmädchen.

Bodos Lachen bekam etwas Gezwungenes. Er warf Max einen bösen Blick zu.

Höchste Zeit für mich, einzugreifen, bevor Lilli genau das Gegenteil von dem erreichte, was sie wollte.

»War nur ein Witz, Leute!«, rief ich. »Gehört zum Erlebnis des Himmelsparks.«

Alle schienen erleichtert zu sein, selbst Bodo. Er trottete sogar fügsam über den Marktplatz zu Gino, und Lilli und ich beeilten uns, die Zimmer fertig zu kriegen.

»Mit denen wird's noch Stress geben«, sagte Lilli, als wir endlich durch waren.

Und ausnahmsweise sollte sie recht behalten.

4

Wo geht er denn hin?

Inzwischen war es fast Mittag, und ich lief los, um unsere Gäste bei Gino abzuholen. Wenn ich sie nicht vor zwölf Uhr einchecken ließ, kam Bodo von und zu Oberprotz noch auf die Idee, einen Preisnachlass zu fordern, weil die Zimmer für den späten Vormittag reserviert worden waren. Gäste mit solchen Buchungen hatten wir oft. Der Himmelspark bot ein besonderes Ticket an, das Samstagnachmittag und den ganzen Sonntag lang gültig war. Für Leute unter einundzwanzig war das supergünstig. Außerdem zahlten sie auf diese Weise auch nur eine Übernachtung.

Gut also für die Gäste, schlecht aber für das Hostel, weil es natürlich viel Arbeit machte, so oft die Zimmer neu herzurichten. Tja, wir mussten nun mal nehmen, was wir kriegen konnten.

Ich wurde aus meinen Gedanken gerissen, als ich über das Kopfsteinpflaster stolperte, und konnte mich gerade noch an dem bronzenen Denkmal festhalten, das in der Mitte unseres Marktplatzes stand. In Ermangelung irgendeines berühmten Kieseler Mitbürgers, den man hätte verewigen können, hatte die Stadtverwaltung einen Hamburger Künstler beauftragt, eine Gruppe von spielenden Kindern zu erschaffen. Womit sich Kiesel als besonders familienfreundlich darstellen wollte.

Ich sah mich schnell um, ob ich bei meinem Beinahesturz beobachtet worden war, und umrundete dann vorsichtig drei irgendwie erstarrte Kinder, die sich nach einem Ball streckten, den sie niemals erreichen würden. Bis auf eine kleine Gruppe Rentner auf verwitterten Holzbänken war der Platz gähnend leer. Hier im Zentrum gab es kaum noch Geschäfte, mal abgesehen von zwei Apotheken und einem Bäcker. Wer einkaufen wollte, musste raus vor die Stadt fahren. Da gab's noch ein bisschen mehr Leben, weil ein paar Kneipen die Leute anlockten. Und die richtig coolen Läden befanden sich ebenfalls außerhalb des Zentrums. Also die, in die ich noch nicht reinkam.

Für Kinder gab es hier jedenfalls null Angebote. So viel zum Thema Familienfreundlichkeit.

Ohne unser Hostel, das bei den einheimischen Jugendlichen langsam Kult wurde, wäre Kiesels Zentrum vermutlich demnächst ausgestorben. Meine Mutter war nämlich letztes Jahr auf die Idee gekommen, von Zeit zu Zeit Partys zu veranstalten. Immer, wenn wir nicht voll ausgebucht waren, wurden ein oder zwei Zimmer im Erdgeschoss kurzerhand zu Partyräumen umfunktioniert. Mama gab die coole Wirtin, und ich stieg ungemein im Ansehen auch bei den Leuten, die nicht zu meinem Freundeskreis gehörten. Diese Abende waren immer sehr lustig, und inzwischen wurde ich sogar von einigen aus Josephines Gefolgschaft gefragt, wann die nächste Party stieg.

»Was ist denn das hier für ein totes Nest?«, begrüßte mich Bodo, als ich das Café erreichte.

Er saß mit seinen Kumpels unter Ginos rot-weißer Markise und schlürfte an einem großen Eiskaffee.

»Gibt's hier auch lebende Menschen oder bloß diese Halbleichen da drüben und dich aus der Anderwelt?«

»Ich hätte noch ein paar Kinder aus Bronze anzubieten«, gab ich zurück. »Aber Vorsicht, die sind hart im Nehmen!«

Als von Bodo keine Erwiderung kam, fügte ich hinzu: »Eure Zimmer sind fertig.«

»Wurde ja auch Zeit.«

Die anderen grinsten, nur Max warf mir einen entschuldigenden Blick zu.

»Wie schon gesagt. Ihr könnt auch gern woanders wohnen, wenn es euch bei uns nicht passt«, wiederholte ich. »Es bleibt aber nur das ›Star‹, weil alle anderen Unterkünfte komplett ausgebucht sind.«

Bodo machte gurgelnde Geräusche mit seinem Strohhalm, bevor er aufstand und mir antwortete: »Und das weißt du, weil du sämtliche Besitzer kennst? Oder weil ein Vampirmädchen wie du in den Gehirnen seiner Konkurrenten lesen kann?«

»Vampire können so was aber eigentlich nicht«, murmelte Max, »sondern …«

Ich unterbrach ihn. »Das weiß ich, weil dies das zweite Wochenende im Juli ist.« Ich machte mich ein bisschen größer. War aber nicht unbedingt nötig, denn Bodo musste sich sowieso anstrengen, um mit mir auf Augenhöhe zu sein. »Überall sind Sommerferien. Und wenn du dich nicht sofort benimmst …«

»Was dann?«, fragte Bodo.

»Baby, soll ich ihm eins auf die Nase geben?«, fragte Colin in meinem Kopf.

Das wäre eine prima Option, fand ich. Herr Oberprotz war für dezente weibliche Signale offensichtlich unempfänglich. Der ließ sich nur von seinesgleichen beeindrucken. Jede Wette.

»He, träumst du, Vampirmädchen?« Bodo sah mich lauernd an. »Was ist, wenn ich mich nicht benehme?«

Meine Zähne gaben ein knirschendes Geräusch von sich, bevor ich mit aller Kraft meine Kiefermuskulatur wieder lockerte. »Dann kannst du das gern mit meinem Freund ausdiskutieren«, entfuhr es mir, bevor ich mich zurückhalten konnte.

»Yes, dear, er soll nur herkommen!«, knurrte Colin.

Na, das war wohl doch keine gute Idee gewesen. Warum musste ich mich aber auch immer verplappern?

»Ich meine, dann könnt ihr auch hier auf dem Marktplatz pennen«, sagte ich lahm.

»Wenn du willst, geben wir ihm eins auf die Nuss«, meldete sich da eine Stimme, die ich nur zu gut kannte.

Ich wirbelte herum. Vor mir stand Dustin und blickte finster zu Bodo hinüber. Janne, Mario und Sammy traten zu ihm. Nur Lilli fehlte, sonst wären wir komplett gewesen.

Dustin, der unseren Wortwechsel offenbar gehört hatte, warf sich in die Brust, was allerdings nicht ganz die gewünschte Wirkung erzielte, da er ziemlich dünn war. Mario und Sammy strotzten auch nicht gerade vor Muskelkraft und Janne war überzeugte Pazifistin. Trotzdem schienen alle vier bereit zu sein, sich für mich in den Kampf zu stürzen.

Ich liebte sie ausnahmslos! Sie waren für mich immer die große Familie gewesen, die ich nie gehabt hatte.

Bodo betrachtete Dustin und amüsierte sich prächtig. »Ist das dein Freund?«, erkundigte er sich bei mir.

Die anderen waren ebenfalls aufgestanden, nur Max blieb sitzen und sah aus, als wünschte er sich ein Mauseloch herbei, in das er sich verkriechen konnte.

»Wir sind die Wild People«, erklärte Dustin und fuhr sich durch seine karottenroten Haare, während ich innerlich zusammenzuckte. Die Sache mit unserem Cliquennamen war Lilli und mir inzwischen unendlich peinlich.

Natürlich hatten wir damals auch einen Namen haben wollen, nachdem Josephine verkündet hatte, sie und ihre Freunde würden sich von nun an »Rich and Beautiful« nennen, kurz die »R'n'Bs«. Und das war auch von heute aus betrachtet immerhin noch kindischer als die »WPs«, fand ich.

»Ihr solltet euch lieber nicht mit uns anlegen«, sagte Dustin und ließ seine Snakebites aufblitzen.

Bodo verzog jedoch nur abfällig das Gesicht.

Ich unterdrückte ein Seufzen. Dustin war ein Schatz, aber er musste noch lernen, dass ein wilder Name allein nicht reichte, um andere Leute zu beeindrucken. Da halfen auch keine Piercings – und keine Tattoos, wie ich in Gedanken gleich ergänzte. Denn gerade rollte Dustin seinen rechten Ärmel hoch und zeigte auffällig unauffällig einen verdammt mageren Drachen.

Nun sah Bodo unendlich verwirrt aus.

»Komm her, wenn du dich traust!«, rief Dustin.

Himmel, wollte er wirklich für Colin einspringen?

Bodo schaute von ihm zu mir und wieder zurück.

So langsam spitzte sich die Lage zu. Wie unangenehm – auf keinen Fall durfte es hier zu einer Schlägerei kommen, weil ich Stress mit Gästen des »Cloud« hatte! In aller Öffentlichkeit! Unser Hostel hätte schnell einen schlechten Ruf weg.

»Reg dich ab, Pumuckl«, sagte Bodo da. »Ich schlage mich nicht mit Kindern.«

Dustin stieß ein Knurren aus. Wenn er eines hasste, dann war es dieser Spitzname. Er hob die Fäuste. »Dir werd ich's zeigen!«

Einen Moment lang war Bodo zu verdutzt, um zu reagieren. Er starrte den schmächtigen Dustin an, als könnte er nicht fassen, dass der sich offenbar wirklich prügeln wollte. Dann tauschte er einen fragenden Blick mit seinen Freunden – und seine Mundwinkel begannen zu zucken. In der nächsten Sekunde brach er in ein gröhlendes Gelächter aus, klopfte sich auf die Schenkel und hielt sich den Bauch. Die anderen taten es ihm nach, was nicht in allen Fällen ganz echt wirkte.

Nur Max schien vor meinen Augen zu schrumpfen.

Dustin, Mario und Sammy waren jetzt alle drei schwer beleidigt. Logisch. Wer wird schon gern von irgendwelchen fremden Typen ausgelacht?! Das kratzte schwer an ihrem Selbstbewusstsein und der »Pumuckl« war auch noch nicht vergessen.

Ich überlegte fieberhaft, wie ich die drohende Schlägerei verhindern könnte. Denn es war vollkommen klar, welche Gruppe dabei schlimm vermöbelt werden würde.

»Hilfe!«, murmelte ich.

Auf Colin konnte ich mich nicht verlassen, das wurde mir schlagartig bewusst.

Und sonst?

Panisch sah ich mich um. Das Denkmal, die Alten auf ihren Bänken, das Rathaus, das »Cloud«, das »Star«, eine der beiden Apotheken …

Und da entdeckte ich – ihn.

Lässig schob er sein Sportrad über den Platz und wirkte dabei vollkommen entspannt. Er trug Kopfhörer und schien nichts von seiner Umgebung wahrzunehmen – wie jemand, der sich selbst genug war.

Ein Mann, kein Junge.

Erik Hansen.

Mein Herz hüpfte plötzlich auf und ab. Das machte es immer, wenn Erik in mein Sichtfeld geriet. Tat leicht weh, fühlte sich aber auch ziemlich großartig an.

Seit dem ersten Tag, als ich ihn gesehen hatte, ging mir das so. Drei Jahre war das inzwischen her.

Schon mit fünfzehn war er ungewöhnlich groß gewesen, mit blonden Haaren und bernsteinfarbenen Augen.

Ja, bernsteinfarben!

Nicht einfach hellbraun. Das haben alle gesagt, nicht bloß ich.

Sämtliche Mädchen in der Schule waren augenblicklich in ihn verliebt gewesen, und alle waren sich einig, dass er viel zu schön für einen Jungen war. Und trotzdem irgendwie wahnsinnig männlich.

Bald hieß es außerdem, dass er nur Bestnoten schrieb, ohne damit anzugeben, und dass er wahnsinnig nett sei. Der hatte es nicht nötig, einen auf cool und unnahbar zu machen, der passte sich auch nicht der Masse an. Damals hatten alle Jungs ihre Haare auf Justin-Art ins Gesicht gekämmt und zeigten den Rand ihrer Boxershorts.

Erik nicht.

Er trug noch nicht mal Markenklamotten. Dabei war er kein Freak wie die Leute aus der Mathe-AG und kein Alternativer wie die aus der Theatergruppe. Er war einfach nur ein ganz normaler Junge, der mit seinen Eltern aus Hamburg ins kleine, unbedeutende Kiesel gezogen war und keine große Sache draus machte. Alle, wirklich alle liebten ihn.

Ich auch.

Sogar schon bevor ich gehört hatte, dass er an drei Nachmittagen in der Woche freiwillig beim Paritätischen Wohlfahrtsverband arbeitete.

Erik Hansen war einfach perfekt, und meine Liebe zu ihm war selbstverständlich die größte, die innigste, die reinste. Ich wurde zum Basketball-Fan, als er ins Team des Sportvereins aufgenommen wurde. Ich lungerte vor der Schule rum, bis er herauskam, und ich spazierte Stunde um Stunde vor seinem Elternhaus auf und ab.

Hey! Ich war kein Stalker! Damit das klar ist! Bloß ein verknallter Teenager. Und voller wilder Hoffnungen.

Bis die schreckliche Sache mit der SMS passierte, von der ich bis heute nicht mal Lilli erzählt hatte.

Noch am selben Abend schwor ich mir, nie wieder auch nur einen einzigen Gedanken an Erik Hansen zu verschwenden.

In dieser Nacht war Colin zum ersten Mal durch meine Träume gegeistert. Und am nächsten Morgen war alles anders. Da war ich nicht mehr allein.

Instinktiv schaute ich mich auch jetzt nach Colin um. Aber zwischen den realen Jungs vor mir war er nicht auszumachen. Abgesehen von Max wirkten inzwischen alle kampfbereit, ich hörte sie geradezu mit den Füßen scharren.

»Trau dich doch!«, rief Bodo zu niemandem Bestimmten.

Dustin fühlte sich natürlich angesprochen. »Mit dir werde ich locker fertig.«

»Falls ich dich nicht vorher ins Kopfsteinpflaster ramme.«

»Das wollen wir erst mal sehen!«

Dustin trat einen Schritt vor, Bodo auch.

O Gott! Was sollte ich bloß tun?

Mein Blick wanderte automatisch zurück zu Erik. Inzwischen war er knapp zwei Meter groß. Eins siebenundneunzig, um genau zu sein. Die Info hatte ich von seiner Facebook-Seite. Und blond, so traumhaft blond. Und die Augen, so bernsteinfarben, so …

Uff! Kitsch!

Wo er wohl hinging?

Sein Elternhaus stand auf der anderen Seite von Kiesel, beantwortete ich mir die Frage selbst, und er hatte nach einer längeren Radtour wohl keine Lust gehabt, außen um die Stadt herum zu fahren.

Oder seine innere Stimme hatte ihm geraten, in genau dieser Minute hier aufzutauchen, weil die schöne, ein wenig zu lang geratene und etwas zu blasse Emma Stern dringend seine Hilfe brauchte?

Ja, klar! Träum weiter, du Knallkopp!

Diesmal brachte es nichts, mich selbst auszuschimpfen. Ich betete intensiv, er möge mich entdecken, zu mir rüberkommen und mich einfach auf seinem Rad mitnehmen – sofern da Platz für mich war. Das Teil sah ziemlich schnittig und unbequem aus und einen Gepäckträger hatte es auch nicht.

Trotzdem konnte ich nicht anders und gab mich der Vorstellung hin, à la Märchenprinzessin von Erik auf seinem weißen Pferde-Fahrrad errettet zu werden und dem ganzen Stress hier zu entgehen. Bei der Gelegenheit durfte er seine Liebe zu mir entdecken.

Die Frage war nur wieder mal, ob meine Füße auf dem Boden schleifen würden, wenn schon der Schimmel zu klein war.

Schluss, Emma!

Während dieser paar Sekunden hatte sich die Stimmung zwischen den Jungs aus München und den Wild People elektrisch aufgeladen. Ich sah kurz hin und entdeckte vorgestreckte Schultern und fest zusammengepresste Lippen.

Oha!

Jetzt würde aber Leben in Kiesels totes Zentrum kommen.

»Hilfe!«, sagte ich wieder, diesmal etwas lauter.

Und Lilli hörte mich.

Lilli, die behauptete, keine Gedanken lesen zu können, kam aus dem »Cloud« geschossen wie eine Furie.

Später würde sie schwören, sie habe durchs Fenster Erik entdeckt und ihm einfach nur Hallo sagen wollen. Mochte ja stimmen, aber so langsam wurde ich misstrauisch, was ihre Fähigkeiten betraf.

Im Moment war ich jedoch einfach froh zu sehen, wie sie ihn am Ärmel zog und mit der freien Hand in unsere Richtung wies. Eriks Augen schimmerten auch über die Entfernung wie goldener Bernstein, als er zu uns herschaute. Er wirkte immer noch entspannt, nickte aber ernsthaft, als Lilli hektisch auf ihn einredete. Ich sah, wie sie unruhig von einem Fuß auf den anderen trat, während Erik nun sein Rad abstellte und mit ihr zusammen den Marktplatz überquerte.

Mein Herz sprang jetzt Trampolin, mein Sichtfeld verkleinerte sich rapide. Es war völlig ausgefüllt von Erik. So groß, so blond, so …

»Hey, Leute«, sagte er mit seiner tiefen, ruhigen Stimme.

Es war die Stimme eines Einser-Abiturienten, der im Herbst in Hamburg Medizin studieren würde; eines jungen Mannes, dessen Vater Neurochirurg und dessen Mutter Kardiologin war; eines Spitzensportlers, der schon mal Basketball-Landesmeister gewesen war; eines guten Menschen, der in seiner Freizeit als Sanitäter im Himmelspark arbeitete. Knapp und klar: Es war die Stimme des wunderbaren Erik Hansen, der eigentlich nicht echt sein konnte, so perfekt war er.

Leider *zu* perfekt für mich.

In meinem Brustkorb kehrte Ruhe ein. Wahrscheinlich hatte mein Herz sich ein paarmal zu oft überschlagen und hing erschöpft zwischen den Rippen herum.

Dustin und die anderen aus unserer Clique wirkten erleichtert, die Münchner fühlten sich eher gestört. Die hatten sich auf eine saftige Rauferei gefreut.

Aber obwohl Erik wahrscheinlich jünger war als sie – Max mal ausgenommen –, strahlte er eine solche Souveränität aus, dass sie die Fäuste senkten.

»Alter, du störst«, knurrte Bodo.

»Tut mir leid«, gab Erik entspannt zurück, »doch ich möchte sicherstellen, dass es keinen Ärger gibt.«

Ich fand, er redete schon wie ein zukünftiger Chefarzt. Fast, aber nur fast wäre ich vor lauter Anbetung zu Boden gesunken. Gerade noch rechtzeitig erinnerte ich mich daran, dass ich eine kluge, beliebte Siebzehnjährige war, die es schon lange nicht mehr nötig hatte, einem Erik Hansen nachzulaufen.

Auf Bodo hingegen machte sein Chefarzt-Tonfall keinen sonderlichen Eindruck.

»Und was geht's dich an? Bist du hier der Dorfbulle, oder was?«

»Nein«, erwiderte Erik ruhig. »Aber ich arbeite für das DRK und habe heute meinen freien Tag.«

»Ja, und?«

Erik lächelte schmal. »Ich bin Sanitäter. Und ehrlich gesagt habe ich keine große Lust, gleich eure Knochenbrüche, Prellungen und Veilchen zu verarzten.«

Bodo stieß ein abfälliges Schnauben aus. »Uns passiert schon nichts. Mach dir mal lieber um die wilden Pfeifen hier Sorgen.«

Seine Kumpel fielen in sein hämisches Lachen ein, bis sie nach und nach wieder verstummten. Selbst Bodo wurde still. Dabei hatte Erik gar nichts Besonderes getan. Er stand bloß plötzlich ein bisschen aufrechter da, ließ seine Kiefermuskeln spielen und machte sich breit in den Schultern. Die Botschaft war klar: Wenn ihr Keile wollt, müsst ihr euch auch mit mir anlegen.

Ach, Erik, mein Held!

Ich schmolz dahin und mein Herz bewegte sich wieder ganz vorsichtig.

»Hey, Mann«, sagte Bodo und klang ganz anders als eben noch. Leiser, beinahe friedvoll. »Wir wollen keinen Stress. Wir sind hier, um uns zu amüsieren. Richtig, Jungs? Und wir müssen unseren kleinen Max beschützen. Dem darf nichts passieren, das haben wir seinem Papi versprechen müssen.«

Er beugte sich kurz runter und kniff Max kräftig in den Oberarm. Der gab keinen Ton von sich.

Lilli schon.

»Mistkerl«, sagte sie und stemmte die Hände in die Hüften.

Und auf einmal war's mir egal, dass alles miteinander verbunden war: meine Mutter, der Himmelspark, das Hostel, meine Zukunft.

Ungerechtigkeit konnte ich echt nicht ausstehen, und Mobbing schon gar nicht. Wenn ich unsere Gäste nun vergraulte, dann musste ich mir heute Abend für meine Mutter eben was einfallen lassen. Oder ich blieb einfach bei der Wahrheit. Meinen Gerechtigkeitssinn hatte ich von ihr geerbt. Sie würde mich schon verstehen.

Ich setzte mich auf den freien Platz neben Max, legte ihm eine Hand auf die Schulter und schaute Bodo fest in die Augen.

»Wie wär's? Willst du mich auch mal eine Runde kneifen? Wenn du dich so gern mit Schwächeren anlegst?«

»Pah«, machte er. »Gib jetzt bloß nicht die Wonderwoman. Das war doch gar nichts. Max hat es gern, wenn man ihn hin und wieder knufft.«

»Wirklich?«, fragte ich Max. Der war vor Verlegenheit ganz rot geworden, genau wie vorhin im Hostel, und schüttelte den Kopf.

»Dachte ich's mir.«

»Wäre ja auch echt krank«, kommentierte Lilli, woraufhin Max' Gesichtsfarbe von Rot zu Lila wechselte.

Lilli grinste breit, aber in ihren Haselnussaugen flammte Interesse auf. Sie besaß ein großes Herz für Außenseiter.

»Probier's doch mal an mir aus«, sagte ich zu Bodo. »Bin gespannt, wie gern *ich* das habe.«

»Ich lege mich nicht mit Mädchen an«, gab Bodo zurück.

Langsam wurde ihm die Sache unangenehm und er sah sich nach seinen Freunden um. Die wussten mit mir auch nichts anzufangen und guckten bloß verlegen. Lilli dagegen stand genauso ruhig da wie Erik. Beide beobachteten gespannt die Szene.

»Was sagst du denn dazu, Max?«, fragte ich. »Findest du es okay, wenn der Typ dich schikaniert?«

Warum er wohl so ein Wochenende mit Leuten mitmachte, dachte ich, die keine Freunde waren?

Max sagte keinen Ton. Er schrumpfte nur noch weiter in sich zusammen.

»Ey, mach mal nicht so ein großes Ding daraus«, brummte Bodo. »Unser Kleiner braucht keine Hilfe. Er ist von seinem Alten ganz andere Sachen gewöhnt. Der hält seinen Sohn nämlich für ein Weichei.«

Max zuckte unter diesen Worten zusammen, und mir wurde klar, dass hier sein wahres Problem lag. Anscheinend hatte er voll Stress mit seinem Vater.

Hätte ich auch gern, dachte ich und war für einen Moment abgelenkt. Stress mit meinem Vater. Egal was. Hauptsache, ich hätte überhaupt Kontakt zu ihm.

Verdammt!

Dies war nicht der richtige Moment, um über meine kaputte Familie zu grübeln.

Schnell konzentrierte ich mich wieder auf Max. Und mir wurde klar, dass Bodo ausnahmsweise einmal recht hatte – ich musste es gut sein lassen, wenn ich Max nicht noch mehr in Verlegenheit bringen wollte. Er hatte auch ohne ein Mädchen, das ihn verteidigte, genug auszustehen.

Also sprang ich auf und wandte mich an die Gruppe, ohne Bodo direkt anzusprechen.

»Bloß keinen Streit mehr, Leute. Die Zimmer sind fertig, ihr könnt einchecken und anschließend direkt in den Park gehen, okay?«

Dann drehte ich mich zu meinen Freunden um. »Und Dustin, schön dass ihr da seid, aber ich habe heute überhaupt keine Zeit für euch. Charlotte ist nicht da und ich muss noch eine Million Dinge erledigen.«

»Alles klar«, sagte er, und die anderen nickten. »Wir hauen schon wieder ab. Wir wollten dir ja auch eigentlich nur schnell gratulieren.«

Mist!

Das hatte hoffentlich niemand gehört. Denn nichts wäre schlimmer als ein gleichgültiges Schulterzucken von Erik Hansen. Hätte ich nicht ertragen. Ich wollte nicht zu ihm hinsehen, aber ich konnte nicht anders. Mein Blick wanderte wie von selbst zu ihm hinüber.

Er schaute mich an.

Nicht: durch mich hindurch.

ER SCHAUTE MICH AN!

Er sah mir sogar direkt in die Augen.

Mein Herz starb eine Art Scheintod, und mir wurde schwarz vor Augen, bis es in letzter Sekunde beschloss, doch weiterzuschlagen.

Danke!

Gerade jetzt zu sterben, wäre echt ungünstig gewesen.

Erik zuckte nicht mit den Schultern, er blieb ganz entspannt und ließ seinen Blick weiterhin auf mir ruhen. Es fühlte sich an wie eine Umarmung.

Wahnsinn! Hatte er in diesem Augenblick verstanden, dass die kleine, ihn anschmachtende Emma endlich erwachsen geworden war?

»Kleine« im übertragenen Sinn, natürlich.

»Du hast Geburtstag?«

Ich konnte bloß schwach nicken.

»Hat sie! Hat sie!«, rief Lilli. »Sie ist süße Siebzehn geworden.«

Womit sie meinen erwachsenen Eindruck glatt wieder ruinierte.

Bei Dustin, Mario, Sammy und Janne gab es nun kein Halten mehr. Sie stürzen sich auf mich und erdrückten mich fast in einer Gruppenumarmung. Es gab Küsse rechts und links auf die Wangen, wobei einige Schmatzer nur meinen Hals trafen, weil alle außer Mario kleiner waren als ich.

Lilli klatschte begeistert in die Hände und ignorierte die tödlichen Blicke, die ich auf sie abfeuerte. Vielleicht waren sie auch einfach nicht tödlich genug, da ich mich gegen diese geballten Zuneigungsbezeugungen nicht wehren konnte. Sogar aus den Reihen der Münchner waren Glückwünsche zu hören.

Bodo mal ausgenommen.

Leider machte Lilli nun jedoch endgültig alles wieder zunichte, indem sie sich zu Erik in die Höhe streckte und ihm mit dem Finger auf die Brust tippte.

»Heute Abend steigt die große Party im ›Cloud‹. Du kommst doch auch?«

Ein schneller Seitenblick auf Janne sagte mir, dass meine Freunde sich längst einig über den heutigen Abend waren.

Dann sah ich wieder zu Erik und bemerkte, dass er leicht die Stirn runzelte.

Na toll. Jetzt fühlte er sich doch wieder von mir verfolgt. Konnte ich bitte mal auf Kommando ohnmächtig werden?

Klappte natürlich nicht. Es gab bestimmt Leute, die das konnten, ich gehörte leider nicht dazu.

Ich löste mich stattdessen aus der Gruppenumarmung, sank auf den Stuhl neben Max zurück und starrte verzweifelt auf die

Tischplatte. Warum musste Lilli mir das antun? Eben noch war ich glücklich gewesen, weil Erik mich überhaupt wahrgenommen hatte. Das hätte mir gereicht, wirklich!

Und nun überfiel sie ihn mit einer Einladung, die er zweifellos ausschlagen würde.

Hundertpro.

»Es gibt keine Party«, murmelte ich. Zu leise, um von irgendjemandem außer Max gehört zu werden. Diesmal legte er mir eine Hand auf die Schulter.

Nett, aber es half mir nicht.

In meinen Ohren rauschte es, und es dauerte einen Moment, bis ich wieder zuhören konnte.

»Super«, sagte Lilli. »Aber gib dir Mühe. Weißt du, halb Kiesel wird kommen, und so wahnsinnig viel Platz haben wir im ›Cloud‹ ja nicht. Wäre blöd, wenn du am Ende draußen feiern musst.«

Mir wurde heiß.

Und kalt.

Gleichzeitig.

Was hatte ich verpasst?

Max warf mir einen schüchternen Blick zu. »Er will versuchen, es zu schaffen«, flüsterte er.

5

Das Ohr bleibt dran!

Eine halbe Stunde später waren die Münchner Jungs fast so weit, dass sie zum Himmelspark aufbrechen konnten. Sie standen schon in unserem engen Flur zusammen, nur Bodo lärmte vernehmlich in seinem Zimmer und fluchte vor sich hin. Der war immer noch stinkig.

Lilli erklärte gerade Max, wie sie am schnellsten ans Ziel kamen: »Nach hinten raus, über die Gasse. Dort nehmt ihr den Durchgang zwischen den beiden roten Klinkerhäusern direkt gegenüber. Und danach den Feldweg am Wald entlang. Anschließend müsst ihr nur rechts um das Parkgelände herum bis zum Haupteingang laufen.« Dabei legte sie den Kopf schief, fuhr sich mit der Hand durchs Haar und klimperte fleißig mit den Augenlidern.

Leider erzielte sie keinen erkennbaren Erfolg. Max schien einer der wenigen netten Jungs auf dieser Welt zu sein, die immun gegen Lillis Charme waren. Er nickte nur ernsthaft und bedankte sich für die Information.

Daraufhin übte Lilli sich in einem Schlafzimmerblick, den ich für durchaus gelungen hielt.

»Bist du müde?«, fragte Max hilflos.

Er bekam bloß ein Seufzen zur Antwort.

Sie standen sich vor unserem alten Bartresen gegenüber und wirkten auf mich beide verflixt unsicher.

Lilli suchte sich grundsätzlich die Außenseiter aus. Als Kind hatte sie jedes verlassene oder kranke Tier eingesammelt, um es zu pflegen. Ich fand, wirklich verändert hatte sie sich seitdem nicht. Die ganz normalen Jungs interessierten sie wenig.

Und Max – na, der sah nicht gerade aus wie ein Mädchenschwarm. Er hatte bestimmt keine Ahnung, wie er sich verhalten sollte.

Unauffällig lächelte ich in mich hinein. Ich stand auf der anderen Seite des Tresens und konnte sie gut beobachten, während ich Eintrittskarten an die Gäste verteilte. Es gehörte zu unserem Service, die Tickets für sie bereitzuhalten, damit sie sich nicht in die Warteschlangen an den Kassenhäuschen einreihen mussten.

Alle bedankten sich artig. Bis auf Bodo, der inzwischen aufgetaucht war und mir seine Karte einfach aus der Hand riss.

So ein Blödmann!

»Wo müssen wir lang?«, bellte er mich an.

Ich schwieg einfach.

»Max kennt den Weg«, erklärte Lilli.

Sie hoffte wohl, er würde dadurch in der Achtung der anderen steigen. Zwischen einem Vögelchen mit gebrochenem Flügel und einem Jungen mit angeknackstem Selbstbewusstsein bestand für sie kein großer Unterschied.

»Habt ihr gehört?«, rief Bodo in die Runde »Wir haben einen Leitesel.«

Na ja, so ganz war Lillis Plan nicht aufgegangen. Ich warf ihr einen Blick zu. Lass gut sein, sagte ich damit. Die müssen erst mal abziehen, danach können wir in Ruhe über alles reden.

Sie nickte unmerklich und trat dicht an Max heran.

»Viel Spaß«, sagte sie.

Max' Rückenwirbel machten mit dem harten Tresen Bekanntschaft, so entschieden wich er zurück.

Lilli tat, als bemerke sie es nicht. »Und wenn ihr nachher wiederkommt, kannst du mir helfen, Emmas Party vorzubereiten, okay? Der Park schließt um sechs, da haben wir genug Zeit.«

»Das mache ich sehr gern«, erwiderte Max ernsthaft.

Mein Lächeln wurde noch ein ganzes Stück breiter. Die zwei hatten einiges gemeinsam. Zum Beispiel ihre Hilfsbereitschaft. Dann fiel mir ein, dass es um die Geburtstagsfeier ging, die ich eigentlich gar nicht wollte. Mir war inzwischen vollkommen klar, dass Erik nur aus lauter Höflichkeit gesagt hatte, er werde versuchen zu kommen. Und jetzt graute mir schon wieder davor, eine Party feiern zu müssen, auf der ich nur warten und warten würde.

Bodos Aufmerksamkeit hatte sich inzwischen auf die Fotos an den Flurwänden gerichtet.

»Wow! Die ›CloudKiss‹!«

Zum ersten Mal klang er weder arrogant noch doof, sondern regelrecht beeindruckt.

Kein Wunder, unsere Achterbahn war ja auch etwas Besonderes, das kam sogar auf den Fotos rüber. Die waren natürlich in aller Welt bekannt, und auf YouTube gab es ein tolles Video, das Bodo wie Tausende anderer User bestimmt schon angeklickt hatte. Aber unsere Aufnahmen hier an den Wänden und dazu das Wissen, bloß ein paar Hundert Meter von der »CloudKiss« entfernt zu sein, hatten auf ihn wie auf alle Gäste eine berauschende Wirkung.

Vor hellblauem Hintergrund prangte in der Mitte unserer kleinen Galerie ein Bild von der Größe eines Posters. Darauf war die »CloudKiss« in ihrer vollen Pracht zu sehen: eine Achterbahn in Form einer Wolke, mit himmelfarbenen Schienen und zweisitzigen Gondeln, ebenfalls wie Wolken gebaut, nur sehr viel kleiner, geradezu verschwindend klein und dem riesigen Gerüst scheinbar hilflos ausgeliefert. Die Fahrt, so viel wusste wohl jeder unserer Gäste, ging zunächst im Innern der Riesenwolke hoch und höher, bis die Wagen praktisch direkt in den Himmel hineinrasten, fast schon in den echten Wolken. An diesem Punkt war die »CloudKiss« hundertfünfundvierzig Meter hoch und damit eine der höchsten Achterbahnen der Welt.

Es war ein Wahnsinnsgefühl, wenn der Wagen in die Tiefe schoss, quasi schwerelos. Ich war schon oft mitgefahren, meistens mit Lilli. Leider nie mit einem gut aussehenden Typen, der den »CloudKiss des Monats« mit mir probieren wollte.

Colin in meinem Traum zählte nicht.

Bodo war weitergegangen und verzog jetzt das Gesicht beim Anblick einiger Fotos. Seine Freunde gruppierten sich um ihn herum, glotzten und lachten dann laut.

»Da beißt ein Typ 'nem Mädchen in die Nase«, sagte einer.

»Und hier knallen zwei mit den Köpfen zusammen«, meinte ein anderer.

»Der da ist sein Ohr los!«, rief ein dritter. »Ist ja abgefahren!«

»Seine Freundin hat es aber wieder ausgespuckt«, erklärte Lilli freundlich. »Sie geht mit mir in eine Stufe und hat erzählt, es hätte voll eklig geschmeckt. Nach Haargel und Babylotion.«

Auf einmal schauten wir in lauter aufgerissene Augen.

Nur Bodo blieb lässig. »Ihr spinnt ja.«

»Kleiner Scherz«, gab Lilli zu. »Aber das Ohr sieht seitdem aus wie ein Miniblumenkohl, und der Junge benutzt neuerdings eine andere Bodylotion, weil seine Freundin ihn wochenlang ›Bübchen‹ genannt hat.«

Bodo hob die Schultern. »Kann doch nicht so schwer sein, so ein Kuss.«

»Probier du das mal bei über hundert Stundenkilometern«, gab ich zurück.

Im selben Moment ärgerte ich mich. Warum ließ ich mich schon wieder von dem Typen provozieren? Er sollte endlich verschwinden. Ich hatte einfach keinen Nerv, ihm jetzt auch noch das Prinzip der »CloudKiss« zu erklären.

Das war nämlich der besondere Gag an der Achterbahn. Rund fünfzig Meter unter dem höchsten Punkt, wo der Wagen schon so richtig Fahrt aufgenommen hatte, war eine Kamera installiert. Das Pärchen, das es schaffte, genau dort einen perfekten Kuss hinzulegen, gewann einen tollen Preis. Meistens gab es zwei Tickets für Rockfestivals. Und sollte in einem Monat mehr als ein Pärchen dieses Kunststück schaffen, wurde ausgelost. Das kam aber so gut wie nie vor, weil es echt schwierig war.

Der gelungene Kuss hieß »CloudKiss des Monats«, denn er sollte zweierlei symbolisieren: die Liebe zwischen zwei jungen Leuten und die geniale Höhe der Achterbahn, wo man sich beinahe in den Wolken küsste.

Bis vor ein paar Jahren war der Himmelspark nur mittelmäßig attraktiv gewesen, aber seit es die »CloudKiss« gab, gehörte er zu den erfolgreichsten Parks in Deutschland. Die Kieseler Geschäftsleute freute es und selbst ein kleines Hostel wie unseres profitierte von dem Besucherzustrom.

Abgebissene Ohren hatte es allerdings wirklich noch nicht gegeben, aber ein paar Schneidezähne hatten schon dran glauben müssen.

Bodo zeigte ein halbes Lächeln. »Für mich wäre das eine Kleinigkeit, bloß habe ich leider kein Mädchen zur Hand, und Vampire küsse ich nicht.«

Dieser Mistkerl!

»Aber …«, setzte er hinzu, als er eine Bewegung an der Eingangstür bemerkte und gleich darauf sah, wer da hereinkam, »ich weiß genau, wen ich stattdessen küssen würde.«

»Schieß dich ins Knie, Alter«, gab die Besucherin trocken zurück.

»Mach ich gern, meine Schöne. Sobald du mich da oben im Himmel geküsst hast.«

Oha!

Bodo konnte ja richtig charmant sein.

»Aber ich warne dich«, fuhr er fort. »Mein Ohr bleibt dran! Das brauche ich noch, um heute Nacht deinem Liebesgeflüster zu lauschen.«

»Brech!«, rief jemand. Leider konnte ich nicht ausmachen, wer das gewesen war. Max und Lilli schieden aus, die standen direkt vor mir auf der anderen Seite des Tresens und waren still. Anscheinend hatte Bodo nicht nur Fans unter seinen Kumpeln.

Schnell sah ich wieder zu der Besucherin hinüber. Zwei große dunkelblaue Augen verengten sich zu Schlitzen und schossen grelle Blitze auf Bodo ab.

Lilli beugte sich über den Tresen. »Sieht aus wie in ›World of Warcraft‹. Original!«, raunte sie mir zu.

Fragend sah ich sie an. Ich machte mir nichts aus Computerspielen, aber Lilli hatte sich mal eine Woche lang durch die angesagtesten Games durchgespielt, um mitreden zu können, wenn Jungs sich darüber austauschten. Dummerweise wollte niemand ihre Meinung hören, sondern lieber mit ihr rumknutschen.

Zum Glück kehrte sie bald zu Esoterik und Magie zurück, womit sie wieder meine vertraute und nur ganz leicht verrückte Freundin war.

»Mündungsfeuer, Raketenwerfer«, erklärte Lilli ungeduldig. »Genau solche Blitze kommen da raus.«

»Raketenwerfer?«, wiederholte ich erschrocken.

Lilli rollte mit den Augen. »Ja. Und das sind verdammt große und heiße Teile.«

»Wir haben uns das aber nur eingebildet, ja?«, fragte ich. Mir waren diese Strahlen unheimlich.

»Sicher«, gab Lilli zurück. »Na ja. Ziemlich sicher. Sah schon verdammt echt aus. Was sagst du dazu, Max?«

Sie stieß ihm einen Ellenbogen in die Seite.

Max zuckte zusammen. Für einen Moment glaubte ich, er würde gleich über den Tresen zu mir herüberklettern. Auf die sichere Seite. Weg von Lilli.

Aber dann blieb er mannhaft stehen und antwortete ruhig: »Mir ist nichts aufgefallen.«

»Logisch, wahrscheinlich hast du nur auf ihre Brüste gestarrt.«

Max wurde rot. Schien bei ihm häufig vorzukommen. Gar

nicht gut für einen Jungen, der sowieso schon leicht uncool wirkte!

Wir schauten alle drei zu Bodo, damit es nicht noch peinlicher wurde. Der glotzte genau dahin, wo Max sich nicht hinzusehen traute. Er schien jedoch etwas geschrumpft zu sein. Vielleicht waren die Blitze ja doch echt gewesen und hatten ein Stück seiner aufgeblasenen Überheblichkeit weggeschmolzen?

Auch den anderen Jungs war anzusehen, dass ihre Hormone Amok liefen. Einzig die eisige Kälte, die von der Besucherin ausstrahlte, schien sie davon abzuhalten, sich mit heraushängenden Zungen auf sie zu stürzen.

»Wer ... wer bist du?«, fragte Bodo.

»Darf ich vorstellen?«, rief Lilli, bevor ich sie daran hindern konnte. »Josephine mit PH. Auch bekannt als die Vi... mhmhmhm ...«

Aber da hatte ich mich bereits über den Tresen geworfen und presste ihr meine Hand auf den Mund. Meine Rippen waren hart mit der Holzplatte zusammengestoßen und ich unterdrückte einen Schmerzenslaut. Außerdem fühlte es sich an, als sei mein rechter Arm jetzt noch länger als vorher. Trotzdem ließ ich nicht los. Lilli durfte Josephine von Lerchen auf keinen Fall öffentlich beleidigen. Zum Beispiel, indem sie meine erklärte Feindin als »die Viper« bezeichnete. Das würde bestenfalls einen Bandenkrieg zwischen den R'n'Bs und den WPs zur Folge haben, schlimmstenfalls Lillis vorzeitiges Ableben.

Okay, das war vielleicht ein wenig übertrieben, aber bei Josephine konnte man nie wissen.

»Mhmhmhm«, machte Lilli.

Ich hielt eisern fest. Ich durfte kein Risiko eingehen.

»Emma«, sagte Max leise.

In derselben Sekunde deutete Bodo eine Verbeugung an, während Josephine ihre Engelslocken über die Schultern zurückwarf und sich so richtig in Positur brachte. Sie liebte neues Publikum.

»Komm mit mir auf die ›CloudKiss‹ und küss mich, süße Josie«, säuselte Bodo.

Mann! Der war ja lebensmüde.

Klar, er konnte nicht wissen, dass Josephine jeglichen Spitznamen hasste. Und wehe, jemand vergaß das PH, wenn er ihr schrieb. Aber musste er sie gleich Josie nennen?

»Emma«, sagte Max wieder.

Ich hörte nicht hin. Ich machte mir Sorgen um das Hostel – Josephine brachte es fertig und rief ein paar ihrer Freunde zu Hilfe, damit sie diesem frechen Typen eins über die Rübe gaben.

Innerhalb einer guten Stunde drohte die nächste Schlägerei in Kiesel. Kaum zu fassen!

Aber bitte nicht bei uns, betete ich. Die Einrichtung war nicht viel wert, doch eine neue konnten wir uns ganz bestimmt nicht leisten.

Verzweifelt überlegte ich, was ich tun sollte. Irgendwie musste ich es schaffen, Josephine zu beruhigen und Bodo endlich aus dem Haus zu kriegen.

Nur wie?

»Emma!«

Und dann war es wieder einmal Lilli, die die Situation rettete.

Und zwar indem sie erstickte.

Also, fast.

Max rief nicht mehr, er packte meine Hand und zog sie mit aller Kraft von Lillis Gesicht.

Mein Handgelenk knallte gegen den Tresen. »Aua!«

Lilli schnappte nach Luft.

»Ogottogottogott«, flüsterte ich. Erst jetzt bemerkte ich, dass ich ihr Mund *und* Nase zugehalten hatte.

Lilli keuchte.

»Es tut mir so leid!«

Lilli hechelte.

»Vielleicht braucht sie eine Mund-zu-Mund-Beatmung«, meinte Bodo.

Das war zu viel für Max. Er sprang auf den Tresen, wobei er meine ohnehin schon lädierte Hand einquetschte, rutschte neben mir wieder herunter und duckte sich. In seinem lilafarbenen Gesicht stand die nackte Panik.

Lilli sog scharf die Luft ein, dann brach sie in Tränen aus. Ob Max' Feigheit oder ihre Nahtoderfahrung schuld daran waren, konnte ich nicht erkennen.

»Du kannst wieder hochkommen«, sagte ich zu Max. »Es geht ihr gut.«

Er blieb lieber hocken.

Auch in Ordnung. Max hatte in diesen paar Stunden schon einiges mitgemacht. Er brauchte eine Auszeit, fand ich.

Josephine drängte sich zu uns durch und schaffte es, auf zweieinhalb Metern ein halbes Dutzend männlicher Seufzer auszulösen.

Bodo stellte sich ihr in den Weg. Der hatte sich noch nicht geschlagen gegeben.

»Meine Schöne …«

Weiter kam er nicht. Josephines langer Fingernagel bohrte sich wie ein Messer zwischen seine Rippen.

Er stöhnte auf.

Ich auch.

So einen gewalttätigen Geburtstag hatte ich noch nie erlebt!

»Wage es nicht«, zischte Josephine. »Noch ein Wort und du wirst …«

Sie drehte ihren Finger ein bisschen, und ich wunderte mich, dass der Nagel nicht abbrach. Musste aus Stahl sein.

Bodo machte einen Schritt zurück. Er schien endlich genug von dem eiskalten Engel zu haben.

»Los, Leute«, befahl er, »auf zum Himmelspark. Max, du Flasche! Versteckst du dich immer noch vor der Dampfnudel? Komm schon! Zeig uns den Weg!«

Frechheit!, dachte ich. Wie kam der Mistkerl dazu, meine liebste Freundin zu beleidigen?

Die Dampfnudel versuchte jetzt auch, Warcraft-Blitze abzuschießen, aber es klappte nicht. Bodo sah glatt über sie hinweg zu Max hin, dessen Kopf nun langsam wiederauftauchte. Ich nickte ihm aufmunternd zu. Er seufzte, ging um den Tresen herum und übernahm endlich die Führung der Truppe.

Erst als die Jungs abgezogen waren, fiel mir auf, dass Josephine immer noch da war.

Wahrscheinlich hatte ich gehofft, sie würde sich auf wundersame Weise in Luft auflösen.

Irrtum.

Sie stellte sich neben Lilli, trommelte mit ihren stählernen Fingernägeln auf den Tresen und sagte kühl: »Wir brauchen zwanzig Tickets.«

Nicht: Liebe Emma, kannst uns bitte aushelfen?

Auch nicht: Darf ich dich um einen großen Gefallen bitten?

Nee. Ein Befehl und basta.

Was bildete die sich ein? Nur weil ihre Mutter jetzt das »Star« besaß? Nur weil ich hier so eine Art Aschenputtel sein musste und sie die Tochter aus reichem Hause war?

Das Einzige, was Josephine und ich gemeinsam hatten, war die Tatsache, dass wir beide ohne Vater aufwuchsen. Aber Josephine kannte ihren wenigstens und besuchte ihn regelmäßig in Hamburg. Ihre Eltern waren freundschaftlich geschieden, oder so ähnlich.

Während mir dies durch den Kopf schoss, versuchte ich, mir eine kluge Antwort zurechtzulegen. Eine, die die Viper in ihre Schranken verweisen und ihr Achtung vor mir einflößen würde.

Mir fiel nur leider keine ein.

Außerdem fügte Josephine gerade hinzu: »Meine Mutter klärt das mit Charlotte. Gib schon her.«

Tja, da war nichts zu machen. Ich wusste, dass Mama sich mit Anna von Lerchen gut stellen musste, weil die manchmal Gäste zu uns schickte, wenn das »Star« überbucht war.

»Wir haben selbst nicht mehr viele Tickets«, wandte ich trotzdem ein. »Und morgen kommen neue Leute.«

»Dann besorgst du eben welche«, gab Josephine ungerührt zurück und streckte die Hand aus. Sie wusste genauso gut wie ich, dass es an einem Wochenende einige Stunden dauerte, bis man in der Parkverwaltung bedient wurde. Es interessierte sie kein Stück.

»Ich helfe dir «, versprach Lilli schnell.

Josephine gönnte ihr einen kurzen Blick. »Gutes Mädchen. Also, Emma?«

Mir blieb nichts anderes übrig und ich reichte ihr die Tickets.

Ohne ein Dankeschön wandte Josephine sich ab und ging zur Tür. Dort drehte sie sich noch einmal um.

»Ich habe gehört, hier steigt heute eine Party. Vielleicht komme ich.«

Nicht: Bin ich auch eingeladen?

Nicht: Wäre echt nett, wenn ich dabei sein dürfte.

Woher denn! Josephine bat nicht. Sie befahl.

Lilli schaltete schneller als ich. »Das hat sich ja fix rumgesprochen. Woher weißt du es denn?«

Josephine schien zu überlegen, ob sie ihr überhaupt antworten sollte. Aber dann ließ sie sich doch dazu herab.

Es wäre mir lieber gewesen, sie hätte geschwiegen, denn mit ihren nächsten Worten ruinierte sie mir den Tag komplett.

»Erik hat es mir erzählt. Eigentlich wollten wir ja heute nach Hamburg zu dieser Moonshine-Pärchenparty an der Elbe. Aber da er morgen Dienst im Park hat, ist es vielleicht klüger, nur zu dem Kindergeburtstag hier zu kommen. Also, Leute. Man sieht sich!«

Und weg war sie.

6

So was geht gar nicht!

Ich brachte keinen Ton heraus. Konnte bloß mit offenem Mund auf die Eingangstür starren.

»Sie lügt!«, sagte Lilli entschieden. »Die ist nie und nimmer mit Erik Hansen zusammen. Das wüsste ich!«

»Eine Moonshine-Pärchenparty?«, fragte ich und musste um Atem ringen. »Was soll das sein?«

»Keine Ahnung. Das hat die sich sowieso nur ausgedacht!«

Wirklich überzeugend klang Lilli jedoch nicht.

Ich stellte mir vor, wie Erik und Josephine aus einem gemeinsamen Glas mit zwei Strohhalmen einen Cocktail schlürften und sich zwischendurch küssten, während der Mond am Himmel wohlwollend dabei zusah.

O Mann!

»Wir müssen die Wahrheit herausfinden«, beschloss Lilli.

»Und wie?«

»Lass mich mal nachdenken.«

Sie schwieg ziemlich lange, und als ich schon fürchtete, sie würde gleich Tarotkarten, Glaskugel oder Pendel auspacken, kam sie mit einem wirklich gerissenen Vorschlag.

»Wir rufen ihn an und fragen, ob er allein zu der Party kommt oder ob er seine Freundin mitbringt, oder vielleicht noch mehr Leute.«

Ich seufzte. »Darauf fällt er nicht rein. Er wird wissen wollen, warum das einen Unterschied macht.«

»Na, wegen des Platzproblems und wegen der Getränke, die ich einkaufen muss.«

»Das ist doch viel zu auffällig, Lilli«, stöhnte ich. »Und es funktioniert sowieso nicht.«

»Wieso denn nicht?«

»Ich habe gar nicht seine Nummer. Du vielleicht?«

Lilli schüttelte den Kopf. »Warum sollte ich? Aber bei dir überrascht mich das.«

»Ist eine lange Story«, murmelte ich.

»Schieß los. Ich habe noch Zeit, bis ich mit den Vorbereitungen für die Party anfangen muss.«

Unsicher schaute ich sie an. Zu gut erinnerte ich mich an ihre Reaktion, als ich sie in mein Colin-Geheimnis eingeweiht hatte.

Auch damals hatte ich lange gezögert. Lilli hatte sich Tag und Nacht mit ihrem Pendel beschäftigt, auf das sie ewig lange gespart hatte. Angeblich war es aus einem echten Opal geschliffen, aber für mich sah es aus wie Buntglas. Theoretisch wäre sie genau die richtige Ansprechpartnerin gewesen, weil sie sich mit all dem übersinnlichen Kram so gut auskannte. Aber dann hatte sie mir angeboten, für mich auszupendeln, ob ich endlich das Barbie-Haus bekommen würde, das ich mir mit ungefähr sieben gewünscht hatte.

Da ahnte ich, ich würde sie überfordern. Und es vergingen noch knapp zwei Jahre, bis ich den Mut fand, ihr zu gestehen, dass es da jemanden gab in meinem Leben, einen Typen, der mich liebte und immer für mich da war. Der sich auch nie mit mir stritt, sondern mich unterstützte, wo er nur konnte. Der in meinen Augen schon richtig erwachsen war und bombastisch gut aussah. Der leider den einzigen Nachteil hatte, dass er unsichtbar war für andere.

Lilli und ich waren fünfzehn gewesen (zur selben Zeit), als ich ihr mein Geheimnis offenbarte. Und Lillis Gesichtsausdruck gehörte zu den Dingen in meinem Leben, bei denen ich gern auf die Reset-Taste gedrückt hätte.

Nun schwante mir also, dass es keine gute Idee sein würde, ihr von der Sache zu erzählen. Der Sache mit der SMS, der Sache mit diesem ganz bestimmten Moment zwischen Erik und mir.

Lilli war schon schwer genug damit beschäftigt, mich für einigermaßen normal zu halten.

Andererseits – wenn heute der Tag der Wahrheiten war, musste die alte Geschichte vielleicht endlich ans Licht kommen.

»Vor drei Jahren hatte ich mal Eriks Nummer«, sagte ich daher schüchtern.

»Ach«, meinte Lilli locker. »Also brauchst du ja nur dein altes Handy rauszukramen und ihn dann mit dem Smartphone anzurufen. Oder du schickst ihm eine Nachricht.«

»Niemals.«

Ich beschloss, dass beste Freundinnen alles voneinander wissen sollten, und ergänzte: »Vor drei Jahren habe ich das gemacht.«

»Echt? Cool.« Lilli dachte einen Moment nach. »Und wenn Erik dir seine Nummer verraten hat, muss er dich gemocht haben«, stellte sie dann zufrieden fest. »Wenigstens damals hat er nicht durch dich hindurchgesehen.«

Das klang super, stimmte aber leider nicht.

»Er hat sie allen in der Schule gegeben«, gestand ich. »Als er ganz neu in der Stadt war. Er wollte eben … nett sein und Freundschaften schließen. Das war also gar nichts Besonderes.«

»Mir hat er sie nicht gegeben«, sagte Lilli. »Oder ich hab's vergessen, weil es mich nicht interessiert hat.«

Ja klar, das würde ich Lilli glatt zutrauen.

»Hm«, machte ich. Mir war jetzt doch nicht mehr wohl bei dem Gedanken, ihr von meiner SMS zu berichten. Vielleicht sollten beste Freundinnen doch das eine oder andere Geheimnis voreinander haben.

»Und was hast du ihm denn nun Schreckliches gesimst?«

Ich räusperte mich umständlich. »Dass ich ihn liebe und dass ich ihn küssen will.«

»Okay«, meinte Lilli gedehnt. »Ist nicht so der Hit bei einem Typen, der eine Klasse über dir ist und dich überhaupt nicht auf dem Schirm hat. Aber der Weltuntergang ist es auch wieder nicht.«

»Ich …«

Mir brach der Schweiß aus. Jetzt würde ich beichten, was ich am liebsten selbst vergaß. Aber es musste wohl sein. Die Sache nagte seit drei Jahren an mir. Und Lilli würde mich verstehen, sie würde etwas ähnlich Beruhigendes sagen wie eben.

Ich holte tief Luft.

»Ichhabsiehundertmalgeschickt«, ratterte ich.

»Verstehe kein Wort.«

»Ich hab sie hundert Mal geschickt«, wiederholte ich und wischte mir Schweißperlen von der Stirn.

Lilli starrte mich an. »Ist nicht wahr.«

»Ist es.«

Mein vierzehnjähriges Ich war mir so was von peinlich! Gleichzeitig tat ich mir selbst aber auch total leid.

»Muss damals teuer gewesen sein«, sagte Lilli.

Tja, das waren nicht unbedingt die klugen Worte, die ich von ihr erwartet hatte. Aber klar, mein gesamtes Taschengeld von zwei Monaten war dafür draufgegangen. Eine Flatrate hatte ich natürlich noch nicht.

»Wie peinlich«, murmelte Lilli.

Wieder nicht die richtigen Worte.

Hallo? Best friend? Kannst du mich bitte mal verstehen und von aller Schuld freisprechen?

»Na ja, Emma. Du warst ziemlich jung.«

Immerhin.

»Aber so was geht natürlich gar nicht.«

Ich ließ den Kopf hängen. Da war nichts mehr zu machen.

»Und was hat Erik getan?«, fragte Lilli.

»Er …« Ich musste schlucken, fing mich aber wieder. »Er hat mich auf dem Schulhof beiseitegenommen und …« Auf einmal war mir nicht mehr heiß, sondern eiskalt bei der Erinnerung an die schreckliche Szene. Ich kratzte meinen ganzen Mut zusammen. »… und er war sehr freundlich.«

»Grauenvoll!«, stieß Lilli aus.

Endlich verstand sie mich!

»Er sagte, das sei nett gewesen, aber er möchte eine Freundin in seinem Alter finden.«

»Wie absolut gönnerhaft! Dabei bist du doch nur ein Jahr jünger als er.«

»Genau. Aber Erik fühlte sich wohl schon immer etwas erwachsener als die anderen.« Ich starrte vor mich hin. »Und dann …«

»Was?«

»Dann hat er mir zugezwinkert und mir versprochen, dass er demnächst mal ein Eis mit mir essen gehen würde.«

»Oh, Scheiße! Er hat dich wie ein Kind behandelt!«

»Korrekt.«

»Und dabei warst du schon vierzehn! Das hattest du nicht verdient.«

»Danke.«

»Und groß warst du auch damals schon. Bloß immer ungeschminkt und in diesen ollen Klamotten. Wahrscheinlich hat er dich einfach für jünger gehalten.«

»Möglich«, meinte ich düster.

»Eigentlich solltest du seitdem übelst sauer auf ihn sein«, stellte Lilli fest.

»Ja«, gestand ich. »Aber das schaffe ich irgendwie nicht.«

»Echt blöd, dass man seinen Gefühlen nicht verklickern kann, wie sie zu funktionieren haben. Wie bist du nur darüber hinweggekommen?«

»Gar nicht.«

»Ach ja, du liebst ihn ja immer noch. Aber was hast du gemacht, um nicht durchzudrehen? Ich habe dir damals echt nichts angemerkt. Du warst wie immer, maximal ein bisschen stiller.«

Ich schaute sie stumm an.

»Alles klar«, sagte Lilli nach einer kurzen Weile. »Jetzt hab ich's kapiert. Das war Colins Geburtsstunde. Mehr oder weniger habe ich das ja schon gewusst. Aber du hast mir bloß mal erzählt, Colin sei in deinem Kopf aufgetaucht, als du dich unglücklich in Erik verliebt hattest. Die genaue Geschichte kannte ich nicht.«

Ich seufzte.

»Hast du Erik später irgendwann noch mal geschrieben?«

»Ich hab's versucht«, gestand ich. »Aber er hatte seine Nummer geändert.«

»Wahrscheinlich waren andere Mädels ähnlich drauf wie du«, mutmaßte Lilli. Sie senkte die Stimme zu einem Flüstern, obwohl wir allein im Flur waren. »Du solltest das niemandem sagen. Es ist lange her. Geht keinen was an.«

»Hm.«

»Wir finden auch auf andere Weise heraus, ob zwischen Erik und der Viper was läuft. Ich glaub das jedenfalls nicht. Josephine hat überall ihre Spione, die haben ihr bestimmt erzählt, dass er heute zu deiner Geburtstagsparty kommen will. Da hat sie sich schnell eine schöne Story ausgedacht, um dir eins auszuwischen. Ist ja allgemein bekannt, dass du auf ihn stehst.«

Ich schwieg.

»Und außerdem: Erik, der auf dem Kiez abfeiert? Wer glaubt das denn? Dieser Mensch würde so etwas niemals tun. Weißt du was, Emma? Wir pendeln das aus. Komm mit in die Küche.«

»Nein«, sagte ich tonlos.

»Warum denn nicht? Ich will wissen, ob ich eine Chance bei Max habe, und du musst herausfinden, ob Josephine und Erik …«

»Nein!«

Plötzlich war Colin da und lächelte mich liebevoll an.

»Wo warst du in den letzten Stunden?«, fragte ich stumm.

»Immer bei dir«, antwortete er. »Du weißt, Darling, ich lass dich niemals im Stich!«

»Tu das nicht«, sagte Lilli, die meinen Gesichtsausdruck richtig deutete.

Aber da hatte Colin mich schon in seine Arme gezogen.

Lilli bestimmte, dass ich dringend Ruhe brauchte. Das sei heute viel zu viel Aufregung für mich gewesen. Die Befragung des Pendels könne noch eine Weile warten.

»Blödsinn«, erwiderte ich, ließ dann aber doch zu, dass Lilli mich in mein Zimmer schubste.

Dort setzte sie sich wieder mal auf meine Bettkante.

Ich fühlte mich tatsächlich seltsam matt. Gar nicht wie frische siebzehn, eher wie müde siebzig. Außerdem tat meine Hand weh, die vorhin zweimal arg malträtiert worden war.

»Du musst heute Abend fit sein«, erklärte Lilli jetzt. »Da wird es zur Sache gehen.«

Prophetische Worte, was aber zu diesem Zeitpunkt noch keine von uns beiden wissen konnte.

»Erik wird auf deiner Party erscheinen«, fuhr sie verheißungsvoll fort, »dir einen zärtlichen Geburtstagskuss geben und einen gewissen Mister Hemdswolle geradewegs in die ewigen Jagdgründe der Dreamboys befördern.«

»Wird er nicht«, gab ich zurück und ließ offen, was genau. Erscheinen, küssen oder den Traumtypen vertreiben. War sowieso alles außerhalb der Möglichkeiten.

Und meinen Colin rührte jedenfalls niemand an, auch kein Erik Hansen, der jetzt mit Josephine von Lerchen herumknutschte – sofern man ihren Worten glauben wollte.

Wollte ich natürlich nicht, aber es war verdammt schwer, sich dagegen zu wehren. Josephine bekam immer, was sie wollte. Angefangen bei ihrem PH über die coolsten Klamotten bis hin zu den süßesten Typen. Ich hatte noch nie gehört, dass jemand sie abgewiesen hätte. Sie sammelte Eroberungen wie andere Leute Selfies mit Stars.

Mir war schon wieder danach, mit den Zähnen zu knirschen, aber ich ließ es bleiben, weil ich so langsam um meine Kiefer fürchtete.

Meine beste Freundin war mit ihren Gedanken auch noch bei Josephine.

»Kindergeburtstag!«, stieß sie schnaubend aus. »So eine Frechheit! Was bildet die sich eigentlich ein? Hat jemals einer was von einer coolen Party im feinen Hotel ›Star‹ gehört? Die wird sich wundern!«

Fast hätte ich gelacht. Meine Geburtstagsfeier im »Cloud« machte mir weniger Kopfzerbrechen als diese Moonshine-Party in Hamburg.

Dann kam mir ein weiterer Gedanke und ich erschrak ganz furchtbar.

»Denkst, du, Josephine hat … also, sie und Erik … Ob sie wohl miteinander schlafen?«

»Never ever!«, sagte Lilli sofort. »Die sind gar nicht zusammen, also können sie auch unmöglich … Na gut, sie könnten, aber sie haben nicht. Darauf wette ich. Nein, besser, das pendeln wir aus und …«

»Ich würde jetzt doch lieber ein Weilchen schlafen«, unterbrach ich sie schnell.

Lilli musterte mich. »Okay. Du bist noch weißer als sonst. Ich halte unten die Stellung. Mehr Leute kommen heute aber nicht an, oder?«

Ich schüttelte den Kopf. »Erst morgen wieder und dann am Montag.«

»Gut. Ich lese ein bisschen in dem Tarotbuch.« Sie stand auf. »Schlaf schön, Emma!«

»Ich dachte, du willst eine Party vorbereiten?« Auf einmal wäre ich enttäuscht gewesen, wenn sie doch kein Fest für mich organisieren würde. Mal abgesehen von Erik – es war irgendwie schön zu wissen, dass meine Freunde mich nicht im Stich ließen.

Lilli grinste. »Später. Wenn Max zurück ist.«

Aber da änderte sich meine Meinung schon wieder. War ja auch schwer zu entscheiden, ob ich nun feiern wollte oder nicht. Ob ich auf Erik warten wollte oder nicht.

»Wir könnten es auch ausfallen lassen«, wagte ich mich vor.

»Vergiss es«, sagte Lilli. »Ist längst beschlossene Sache. Die WPs werden vollständig erscheinen. Und sie helfen nachher alle mit. Die Münchner Jungs kommen sowieso und dann wahrscheinlich auch Josephines Leute. Das wird lustig.«

»Eigentlich haben wir gar keinen Platz …«

Lilli wies aus dem Fenster. »Kein Problem. Wird ein schöner Sommerabend. Außerdem sind die Sterns doch Fachleute in Sachen Party auf engem Raum.«

»Schon. Aber so wahnsinnig viele Gäste kommen normalerweise nicht.«

»Egal.«

Ich musste lächeln. »Du hast Erik angedroht, er müsse vor der Tür bleiben, wenn er nicht rechtzeitig auftaucht.«

»Der brauchte Druck.«

Als ich immer noch zögerte, tätschelte sie mir den Arm. »Los, schlaf eine Runde. Nachher sieht die Welt ganz anders aus.«

Bevor sie hinausging, fiel mir noch etwas ein. »Lilli?«

»Ja?«

»Warum hast du eigentlich geweint vorhin? Als ich dich fast erstickt hätte?«

Ein Schatten flog über Lillis Gesicht. »Ach, das war einfach voll enttäuschend! Ich dachte, so kurz vorm Tod würde mein Leben an mir vorbeiziehen und ich würde eine tolle Erleuchtung haben, die ich in Zukunft mit anderen teilen könnte. Man würde zu mir aufsehen, mich vielleicht verehren! Aber ich habe gar nichts gesehen. Null. Nada. Bloß bunte Sterne. Das ist so öde. Ich werde niemals sterben. Das lohnt sich überhaupt nicht!«

Und damit ließ sie mich endgültig allein.

Großer Gott!

7

Crowdsurfing

Natürlich konnte ich nicht schlafen. Mein Blick fiel auf das neue Smartphone und mir kam eine Idee. Schnell checkte ich die Kontakte. Ein paar Sekunden später traf mich die Enttäuschung mit voller Wucht.

Nein. Mein Vater hatte *nicht* seine eigene Nummer gespeichert, bevor er mir das Gerät geschickt hatte.

Wie hatte ich das bloß annehmen können? Ich wusste doch, es gab keine Hoffnung. Seit so vielen Jahren wartete ich darauf, ihn zu sehen, oder wenigstens, ihn zu sprechen.

Vergeblich.

Abgesehen von den Geschenken hatte ich manchmal auch Briefe von ihm bekommen. Ohne Absender. Er liebe mich, schrieb er darin, und er werde mit mir in Verbindung treten, wenn die Zeit dafür gekommen sei.

Voll daneben, echt!

Wann sollte das denn seiner Meinung nach sein?

In hundert Jahren?

Im nächsten Leben?

Warum war ein erwachsener Mann nur so feige? Warum war ein Vater so fies?

Inzwischen hatte ich das Alter hinter mir gelassen, in dem ich mir meinen Papa zurückwünschte.

Aber ich war fest entschlossen, ihn eines Tages aufzuspüren. Schon allein aus dem Grund, weil er nicht von mir gefunden werden wollte! Ich würde eine Erklärung verlangen für sein absolut inakzeptables Verhalten – und ihn anschließend wahrscheinlich erwürgen.

So was in der Art.

Bloß – wie um alles in der Welt konnte ich eine Spur von ihm finden?

Klar, der Weg zu ihm konnte nur über meine Mutter führen. Sie war meines Wissens der einzige Mensch, der ebenfalls mit Martin Stern verbunden war. Ob ihr das nun gefiel oder nicht. Er war immerhin ihr Exmann, der Vater ihrer einzigen Tochter. Aber jedes Mal, wenn ich sie mit meinen Fragen löcherte, schwieg sie eisern.

Das war so ungerecht!

Es gab nur einen einzigen, minikleinen Hinweis, den ich je in Erfahrung gebracht hatte: »Berlin ist eben spannender als Kiesel.«

Das hatte meine Mutter irgendwann mal gesagt. In welchem Zusammenhang?, fragte ich mich jetzt. Ich konnte mich beim besten Willen nicht daran erinnern. Ganz deutlich hörte ich nur wieder den Klang ihrer Stimme. So seltsam wütend und tieftraurig. Und weil meine Mutter sonst immer so fröhlich war, hatte ich diesen Moment wohl erfolgreich verdrängt. Eine verbitterte Mutter passte nicht in meine bunte Kinderwelt.

Daher waren meine Fragen nach meinem Vater auch nie bohrend genug gewesen. Aus lauter Sorge, ich könnte meine Mutter traurig machen, hatte ich immer schnell nachgegeben.

Damit musste jetzt Schluss sein. Ich brauchte endlich Antworten. Ich hatte ein Recht darauf! Meine Mutter schien etwas zu wissen und bei der nächsten Gelegenheit wollte ich sie nach Berlin fragen.

Aber das reichte mir noch nicht. Ich würde jetzt keine Ruhe finden, bis ich nicht irgendeinen neuen Hinweis gefunden hätte. Und der einzige Ort, an dem ich fündig werden konnte, war mit Sicherheit das Zimmer meiner Mutter.

Ich sprang auf und öffnete die Tür.

Unten hörte ich Lilli leise vor sich hin murmeln. Offenbar studierte sie eifrig in ihrem Tarotbuch.

Wie von allein trugen mich meine Füße über den Gang. Erst als ich schon vor dem Zimmer meiner Mutter stand, wurde mir klar, was ich hier wollte.

Colin schaute mir über die Schulter. Als ehemaliger Hobbydetektiv interessierte er sich natürlich besonders für mein Vorhaben.

»Come on, sweetheart, let's do it!«

Mamas Schlafzimmer war gleichzeitig unser Wohnzimmer. Ich hielt mich oft hier auf, aber diesmal war es etwas anderes. Ich kam, um zu spionieren. Es kostete mich einige Überwindung, über die Schwelle zu treten.

Der Raum erinnerte an einen Traum aus »Tausendundeiner Nacht«. Ein dunkelblau glänzender Baldachin hing über dem Bett, bequeme Sitzkissen, Lederhocker und bunte Decken lagen herum. In einer Ecke stand eine Wasserpfeife, ein Poster zeigte die Wüste im Sonnenuntergang. Meine verrückte Mama träumte nun mal davon, eines Tages die Sahara zu sehen. Nur das Sofa war ein ganz normales Teil und der Fernseher davor war definitiv zu modern für Aladin und seine Kumpel.

Zögerlich steuerte ich den alten Sekretär an, den meine Mutter von ihrem Großvater geerbt hatte. Als Kind hatte ich eifrig nach einem Geheimfach gesucht, aber nie eines entdeckt. Heute ging ich systematischer vor. Fand aber trotzdem nichts. Bis Colin plötzlich stumm zwischen Sekretär und Wand Gestalt annahm. Keine Ahnung, wie er das machte, da waren maximal drei Zentimeter Platz.

Egal.

Mit ausgestrecktem Zeigefinger deutete er auf einen Punkt an der Rückseite. Noch immer sagte er keinen Ton.

Ich rückte den Sekretär ein Stück von der Wand ab und bildete mir ein zu hören, wie Colin sich mit einem tiefen Atemzug ausdehnte.

Da! Da war etwas. Ein kleines längliches Fach in der Rückseite. Nun blieb mir die Luft weg. Das Fach würde vielleicht Unterlagen über meine Eltern enthalten. Ich brauchte es nur zu öffnen.

Gute Idee.

Schwierig, wenn man nicht wusste, wie.

Diesmal stieß Colin eine Art Seufzen aus. »Schau mal unten rechts nach!«

Ich probierte herum. Tatsächlich, da war eine Art Feder, die sofort zurücksprang, als ich sie berührte. Das Fach öffnete sich.

Ich staunte. Es enthielt … Fotos.

Mit zitternden Händen nahm ich sie heraus. Charlotte und Martin Stern, Arm in Arm, lachend, glücklich. Charlotte im

Krankenhaus mit der neugeborenen Emma im Arm. Das Bild kannte ich. Es stand auch auf Mamas Kommode. Das nächste aber nicht: Martin Stern mit Emma auf dem Arm, die an seinem kleinen Finger nuckelte und sehr zufrieden wirkte. Die weiteren Fotos zeugten von einer glücklichen Kleinfamilie, bis ich dreieinhalb war. Die letzte Aufnahme zeigte mich auf den Schultern meines Vaters irgendwo an der Nordsee. In der rechten oberen Ecke war noch ein Kind zu sehen, das Kopfstand im Sand machte. Ich schaute mir das Bild ziemlich lange an. Etwas stimmte nicht damit, aber ich kam nicht darauf, was es war.

Colins Zeigefinger schwebte heran, und ich wartete darauf, dass er mir wieder half. Aber dann wurde er durchsichtig und verschwand.

»He, Colin!«, rief ich leise. »Ich brauche dich noch!«

Doch er antwortete nicht.

Zu dumm. Ich musste allein hinter das Geheimnis des Fotos kommen.

In diesem Moment hörte ich allerdings Lilli unten rumoren. Rasch legte ich die Bilder zurück. Alle, bis auf das letzte. Das faltete ich einmal zusammen und steckte es hinten in meine Hosentasche. Dann schloss ich das Geheimfach. Kurz schien es mir, als ertönte dabei ein leise klapperndes Geräusch. Aber vielleicht täuschte ich mich auch. Jetzt war keine Zeit, nachzuschauen, ob das Fach noch mehr verbarg. Auch von meiner besten Freundin wollte ich nicht beim Schnüffeln erwischt werden. Also schob ich den Sekretär zurück an die Wand und schlich hinaus.

Auf dem Gang horchte ich eine Weile, aber unten war wieder alles still. Ich machte noch einen Abstecher in die Küche, um mir etwas Eis für meine schmerzende Hand zu holen. Da es keines gab, begnügte ich mich mit einer Packung Tiefkühlerbsen und fixierte sie mit einem Geschirrtuch.

Nicht hübsch, aber wirkungsvoll.

Zurück in meinem Bett, schloss ich erschöpft die Augen. Es war keine gute Idee gewesen, so viel über meinen Vater nachzudenken. Jetzt wollte ich noch einmal in aller Ruhe den Moment mit Erik auf dem Marktplatz erleben. Sekunde für Sekunde. Wie er mich angeschaut hatte! Und wie ich geglaubt hatte, sogar mehr als nur freundliches Interesse in seinen Augen zu entdecken.

Aber wegen Josephines Worten, die sich anfühlten wie tausend kleine Giftpfeile in meiner Haut, war mir dieser schöne Traum verwehrt.

Miststück!

Bevor ich mich wieder aufregen konnte, schlief ich jedoch ein.

Und diesmal erlebte ich nichts Besonderes. Keinen wilden Kuss mit Colin. Leider auch keinen mit Erik.

Als ich aufwachte, gab ich dieses Mal offenbar keine schmatzenden oder irgendwie anders gearteten Töne von mir, denn ich hörte deutlich, wie jemand rief: »Nee, nee, sie lebt definitiv noch! Sie atmet ganz, ganz still, aber sie atmet!«

Ich erkannte Jannes Stimme und hielt die Augen weiter geschlossen. Erst mal wollte ich hören, was sie noch über mich zu sagen hatte!

»Der Spiegel ist jedenfalls beschlagen.«

Sehr witzig. Hatte Lilli Janne etwa geschickt, damit sie nachsah, ob ich gestorben war?

Und das, nachdem ich höchstens ein paar Minuten weggenickt war. Lilli war wirklich ziemlich morbide drauf zurzeit. Wenn sie sich ein neues Interessengebiet zugelegt hatte, war das ja ihre Sache, aber musste sie es gleich so übertreiben?

Tod und Sterben.

Also wirklich! Mir wurde meine Freundin langsam ein bisschen unheimlich. Als hätte sie nicht schon genügend seltsame Hobbys. Ich fragte mich, ob Colin sie neuerdings dazu inspirierte. Dachte sie, in Wahrheit sei er ein echter Geist, der in einer Zwischenwelt gefangen war und bloß erlöst werden musste? Vielleicht konnte sie nicht glauben, dass ein Typ, den ich mir nur einbildete, so real geworden war und mein Leben derartig beeinflusste. Ich nahm mir vor, einmal ernsthaft mit ihr zu sprechen.

Etwas raschelte leise. Anscheinend packte Janne den Taschenspiegel weg, den sie mir unter die Nase gehalten hatte, um festzustellen, ob ich noch atmete.

Irgendwie rührend.

Meine Freundinnen machten sich schon wegen Kleinigkeiten große Sorgen um mich.

Janne räusperte sich. »Und du bist sicher, dass sie sich sechs Stunden lang nicht bewegt hat?«

Ich erschrak.

Sechs Stunden?

Nee, ne?

»So ziemlich«, kam Lillis Stimme aus einiger Entfernung zurück. Ich schätzte, sie war in der Küche.

»Ich habe immer mal zu ihr reingeschaut und jedes Mal lag sie da auf dem Rücken. Wie tot.«

Dann wäre ich zu diesem Zeitpunkt aber schon längst nicht

mehr zu retten gewesen, dachte ich mit einem plötzlichen Anflug von Melancholie.

»Du bist dumm!«, rief Janne. »Warum hast du nicht längst etwas unternommen?«

Kluge Janne. Sie besaß einen messerscharfen Verstand und zog immer sofort die logischen Schlussfolgerungen. In der Schule war sie Stufenbeste. Und wir nannten sie liebevoll »The Brain«, was sie allerdings gar nicht mochte, weil sie Angst hatte, wie der letzte Nerd rüberzukommen. Sie war schwarzhaarig und strahlte eine große Selbstsicherheit aus, um die ich sie insgeheim beneidete.

»Och!«, rief Lilli zurück. »Ich habe ja gesehen, wie sich ihr Brustkorb gehoben und gesenkt hat. Außerdem wollte ich sie im Zweifelsfall später darüber befragen, was *sie* auf der anderen Seite gesehen hat.«

»Du Verrückte! Du wolltest mir einen Schrecken einjagen!«

»Hihihi«, kam es aus Richtung Küche.

»Aber weißt du was?«, schrie Janne.

»Was?«

»Vielleicht liegt Emma im Koma.«

»Wieso?«

Prima Frage. Ging mir auch gerade durch den Kopf.

»Na, wir brüllen hier rum und sie reagiert nicht. Oder?«

»Huch!«, scholl es zurück.

Schnell schlug ich die Augen auf, woraufhin die sonst so gelassene Janne vor Schreck von der Bettkante rutschte. Okay, manchmal konnte auch ihr ein Missgeschick passieren.

»Hi«, sagte ich grinsend.

»Was ist passiert?« Lilli stand im Türrahmen. »Ah, klasse. Du bist wieder da.« Sie kam näher. »Wieso kuschelst du mit Tiefkühlerbsen?«

Bevor ich antworten konnte, nahm sie mir die inzwischen warm gewordene Packung weg und warf sie in den Papierkorb. »Ist nicht wichtig. Los, aufstehen, umziehen, stylen. Max und ich fahren einkaufen. Sonst ist schon alles vorbereitet.«

Janne rappelte sich auf. »Werde ich noch gebraucht?«

»Und wie«, erwiderte Lilli. »Du sorgst dafür, dass Emma was Schönes anzieht. Schlabbershirts sind verboten!«

Ich hasste meine Geburtstagsparty schon, bevor sie überhaupt angefangen hatte.

Zu meinem größten Frust musste ich feststellen, dass Janne sich streng an Lillis Anweisungen hielt. Sie schickte mich ins Bad und plünderte meinen Kleiderschrank, während ich unter der Dusche stand.

»Viel ist es nicht«, erklärte sie, als ich wieder ins Zimmer kam und auf ein paar Klamotten starrte, die auf meinem Bett ausgebreitet waren. Da lagen ein dunkelblaues Wickelkleid, ein knielanger enger Rock, ein gelbes Sommerkleid, zwei Tanktops und eine eng geschnittene rote Bluse. Alles Sachen, die mir irgendwann mal meine Mutter geschenkt und die ich noch nie getragen hatte.

»Davon ziehe ich nichts an!«, erklärte ich kategorisch. »Das ist nicht mein Style.«

»Und ob du das anziehen wirst. Jedes einzelne Teil. Dann sehe ich, was dir am besten steht!«

»Nein!«

»Doch!«

Ich starrte sie an.

Seit wann hatte Janne mir etwas zu befehlen? Sie war meine zweitbeste Freundin, und normalerweise war ich diejenige, die sagte, wo es langging.

Janne stand mit vor der Brust verschränkten Armen da, erwiderte ungerührt meinen Blick und sah aus wie jemand, der keinen Millimeter weichen würde.

Ich spürte, wie meine Position schwächelte. Es war wohl zu viel passiert heute. Der Stress mit Bodo, die aufregende Begegnung mit Erik, die neuerliche Enttäuschung über meinen Vater … Colin ließ ich mal außen vor. Ich war auch so schon überfordert.

In jedem Fall strahlte ich anscheinend nicht so viel Stärke aus wie sonst.

»Die Sachen passen mir überhaupt nicht«, sagte ich kleinlaut. »Hat Mama mir gekauft. Sie denkt, ich bin immer noch vierzehn und eins siebzig groß.«

»Erst mal anprobieren«, beharrte Janne.

Zehn Minuten lang musste ich ein Teil nach dem anderen anziehen, bis Janne eine Entscheidung fällte. »Das Kleid. Lass es gleich an. Das ist super. Passt perfekt zu deinen hellen Augen.«

»Nee«, sagte ich und stellte mich vor den Spiegel. »Ist viel zu kurz.«

Es endete gut zwei Handbreit über dem Knie.

»Macht nichts, du hast doch schöne Beine. Lang und gerade. Da kann unsereins nur von träumen.«

Echt?

»Danke.«

»Josephine wird vor Neid erblassen. Ihre Beine sind locker zwanzig Zentimeter kürzer.«

Ein schlagendes Argument, fand ich. Trotzdem war ich noch nicht überzeugt.

»Zu eng ist es auch!«

»Quatsch, du hast dich bloß eingeschnürt wie ein Paket und die Seitentaschen sitzen vorn. Es muss leicht und luftig fallen.«

Janne fummelte an dem Kleid herum, als müsste sie eine geometrische Figur erschaffen. Sie wickelte mich aus und wieder ein. »So ist es perfekt.«

»Ich bin immer noch ein Päckchen«, fand ich.

Janne lachte. »Von wegen! Du siehst aus wie ein Topmodel.«

»Ja, klar. Oben ein Brett und unten Hüftknochen wie Elchschaufeln.«

Jetzt bog Janne sich vor Lachen, und es dauerte lange, bis sie sich beruhigt hatte. Sollte ich noch hinzufügen, dass ein Model namens Emma Stern von jedem Laufsteg purzeln würde, weil es sich die Beine verknotete?

Lieber nicht. Jannes nächster Lachflash würde vielleicht Tage andauern.

»Krieg dich wieder ein«, sagte ich nur.

Aber Janne hörte nicht zu. Sie wühlte sich schon wieder quer durch meinen Kleiderschrank. »Wo sind deine Push-ups?«, fragte sie. »Damit peppen wir dich auf.«

Beschämt senkte ich den Blick. »So was habe ich nicht.«

»Echt? Trägst du etwa nur diese Dinger hier? Diese Sport-BHs?« Aus ihrem Mund klang es wie ein Schimpfwort.

»Hm.«

»Ist ja 'n Ding.«

»Wieso? Gehst *du* etwa regelmäßig bei Victoria's Secret einkaufen?«

»Kann ich mir nicht leisten, aber es gibt ganz gute Kopien.«

Ich staunte. »The Brain« in sexy Unterwäsche. Wer hätte das gedacht!

»Egal«, entschied Janne und fing an, Papiertaschentücher zu falten. »Nehmen wir eben die.«

»Untersteh dich! Ich bin kein Sofa! Ich will nicht aufgepolstert werden!«

Ein, zwei Minuten lang schien es, als würde es stressig werden. Janne war wild entschlossen, mir die Taschentücher in den BH zu stopfen. Ich wehrte mich mit vorgestreckten Armen.

Sie gab zum Glück nach. »Dann eben nicht. Machen wir die Haare.«

Ein halbe Stunde später hatte Janne mir mit circa fünf Litern Haargel und Spray zu einer glatten, glänzenden Frisur verholfen, die mit etwas Glück länger als eine Stunde so perfekt liegen würde.

Ich war schwer beeindruckt.

Janne auch. Von ihrem eigenen Werk. Geradezu andächtig betrachtete sie mich.

»Endlich hast du mal kein explodiertes Vogelnest auf dem Kopf.«

Ich guckte böse, was ihr jedoch egal war. Ihr Ehrgeiz als Stylistin stieg nun ins Unermessliche und sie wollte mich unbedingt auch noch schminken. Prompt kam es wieder zum Streit, aber schließlich überredete sie mich zu Mascara, einem hellen, fast durchsichtigen Lidschatten und etwas Lipgloss.

»Genial!«, rief sie, als sie das Ergebnis betrachtete. »So solltest du immer rumlaufen, Emma. Du machst viel zu wenig aus deinem Typ.«

»Dafür habe ich keine Zeit«, gab ich zurück.

Insgeheim musste ich Janne jedoch recht geben. Ich sah wirklich nicht übel aus so. Meine Augen wirkten noch größer und die Wangenknochen waren irgendwie höher als sonst. Anscheinend hatte Janne da ein bisschen Rouge hingeschummelt. Fast bereute ich es jetzt, dass ich mich gegen die Aufpolsterung gewehrt hatte.

Von unten tönte laute Musik nach oben. Ich erkannte Ed Sheeran, den Lilli und ich gleichermaßen liebten. Darüber erhoben sich noch lauteres Stimmengewirr, Gelächter und Rufe.

»Die Party geht los«, sagte Janne überflüssigerweise. »Auf geht's, Supermodel. Du bekommst deinen großen Auftritt.«

»Bitte nicht!«

Ich wollte mir plötzlich die Farbe wieder vom Gesicht wischen, die Haare zerzausen und in meine Shirts und Jeans schlüpfen.

Aber Janne ließ es nicht zu, und so schlich ich hinter ihr die Treppe hinunter in der Hoffnung, schnell und unauffällig in der Menge untertauchen zu können.

Immerhin. Ich stürzte nicht, was vermutlich der Tatsache zu verdanken war, dass ich an den Füßen einfache Ballerinas trug, obwohl Janne mich zu den High Heels hatte überreden wollen, die sie aus dem Zimmer meiner Mutter geholt hatte. Wir hatten zwar dieselbe Schuhgröße, aber Mama war fünfzehn Zentimeter kleiner als ich. Ich wäre in den Schuhen wahrscheinlich mit dem Kopf gegen die Decke gestoßen und die Treppe runtergefallen.

Unbemerkt schaffte ich es aber trotzdem nicht nach unten. Im Flur drängten sich eine Menge Leute unter bunten Luftballons und Papierschlangen. Ich erkannte, dass der Tresen wieder seiner ursprünglichen Funktion zugeführt worden war. Lilli und

Max standen einträchtig nebeneinander und schenkten Getränke aus. Max schien seine Schüchternheit ein wenig überwunden zu haben. Die beiden wirkten, als wären sie seit Ewigkeiten befreundet.

Ich sah ein Bierfass und einige Softdrinks.

In einem der Zimmer musste die Musikanlage aufgebaut worden sein. Ich hörte, wie Ed Sheeran schlagartig zum Schweigen gebracht wurde. Es gab einen kurzen Wortwechsel, bei dem »Langweilig!« und »Zum Einschlafen!« gerufen wurde, dann dröhnte ein Techno-Sound durch den Flur und ließ die Wände erzittern.

Aus dem Zimmer daneben drängten zwei Leute mit Pizzastücken in der Hand heraus, während andere unbedingt hineinwollten. Wozu das dritte Zimmer diente, konnte ich von meinem Standort aus nicht erkennen. Ich wusste nur, dass es frei war, weil neue Gäste dafür erst am Montag kamen. Wahrscheinlich bot es einfach nur zusätzlichen Raum für die Party. Eng genug war es schließlich im »Cloud«, was aber niemanden zu stören schien. Die Stimmung war klasse und viele Leute waren schätzungsweise sowieso draußen auf dem Marktplatz und amüsierten sich genauso gut. Wortfetzen über die »CloudKiss« drangen an mein Ohr. Von den neuen Gästen waren offenbar alle mit der Achterbahn gefahren, nur ein Mädchen zum Küssen hatte keiner gefunden.

Ich konzentrierte mich gerade wieder auf Lilli und Max, als ich hörte, wie jemand halblaut rief: »Geil, Mann! Wer ist das denn?«

Ich sah mich um. Inzwischen war ich auf der drittletzten Treppenstufe angekommen. Janne war längst in der Menge verschwunden.

Wahrscheinlich war Josephine gemeint. Ich nahm an, sie tauchte gerade vor dem Hostel auf. Nur schaute niemand zum Eingang. Es vergingen einige Sekunden, bis ich merkte, dass alle Leute mich anstarrten.

Mich!

Die lange Emma mit den strähnigen Haaren und den farblosen Klamotten.

Ach nee, die war ich ja im Augenblick gar nicht.

Interessant, die Wirkung!

Colin war plötzlich neben mir. Dabei hatte ich nicht im Entferntesten an ihn gedacht. Er riss seine meergrünen Augen auf und raufte sich die dunklen Locken.

Ziemlich fest.

»Tut das nicht weh?«

Er antwortete nicht, sondern raufte weiter.

Okay, ausgedachte Typen konnten wahrscheinlich keine Schmerzen empfinden. Echte Mädchen dagegen schon, wie ich im nächsten Augenblick feststellte. Spontan hatte ich mich in einer Art Filmstar-Pose versucht. Ich fand, sie gelang mir ganz gut. Mal davon abgesehen, dass ich dabei mit dem Ellenbogen gegen das Geländer geknallt war und kurz aufjaulte.

Jemand lachte.

Andere nicht.

Die guckten immer noch. Sogar Bodo.

Und – noch jemand.

Erik.

Boah! Zweimal anschauen an einem einzigen Tag. Was war mit dem denn heute los? Er stand halb draußen und halb drinnen und wir sahen uns über die Köpfe der anderen hinweg an.

Mein Herz entschied sich, am Hamburger Galoppderby teilzunehmen.

Hilfe!

Erik lächelte.

Ich lächelte.

Vielleicht grinste ich auch bloß debil, keine Ahnung. Ich hatte meine Muskeln nicht unter Kontrolle.

Und wenn ich jetzt einfach mal die Arme ausbreitete und mich zum Crowdsurfing fallen ließ? Die Musik war zwar nicht ganz so meins, aber ich stellte mir vor, wie mich hilfreiche Hände zu Erik weiterreichten. Ich würde leicht und frei zu ihm hin schweben und elegant in seinen starken Armen landen.

Eine halbe Sekunde bevor ich mein Vorhaben in die Tat umsetzen konnte, sah ich, wie ein blonder Vamp neben Erik auftauchte.

Alles drehte sich um. Weg von mir. Hin zu ihr.

Und dann …

Dann stellte Josephine sich auf die Zehenspitzen, legte ihre Hände in Eriks Nacken und zog ihn zu sich herunter. Und küsste ihn auf den Mund.

8

Ein Herz für Zombies

Im nächsten Augenblick bauten sich Lilli und Max rechts und links neben mir auf – anscheinend bereit, mich aufzufangen, sollte ich in Ohnmacht fallen.

Max griff sogar nach meinem Ellenbogen.

Nett gemeint, aber überflüssig. Ich war bloß von der drittletzten auf die unterste Treppenstufe gesackt. Keine Ahnung, wie. Wahrscheinlich hatte mein Körper sich irgendwie bewegen müssen, wenn er schon nicht surfen durfte.

Lilli und Max standen fest an meiner Seite, und der verschwindend kleine Teil meines Kopfes, der noch klar denken konnte, war dankbar für die Geste.

»Pfui!«, sagte Lilli und deutete mit dem Kinn hinüber zu Josephine, die sich jetzt auf die Zehenspitzen stellte und Erik etwas ins Ohr säuselte. »Doppel-Pfui!«

Max schwieg.

Ich starrte zu Boden. Musste mir ja nicht ansehen, wie die beiden sich leidenschaftlich küssten.

»Oh«, machte Lilli da.

»Ja mei«, murmelte Max.

Jetzt schaute ich doch auf. Gerade noch rechtzeitig, um zu sehen, wie Erik sich sanft, aber entschlossen von Josephine löste. Er hielt sie auf Armeslänge von sich weg, schüttelte leicht den Kopf und sagte etwas, das ich durch den Partylärm natürlich nicht hören konnte.

»Tut mir leid, schönste aller Vipern, aber meine ganze Liebe gehört allein der wunderbaren Emma«, dolmetschte Lilli.

»Kannst du Lippen lesen?«, fragte Max beeindruckt.

»Nein«, sagte ich an ihrer Stelle, weil Lilli ein verlegenes Gesicht machte und ihr ausnahmsweise die Worte fehlten. »Aber sie besitzt telepathische Fähigkeiten.«

»Echt? Krass!«

»Quatsch«, antwortete sie schnell. »Das war geraten. Aber guckt sie euch an. Die sieht aus, als hätte er genau so etwas in der Art gesagt, oder etwa nicht?«

Max und ich sahen, wie Josephine eine Grimasse schnitt.

Sah hübsch aus, fand ich, hübsch unglücklich.

Erik hingegen war atemberaubend attraktiv. Er trug ein hellblaues Hemd zu einer beigefarbenen Leinenhose und wirkte ein bisschen wie ein junger Geschäftsmann im Freizeitlook.

Lilli war noch ganz bei Josephine und stieß ein kurzes Kichern aus. »Passt auf, gleich schießt sie einen ihrer Blitze auf ihn ab. Oder sie schlürft sein Gehirn aus.«

»Du magst Zombies?«, erkundigte sich Max mit einem kleinen Lächeln in den Mundwinkeln.

»Äh … klar! Und wie! Ich bin ganz verrückt nach denen. Also, nach ›The Walking Dead‹ zum Beispiel, meine ich.«

Eine glatte Lüge, wie ich wusste, denn Lilli gruselte sich vor der Serie. Aber wenn die Untoten der Schlüssel zu Max' Herz waren, würde sie sich demnächst sämtliche Folgen reinziehen. Plus »Warm Bodies« und – tja, keine Ahnung, was es sonst noch so gab. Nicht mein Fachgebiet.

»Aber«, sagte Lilli langsam, »ich hätte nicht gedacht, dass du auf so was stehst!«

Jetzt war es an Max, verlegen dreinzuschauen. »Manchmal hilft es mir, mit allem fertigzuwerden.«

Und damit ließ er uns allein.

»Da geht er hin«, sagte Lilli seufzend.

»Josephine ist auch weg«, erklärte ich.

Keine Sekunde hatte ich meine Erzfeindin aus den Augen gelassen.

»Super«, meinte Lilli. »Wenn wir Glück haben, ist sie heim zu Mama von Lerchen gegangen, um ihre Wunden zu lecken.« Sie reckte den Hals, um besser sehen können. Selbst auf der Treppenstufe wurde sie von den meisten Leuten überragt. »Lebt Erik noch?«

»Hm.«

»Das ist übel«, fand Lilli. »Wenn sie ihm nichts angetan hat, liebt sie ihn wirklich.«

»Hör sofort auf!«

»Wo ist er denn?«

Ich wies zum Pizza-Zimmer hinüber. »Der hat nach dem Knutschüberfall anscheinend Hunger.«

Lilli lachte. »Und wir beide brauchen jetzt was zu trinken.«

Sie zog mich die Stufe hinunter in den Flur und zum Tresen, wo sie aus einer Bowleschüssel zwei Pappbecher einschenkte.

»Ist nur ein kleiner Schuss Wodka drin«, versprach sie. »Bloß verschiedene Fruchtsäfte und viel Sprudelwasser.«

Ich lächelte dankbar. Schließlich war ich nüchtern schon ungeschickt genug. Mit allzu viel Promille im Blut konnte ich für nichts mehr garantieren.

Ich trank einen Schluck und merkte, wie ausgetrocknet meine Kehle war. Schnell ließ ich mir nachgießen. Nach dem doppelten Erik-Schock kehrten meine Kräfte nur langsam zurück.

Immer noch starrten mich ziemlich viele Leute an. Sogar Dustin, Mario und Sammy staunten mit offenen Mündern.

»Nicht rumsabbern! Feiern!«, rief Lilli ihnen zu, ohne jedoch eine erkennbare Wirkung zu erzielen.

Die Blicke meiner Freunde, die der Jungs aus Bayern und einiger männlicher R'n'Bs klebten an mir.

Interessante Erfahrung.

Ich ahnte, wie sich Josephine die meiste Zeit ihres Lebens fühlte.

Nach fünf Minuten wurde es mir zu viel.

»Lass uns einen Moment verschwinden«, bat ich Lilli.

»Wohin?«

»Nach oben.«

»Aber nicht, damit du dich umziehen kannst!«

Ertappt.

»Ähm … nee, brauch nur eine Verschnaufspause.«

»Okay. Die große Erik-Eroberung wird nämlich in diesem Fummel stattfinden. Ich hab vorhin kurz in die Glaskugel geschaut. Aber der wird jetzt eine Weile mit Essen beschäftigt sein und ich muss dir sowieso dringend was erzählen. Über Max. Hier ist es zu laut.«

»Geht klar.« Hauptsache, ich kam erst mal weg.

Lilli machte noch einen kurzen Umweg übers Büfett und kam mit fünf großen Pizzastücken wieder. »Salami, Schinken, Zwiebeln, Thunfisch und Gemüse. Welches willst du?«

»Gar keins.«

»Na gut, die schaffe ich auch allein. Hab viel nachzudenken.«

In meinem Zimmer ließ Lilli sich aufs Bett fallen und beobachtete mich scharf.

»Wenn du anfängst, dich auszuwickeln, muss ich dich fesseln.«

Sie meinte es ernst, und ich ließ die Hände brav herunterhängen, während ich mich an meinen kleinen Schreibtisch lehnte. Hinsetzen oder gar hinlegen kam nicht infrage, ich blieb lieber stehen aus Angst, irgendwas an meiner Aufmachung zu zerdrücken oder zu verwischen. Denn eines durfte ich nicht vergessen: Auch Erik hatte mich angeschaut, kurz vor Josephines Attacke. Und das wollte ich unbedingt noch mal erleben. Am besten, ohne die ganzen anderen Typen um uns herum.

»Kannst du ihn vielleicht in mein Zimmer locken?«, fragte ich hoffnungsvoll.

»Max?«

»Erik.«

»Träum weiter«, erklärte Lilli mit vollem Mund.

Ich seufzte.

»Emma, alles easy! Du wirst mit Erik allein sein, glaub mir. Noch heute Abend. Das schwöre ich. Aber nicht hier.« Sie griff zu dem zweiten Pizzastück und schaffte es, aufmunternd zu lächeln, ohne dass ihr dabei Krümel aus dem Mund fielen.

»Wo sonst?«

»So genau konnte ich das nicht erkennen«, gestand sie und

blickte auf den Belag von gegrillten Zucchini. »Es war bloß alles sehr grün.«

»Du spinnst ja.«

Sie hob die Schultern. »Glaub mir oder lass es bleiben. Können wir jetzt über Max reden? Der ist vorhin am Tresen ins Plaudern gekommen und das ist alles nicht besonders lustig.«

»Okay.« In Gedanken malte ich mir aber aus, wie ich mit Erik auf einem grünen Teppichboden lag. Oder an einer grünen Tapete lehnte. Unglücklicherweise kannte ich keine Locations mit dieser Farbe.

Dann wurde ich endlich aufmerksam, als Lilli mir das Leben eines siebzehnjährigen Jungen schilderte, der beständig gemobbt wurde, weil er kleiner und schmächtiger war als die anderen und weil er an der Schwelle zur Volljährigkeit immer noch vor seinem dominanten Vater kuschte.

»Sein Vater besitzt eine Baufirma«, berichtete Lilli. »Der hat sich alles selbst aufgebaut und ist damit stinkreich geworden. Aus Max will er einen harten Kerl machen. So lange hält er ihn finanziell kurz. Aber Max hat eine künstlerische Seele. Stell dir vor, er möchte nach dem Abi auf die Kunsthochschule!«

Nachdenklich legte ich den Kopf schief. Erik, Josephine und alle anderen waren für einen Moment vergessen.

»Max meint, eher springt er von einer Brücke, als dass er Ingenieur oder so was wird, wie sein Vater will«, fuhr Lilli fort und verschlang hektisch Nummer drei.

»O Mann! Das ist echt übel.«

»Ganz deiner Meinung. Und die Jungs, mit denen er hier ist, sind auch keine echten Freunde. War ja eh klar. Er ist nur mitgefahren, um mal von zu Hause wegzukommen.«

Also hatte ich mit meiner Vermutung ganz richtiggelegen. Max tat mir leid, und mir wäre lieber gewesen, ich hätte mich geirrt.

»Wir müssen ihm helfen!«, sagte Lilli und hustete. Zu viel Pizza, zu wenig Flüssigkeit. Ich holte ihr schnell ein Glas Wasser aus der Küche.

»Danke«, murmelte sie.

»Wie stellst du dir das vor?«, fragte ich. »Sollen wir nach München fahren und Max' Vater eine Gehirnwäsche verpassen?«

Lilli sah mich groß an. »Keine schlechte Idee.«

»Das war ein Witz!«

»Nee, das geht bestimmt. Ich müsste Mama fragen. Oder Ernest Livingston, den Magier. Der weiß das.«

Ich griff nach dem nächstbesten Gegenstand auf meinem Schreibtisch und warf ihn nach Lilli. Zu ihrem Glück traf ich sie nur mit Mister Pickles am Kopf, meinem alten zerfledderten Teddybär. Ich hatte ihn mit sechs so getauft, als ich meine Leidenschaft für Mixed Pickles entdeckt hatte.

»Aua!«, rief sie trotzdem dramatisch.

»Lass Ernest aus dem Spiel«, sagte ich drohend. »Der zersägt bloß falsche Jungfrauen und lässt seine blöden Kaninchen verschwinden.«

»Aber er ist nett. Und er kann was.«

»Er hat sich an Mama rangemacht.«

Lilli riss mal wieder die Augen auf. »An Charlotte? Seit wann denn? Hammer! Das wusste ich noch gar nicht.«

Sie griff nach Pizza Nummer vier und kaute hektisch, während sie die Neuigkeit aufnahm. Ein kräftiger Zwiebelgeruch erfüllte mein Zimmer.

Die Geschichte mit Ernest hätte ich lieber für mich behalten. Das Liebesleben meiner Mutter war, freundlich ausgedrückt, abwechslungsreich, und manchmal schämte ich mich richtig für sie. Also, nicht dass sie sich jedem Kerl an den Hals warf oder so. Ich glaubte eher, sie hoffte wirklich auf die ganz große Liebe, und wenn sie die bei dem einen nicht fand, suchte sie eben weiter. Was ziemlich oft vorkam.

Für mich war das nicht so lustig. Es fühlte sich sogar extrem schlecht an, wenn die eigene Mutter frisch verliebt durch das Hostel tanzte, während man selbst unglücklich auf seinem Zimmer hockte und von dem großen Glück nur träumen konnte. In solchen Momenten kam es mir so vor, als sei meine Mutter eher eine ältere Schwester, und das war seltsam. Manchmal wünschte ich mir brennend starke, zuverlässige Eltern. Nicht nur eine alleinerziehende Mutter, die zwar oft fröhlich war und allen Gästen ein Lächeln ins Gesicht zauberte, gleichzeitig aber gern mal Reservierungen vergaß, weil sie eben frisch verknallt war.

Oder weil sie schrecklichen Liebeskummer hatte. Sie war dann so furchtbar unglücklich, dass sie stundenlang vor sich hin heulte. Was nicht nur nervig sein konnte, sondern auch schlecht fürs Geschäft. In den Osterferien, zum Beispiel, hatte sich ihr letzter Freund von ihr getrennt. Zwei Tage später war eine Gruppe Jugendlicher aus Berlin vorzeitig abgereist, weil sie Mamas Tränenfluten nicht mehr ertragen konnten.

Erst danach war sie wieder zu sich gekommen und hatte sich zusammengerissen. Aber ich war ganz knapp davor gewesen, bei Lilli um Asyl zu bitten. Wie sollte man als Tochter bitte solche Gefühlsschwankungen aushalten? Eigentlich war *ich* ja wohl in dem richtigen Alter dafür.

Verkehrte Welt!

»Tut mir leid«, unterbrach Lilli meine Grübelei. »Ich schwöre, ich werde den Namen Ernest Livingston nicht mehr nennen.«

»Danke.«

»Aber die Gehirnwäsche …«

»Vergiss es, ja? Wir können uns da nicht einmischen. Max muss allein erwachsen werden und lernen, sich durchzusetzen.«

Ich war sehr zufrieden mit diesem klugen Satz.

»Hast ja recht«, murmelte Lilli niedergeschlagen.

»Du kannst ihm deine Freundschaft anbieten. Das hilft vielleicht schon.«

Ihr tiefer Seufzer verriet mir, dass sie ihm viel lieber etwas anderes anbieten würde. Oder es war die Art und Weise, wie sie Mister Pickles an sich drückte. So liebevoll, so sehnsüchtig!

Ich befreite meinen Teddy, bevor er gänzlich platt gequetscht war.

»Lass uns wieder runtergehen.«

»Nö«, erwiderte Lilli. »Ich bleibe ein wenig hier und denke nach.«

»Über Max.«

»Jep.«

»Lilli …«

»Kein Stress, Emma. Ich werde mich zurückhalten. Außerdem ist noch die Schinkenpizza übrig. Die habe ich mir für zuletzt aufgehoben.«

Mit einer Handbewegung scheuchte sie mich fort. Also verließ ich mein Zimmer, lief die Treppe hinunter … und landete in Eriks Armen.

Na ja, fast.

Er stand zufällig genau vor mir, als ich unten angekommen war, und ich gebe zu, ich tat, als würde ich stolpern. Was eine echte Leistung war, da ich normalerweise dafür nicht schauspielern musste.

»Vorsicht«, sagte er und fasste nach meinem Ellenbogen. Genau wie Max vorhin, nur fühlte es sich vollkommen anders an. Eine Art Stromstoß jagte durch meinen Körper, einmal nach unten bis zu den großen Zehen, dann wieder hoch bis in meine immer noch unnatürlich glatten Haare, die aber möglicherweise in dieser Sekunde in alle Himmelsrichtungen absprangen. Ich traute mich nicht, mir an den Kopf zu fassen, um es nachzuprüfen, und dachte nur: Wow!

Wenn ein einfacher Griff seiner Hand schon diese Wirkung hatte, was würde erst mit mir geschehen, sollte er mich jemals küssen?

Ich bekam große Lust, das gleich an Ort und Stelle auszuprobieren, und konnte mich nur mit großer Mühe zurückhalten.

Schätzungsweise hätte es ihm nicht gefallen, zum zweiten Mal an diesem Abend derartig von einem Mädchen angegangen zu werden. Außerdem entdeckte ich nirgends etwas in der Schicksalsfarbe, die Lilli mir vorausgesagt hatte, mal abgesehen von einer grün-weiß gestreiften Girlande über seinem Kopf, aber die zählte bestimmt nicht.

»Nette Party«, sagte Erik und sah mir dabei so richtig tief in die Augen.

»Echt?« Mir fiel nichts Klügeres ein.

»Ja. Ich finde es schön, dass du so viele gute Freunde hast.«

»Äh …«

»Denen liegt wirklich was an dir.«

»Hm …«

»Wer hat das alles organisiert?«

»Das …«

Reiß dich zusammen, Emma!

Doch es war zwecklos. Solange Eriks Bernsteinblick mich nicht losließ, solange seine Hand auf meinem Arm lag, würde ich keinen zusammenhängenden Satz hervorbringen.

Blödsinn, Emma! Du bist eine selbstbewusste Siebzehnjährige, die jetzt Small Talk betreiben wird, kommandierte ich. Los geht's!

Ich wollte gerade auf mich selbst hören und eine unverfängliche Bemerkung über Lilli und den Rest der Clique machen, als mir Colin dazwischenkam.

Buchstäblich.

Er lehnte plötzlich direkt neben Erik am Treppengeländer und wirkte nicht einfach nur sauer, sondern … Es dauerte einen Moment, bis ich es herausfand. Genauso lange brauchte Lilli, um hinter mir auf der Treppe aufzutauchen. Ihr war offenbar langweilig geworden, so allein in meinem Zimmer. Ich spürte ihre Anwesenheit und war froh darüber. Ich bekam es nämlich gerade mit der Angst vor mir selbst zu tun.

Vor meinen Augen flimmerte es ein wenig, aber ich sah trotzdem, dass Colin eindeutig eifersüchtig war.

Irre!

Mein eingebildeter Freund war tatsächlich neidisch auf einen realen Typen!

Nee, ne?

»Geh weg, Colin«, murmelte ich.

Lilli hörte mich. Und sie verstand.

»Vergiss den Kerl«, flüsterte sie mir ins Ohr. »Du hast bloß Schiss!«

Aber auch Colin beugte sich nun vor. »Ich bin deine große Liebe, Darling!«, wisperte er.

Und genau in der Sekunde, als die Musik aussetzte, rief ich: »Verschwinde, Colin! Ich will das nicht mehr!«

Erik ließ mich los und wich zurück, alle Leute drehten sich zu uns um.

»Was?«, fragte Erik.

»Ich … entschuldige«, stammelte ich. »So war das nicht gemeint. Du kannst gern bleiben.«

»Du hast mich Colin genannt«, erwiderte er, und seine Stimme klang nur halb so ruhig und abgeklärt wie sonst. »Was soll das bedeuten?«

Gute Frage.

»Würde mich auch mal interessieren«, sagte Colin. »Ich bin nämlich einzigartig.«

»Mit dir rede ich nicht!«, fuhr ich ihn an.

»Schade«, erwiderte Erik verwirrt.

Oh, so ein Mist! Ich kam echt durcheinander mit meinen Gesprächspartnern.

Wie konnte ich Erik logisch erklären, dass es da jemanden gab in meinem Leben, der nicht real war?

Gar nicht, natürlich! Ein normaler junger Mann mit vermutlich überdurchschnittlichem IQ würde von so einer Begründung glatt überfordert sein. Und mich für vollkommen inakzeptabel halten.

Ich presste fest die Lippen aufeinander. Bloß kein weiterer Versprecher!

»Emma?«, fragte Erik.

»Colin?«, sagte jemand anderes. »Kennt den hier einer?«

Allgemeines Kopfschütteln. So wahnsinnig spannend hätte sonst wahrscheinlich niemand meinen kleinen Aussetzer gefunden und normalerweise hätten sich jetzt alle wieder um ihren eigenen Kram gekümmert. Mehr Alkohol in sich reinschütten und rumknutschen, zum Beispiel. Aber Erik hatte vorhin schon unfreiwillig für eine gute Show gesorgt, und möglicherweise hoffte man, es würde gleich noch einmal ebenso lustig werden. Jetzt vielleicht mit dieser Emma Stern, die kaum wiederzuerkennen war.

Die allgemeine Aufmerksamkeit war mir sicher, dazu Eriks Blick, der etwas Bohrendes bekommen hatte.

Ich suchte verzweifelt nach einer Ausrede.

Aber mir fiel keine ein.

Null.

»Das ist mein zweiter Vorname!«, rief Lilli da in die Runde. »Habt ihr das etwa nicht gewusst?«

Danke, danke, danke, meine allerbeste Freundin! Du hast mich gerettet, sendete ich ihr telepathisch. Schon wieder!

»Lilli Colin Nickel? Seit wann das denn?«, fragte jemand. Ich erkannte Jannes klare Stimme.

»Seit meiner Geburt«, erklärte Lilli ernsthaft. »Meine Mama war, äh, ein großer Fan von Phil Collins. Aber mir war das zu peinlich, deshalb habe ich es nie verraten. Nur Emma darf mich so nennen.«

Sie erntete ein paar ungläubige Blicke, aber die Sache wurde jetzt uninteressant und die Leute wandten sich ab.

Gerettet!

Leider nicht ganz.

Erik war ja noch da. »Warum willst du, dass deine Freundin verschwindet?«

Ich schluckte. »Sie … ist manchmal furchtbar aufdringlich«, murmelte ich und betete, Lilli möge mir verzeihen. »Und ich wollte mich gern allein mit dir unterhalten.«

»Verstehe. Du willst also doch mit mir reden.«

»Ähm … Ja. Nur mit dir!«, sagte ich wahrheitsgemäß.

So ganz zufrieden wirkte Erik noch nicht, aber er schien bereit, es gut sein zu lassen.

Ich atmete tief ein und aus, dann schaute ich mich nach Lilli um. Sie war weg, irgendwo im Partyvolk untergetaucht, vielleicht auf der Suche nach Max und hoffentlich nicht dabei, Rachepläne gegen mich zu schmieden.

»Hättest du Lust auf einen kleinen Spaziergang?«, fragte Erik.

Überzeugt, mich verhört zu haben, sah ich ihn wieder an und wartete darauf, dass er über seinen eigenen Witz lachte.

Tat er aber nicht. Er blieb vollkommen ernst. Nur in seinen Mundwinkeln steckte ein winziges Lächeln.

Mannomann!

Wann war ich für Erik Hansen so interessant geworden?

Vielleicht, als ich mich heute Mittag bei Gino für Max eingesetzt hatte? Als ich vorhin neu gestylt die Treppe heruntergekommen war? Oder gerade eben, als wir uns so wunderbar nahe gewesen waren, bevor Colin dazwischengefunkt hatte?

Apropos Colin. Der war zum Glück auch verschwunden und ich seufzte erleichtert auf.

»Wenn du nicht möchtest, ist es auch okay«, sagte Erik. Mein Seufzen hatte er wieder falsch verstanden.

»Nein, nein«, erwiderte ich schnell, was ihm natürlich auch keine Klarheit brachte.

Das winzige Lächeln verschwand. »Ich dachte, es wäre nett, wenn wir beide uns ein wenig unterhalten würden. Das hast du doch eben selbst vorgeschlagen.«

Unterhalten?, dachte ich.

Vergiss es. Das war nur meine Ausrede. Ich wüsste da was Besseres. Und ich bin dir übrigens nicht mehr böse, weil du mich damals wie ein Kind behandelt hast. Du warst bestimmt überfordert von meiner Liebe. Schwamm drüber. Heute sind wir beide erwachsen, du guckst nicht mehr durch mich hindurch und wir können noch einmal neu anfangen.

Hm – besser, das behielt ich für mich. Hätte ihn nur in die Flucht geschlagen.

Deshalb sagte ich einfach: »Finde ich auch. Ich möchte mich wirklich gern mit dir unterhalten.«

Sein Lächeln kehrte zurück, wurde sogar einen Tick größer. Ich schmolz dahin, während mein Herz vor lauter Aufregung wieder aufs Trampolin stieg und loslegte.

»Okay«, sagte Erik. »Lass uns gehen. Aber nicht auf den Marktplatz.«

Ich verbiss mir ein Grinsen. Wahrscheinlich hatte er Angst, dass Josephine ihm dort auflauerte.

»Habt ihr einen Hinterausgang?«

»Na klar.«

»Super. Dann verschwinden wir dort raus. Wir können ja bis zum Wald laufen, was meinst du?«

Wald?!

Also Blätter?

Gras?

Und Moos?

Grün! Grün! Grün!

Lilli, ich liebe dich!, rief ich lautlos. Deine Glaskugel hat nicht gelogen. Erik und ich werden zusammenfinden. Inmitten des wunderbar grünen Waldes!

»Emma, alles in Ordnung mit dir?«

Äh, ja, was hatte ich denn nun wieder gemacht?

Okay, vielleicht hatte ich ihn etwas zu fassungslos angestarrt und dabei eventuell den Unterkiefer runtergeklappt. Ich zwang mich zu einem möglichst lieblichen Gesichtsausdruck.

Keine Ahnung, ob mir das gelang, denn Erik schaute immer noch äußerst verwirrt.

Doch bevor ich noch etwas zu seiner Beruhigung sagen konnte, bevor ich gar seine Hand nehmen und ihn durch den Flur zur Hintertür ziehen konnte, erklang am vorderen Eingang ein lautes: »Hallo, Leute!«

O nein!

Bitte nicht!

Bitte nicht ausgerechnet jetzt!

»Ich wusste gar nicht, dass hier heute eine Party steigt«, sagte meine Mutter.

9

Noch ein Auftritt

Diese Geburtstagsparty würde, das ahnte ich plötzlich, in die Annalen von Kiesel eingehen. Wahnsinnig viel war bei uns ja nie los, und so gab es eine reelle Chance, dass sich die Leute nach Jahren und Jahrzehnten noch davon erzählen würden, wie es damals hoch hergegangen war im Hostel »Cloud«.

Erst der glamouröse Auftritt der sonst eher unscheinbaren Emma Stern – unscheinbar abgesehen von ihrer Körperlänge –, dann die Kussattacke der Josephine von Lerchen auf den schönen Erik Hansen und schließlich – Trommelwirbel! Tusch! – die Ankunft der aufregenden Charlotte Stern, die keinen Tag älter als fünfundzwanzig aussah und in Wahrheit, das wussten aber nur die Eingeweihten, scharf auf die vierzig zuging.

Da stand sie in der Tür, eine kleine, zierliche Frau mit langen honigblonden Haaren und riesigen hellblauen Augen. Wunderschön.

Sämtliche Gespräche verstummten schlagartig, als sie auf hohen Stöckelschuhen durch den Flur auf mich zukam. Die Partymeute teilte sich vor ihr wie das Rote Meer vor Moses, und ich sah, wie Bodo und seine Kumpels sich gegenseitig anstießen. Die bekamen heute ja ordentlich was geboten!

Meine Mutter schien die Jungs jedoch gar nicht wahrzunehmen. Sie baute sich vor mir auf, strahlte über das ganze Gesicht und sagte: »Emma, mein Schatz, du siehst wundervoll aus. Und wie schön, dass du endlich mal richtig feierst!« Dann stellte sie sich auf die Zehenspitzen, umarmte mich fest und gab mir einen schmatzenden Kuss auf die Wange.

Ich fragte mich, ob man seine Mutter gleichzeitig hassen und lieben konnte, fand aber keine befriedigende Antwort.

»Das Kleid steht dir super! Ich habe dir auch noch ein neues Outfit aus Hamburg mitgebracht. Du wirst sehen, es wird dir gefallen.«

Daran hatte ich so meine Zweifel, sagte aber lieber nichts.

»Happy Birthday, Baby«, trällerte meine Mutter nun. Dann drehte sie sich um und rief: »Was steht ihr denn da und guckt? Weiterfeiern, Leute. Wer bringt mir was zu trinken?«

Sämtliche Jungs stürzten zum Tresen und verkeilten sich dort.

Meine Mutter wandte sich derweil ungerührt an Erik. »Hi. Wer bist du denn? Oder muss ich dich siezen?«

»Auf keinen Fall«, entgegnete Erik eilig und stellte sich vor.

»Schön. Ich bin Charlotte.« Sie tippte ihm freundlich auf den Arm. »Habe ich dich nicht neulich an der alten Polizeikaserne gesehen?«

Erik nickte.

Ich versuchte mich zu konzentrieren.

»Steht die nicht seit zwei Jahren leer?«, fragte ich, und mein Herz legte einen Zwischenspurt ein.

Ich erinnerte mich dunkel daran, dass Kiesels Geschäftsleute protestiert hatten, als die Hundertschaft in die Nähe von Bremen verlegt worden war. Die Polizeibeamten waren wohl gute Kunden gewesen.

»Ich helfe dabei, das Flüchtlingsheim einzurichten«, sagte Erik in einem Tonfall, als würde er über einen Familienausflug reden. So bescheiden war er!

Mein Herz hörte auf zu rennen und schmolz nur wieder mal dahin.

»Die ersten Flüchtlinge kommen Mitte nächster Woche an«, fuhr er fort. »Da gibt es noch einiges zu tun.«

Meine Mutter strahlte ihn begeistert an und fragte gleichzeitig in meine Richtung: »Emma, wieso hast du diesen wunderbaren Mann bisher vor mir geheim gehalten?«

Tja, warum wohl?

Aber Mama war weder dumm noch gemein. Sie blickte zwischen uns beiden hin und her, begriff, was Sache war, und trat zwei Schritte zurück.

»Ich denke, ich lasse euch jungen Leute jetzt mal lieber allein. Ich wollte sowieso nur kurz vorbeischauen und dir gratulieren, mein Schatz.« Sie zwinkerte mir zu. »Ernest wartet auf mich.«

Danke, Mama! Ich glaube, ich liebe dich doch. Aber lass die Finger von Ernest. Der Mann ist nicht gut für dich!

Oder? Woher wollte ich eigentlich wissen, was für meine Mutter gut war?

Ich beschloss, nicht länger darüber nachzudenken. Es gab Dringenderes. Erik, zum Beispiel, der gerade etwas sagte, das ich nur halb mitbekam, weil die Traube der verkeilten Jungs sich währenddessen langsam entwirrte. Dabei wurde fleißig um die

Wette geschubst. Worte wie »Idiot«, »Platz da« und »Vollhirn« hallten durch den Flur und lenkten mich ab.

»Was?« Mein Blick hakte sich wieder in Eriks Bernsteinaugen fest. »Entschuldige, ich habe nicht zugehört.«

Er lächelte nachsichtig. »Ist doch nicht wichtig. Ich habe nur von der Kaserne erzählt.«

»Ich … könnte doch auch helfen«, bot ich an, obwohl ich keine Ahnung hatte, wie ich die Zeit dafür finden sollte. Aber wenn Erik es schaffte, dann musste ich das auch können.

»Das wäre fantastisch.«

»Abgemacht«, versprach ich.

Plötzlich brach Streit am Tresen aus. Ein Fall von Gruppendynamik wahrscheinlich. Vorurteile spielten auch eine Rolle. »Arrogante Hipster« und »Asi-Pack« schrien sich die Jungs an.

Verdammt!

Ich stand so unglaublich dicht vor der Erfüllung meiner Träume! Und ausgerechnet jetzt mussten die R'n'Bs und die WPs sich in die Wolle kriegen?

Mieses Timing, Leute! Sucht euch einen anderen Tag aus!

Verzweifelt überlegte ich, was ich tun konnte, um die verfeindeten Gruppen auseinanderzubringen. Ob es helfen würde, die halb volle Bowleschüssel über ihnen auszukippen?

Wohl kaum.

Ich wäre da sowieso nicht rangekommen, weil die meisten Jungs immer noch im Pulk am Tresen standen und sich inzwischen kräftig anschrien.

Nur langsam trennten sich die Lager, und erst nach einer Weile merkte ich, dass sich gar nicht die R'n'Bs und die WPs angifteten. Stattdessen hatte sich eine Art Nord-Süd-Krieg entwickelt.

Ich schaute genauer hin.

Oha! Kiesel gegen München!

Erik bemerkte es auch.

»Was ist denn da los?«, fragte er. »Haben unsere Leute Stress mit den Bayern?«

»Sieht fast so aus«, erwiderte ich. »Aber warum bloß?«

Er fasste mich wieder am Ellenbogen, was mich leicht aus dem Konzept brachte. Aller Stress dieser Welt war mir herzlich egal, wenn nur Erik Hansen mit mir Körperkontakt hielt!

»Wahrscheinlich braucht es dafür keine logische Erklärung«, sagte er. »Die Jungs müssen einfach Dampf ablassen und da ist ihnen jede Gelegenheit recht.«

Ich fand, er redete wieder wie ein zukünftiger Chefarzt. Es klang ein klitzekleines bisschen überheblich, doch ich verzieh ihm auf der Stelle, weil er mir jetzt ein richtig großes Lächeln schenkte.

»Außerdem«, fuhr er fort, »bietet sich der Konflikt an: Einheimische gegen Auswärtige. Norddeutsche gegen Süddeutsche. Plattdeutsch gegen bayrisch.«

»Aha«, murmelte ich.

Tatsächlich flogen Worte wie »Fischkopf« und »Dumpfbacke« hin und her.

Einer rief: »Als wir schon Zivilisation hatten, habt ihr noch auf den Bäumen gesessen!« Das klang definitiv nach einem Norddeutschen, aber ich konnte nicht ausmachen, wer das war.

Es ging um Höhlenmenschen aus den Bergen und unterbelichtete Ostfriesen.

Alles verstand ich nicht, weil entweder zu laut geschrien oder zu leise gezischt wurde.

»Das fing ja heute Mittag schon an«, meinte Erik, »und jetzt muss es wohl raus.«

»Okay, aber bitte nicht in unserem Hostel!«, erwiderte ich.

Erik nickte, während sich die Stimmung immer weiter aufheizte. Ich sah schon erhobene Fäuste und dunkelrote Gesichter.

»Wenigstens halten die R'n'Bs und die WPs zusammen«, bemerkte Erik. Ich wunderte mich, dass ein abgeklärter Mensch wie er überhaupt von der Existenz dieser Cliquen wusste. Sein Lächeln wurde zu einem Grinsen, als er meinen überraschten Gesichtsausdruck bemerkte.

»Ich bin ein stilles Mitglied der R'n'Bs.«

»Echt?« Das war mir wirklich neu. Musste ein sehr stilles Mitglied sein, denn wenn die R'n'Bs als Gruppe auftraten, war er nie dabei.

Er schien sich über meine Reaktion zu amüsieren. Dann setzte er hinzu: »Wer weiß, vielleicht hilft das ja, damit unsere Leute in Zukunft besser miteinander auskommen, liebe Emma.«

Daran hatte ich so meine Zweifel, aber das war mir auf einmal so was von egal.

Liebe Emma.

Hatte er wirklich *liebe* Emma gesagt?

Und konnte er das eventuell noch einmal wiederholen, damit ich es auch glauben konnte? In einem ruhigen Moment, irgendwo, wo wir allein waren?

Wieder glitt mein Blick über die aufgeheizte Menge. Und auf einmal reichte es mir!

Ich ließ mir den Geburtstag meines Lebens von niemandem kaputt machen. Schon gar nicht von hormongesteuerten Knallköppen, die sich unbedingt prügeln wollten.

»Raus hier!«, schrie ich so laut, dass Erik heftig zusammenzuckte.

»Alle raus hier! Auf der Stelle! Die Party ist zu Ende!«

Zu meiner grenzenlosen Überraschung folgte die Truppe meinem Befehl. Wahrscheinlich, weil die Mädchen auf meiner Seite waren. Die wollten auch lieber knutschen, als den blöden Angebern beim Zähnefletschen zuzusehen.

Janne und ein paar Freundinnen schnappten sich die Jungen, die ihnen am nächsten standen, und schleiften sie nach draußen. Jemand stellte die Musik aus, auf die sowieso keiner mehr geachtet hatte.

Ich entdeckte Lilli, die rein zufällig Max am Ärmel hinter sich herschleppte, obwohl der bestimmt nur ruhig in einer Ecke gestanden hatte. Sie winkte mir zu und lachte. Erleichtert winkte ich zurück.

Der Rest der Gruppe folgte von selbst.

Innerhalb von Sekunden war der Flur leer, und ich hörte nur noch, wie sich draußen auf dem Marktplatz lautstark weiter gezofft wurde.

Macht, was ihr wollt, Leute, aber lasst mich und das Hostel in Frieden!

Als hätte mich jemand gehört, wurde nun von außen die Tür geschlossen. Wahrscheinlich von der telepathisch begabten Lilli.

»Alle Achtung«, sagte Erik, als wir plötzlich allein waren.

»Wieso?«

»Du hast das Zeug zur Führungskraft. Weißt du schon, was du studieren willst?«

»Da … äh … überlege ich noch.« Wie sollte ich das denn bitte so einfach beantworten?

Gehörte ich vielleicht zu den Überfliegern wie Erik, der sich wahrscheinlich schon mit fünf Jahren an der medizinischen Fakultät eingeschrieben hatte?

Nein.

Oder zu Hotelerbinnen wie Josephine mit PH, die sich alle Mühe gab, die Paris Hilton von Kiesel zu werden?

Nein, nein.

Ganz klar war ich auch keine Lilli Nickel mit einer geradezu vorherbestimmten Zukunft.

Ich hatte einfach keine Ahnung, wie mein Leben mal aussehen sollte. Alles, was ich sicher wusste, war, dass ich kein langweiliges Spießerdasein führen wollte, und ganz bestimmt sah ich mich nicht mein Leben lang ein kleines Hostel führen.

Außerdem war ich heute erst siebzehn geworden und hatte noch ein Jahr bis zum Abitur. Mindestens. Eher zwei. Meine Noten waren in letzter Zeit nicht die besten.

Daran wollte ich Erik aber lieber nicht erinnern, entschied ich. Wenn meine Aufmachung ihn vergessen ließ, dass ich jünger war als er, würde ich den Eindruck mit Worten bestimmt nicht zerstören.

Sollte er es nämlich wagen, mich noch einmal zu einem Eis einzuladen, konnte ich für nichts mehr garantieren!

Ich beschloss, schnell das Thema zu wechseln. Irgendwie musste ich die romantische Stimmung von vorhin zurückholen. Der grüne, grüne Wald wartete auf uns!

Während ich noch darüber nachdachte, fiel mein Blick auf das Chaos im Flur. Heruntergerissene Girlanden kringelten sich auf dem Fußboden. Überall lagen Pappbecher herum, hier und da sah ich Pfützen von ausgelaufenen Getränken.

Der Tresen hatte am meisten abbekommen, weil die Bowleschüssel in der Hitze des Streits umgekippt worden war. Die hätte ich also sowieso niemandem mehr über den Kopf gießen können.

Ich war bloß froh, dass ich nachmittags schon unseren Laptop und das Gästebuch in Sicherheit gebracht hatte! Doch dann entdeckte ich die halb aufgegessenen Pizzastücke, die verschmierten Kuchenreste über den Fotos der »CloudKiss«, eine zerdrückte Basecap, einen linken Sportschuh, ein zerrissenes T-Shirt …

Ich schloss die Augen.

»Das ist ja grauenhaft.«

Gut, das war nicht unbedingt der romantische Spruch, nach dem ich gesucht hatte, aber mein Entsetzen war stärker als jede Sehnsucht.

Etwas streifte meine Wange, leicht wie ein Schmetterlingsflügel.

Erik, der mich zart berührte?

Ich riss die Augen wieder auf. Nein, es war die grün-weiße Girlande über seinem Kopf, die sich bis zuletzt gehalten hatte und jetzt sanft zu Boden segelte. Erik hob sie auf.

»Wo habt ihr Müllsäcke?«, fragte er. »Besen? Kehrschaufel? Staubsauger? Putzmittel? Ich helfe dir, hier Ordnung zu machen.«

Er strotzte nur so vor Energie!

Klar, das war echt nett von ihm, aber ich war auf einen Waldspaziergang eingerichtet, auf zärtliche Berührungen, auf Küsse!

Nicht auf Teamwork mit Meister Proper.

»Komm schon, Emma! An die Arbeit! Das schaffen wir mit links!«

Kurz dachte ich, dass ich selbst mir den Befehl erteilt hätte, aber es war Eriks Stimme, die mich anfeuerte.

Mir blieb keine Wahl. Rasch lief ich in unsere Wohnung hinauf und kehrte mit allem, was nötig war, zurück. Dann machten wir uns ans Werk, und nach ein paar Minuten stellte ich verblüfft fest, wie viel Spaß ich dabei hatte. Erik arbeitete schnell und präzise, nahm sich zwischendurch aber immer wieder Zeit, mir einen Bernsteinblick oder ein Lächeln zuzuwerfen. Er lobte mich sogar, weil ich so tatkräftig zu Werke ging.

Tja, was dachte er denn, wie ich meine Freizeit verbrachte?

Mit shoppen und schminken?

Nee, ich wusste, wie man putzte!

Zwischendurch bemerkte ich, dass es draußen auf dem Marktplatz ruhig geworden war. Offenbar war den Jungs die Luft ausgegangen. Vielleicht hatten sich auch die Mädchen durchgesetzt und Frieden gestiftet. Sollte mir recht sein, wenn es nur bitte keinen Stress mehr gab.

»Siehst du?«, sagte Erik eine halbe Stunde später. »Alles wieder wie neu.«

Ich nickte. Den einen oder anderen Fleck würde ich noch bearbeiten müssen, aber im Großen und Ganzen sah das Hostel wieder präsentabel aus.

Bloß ich selbst nicht. Meine Haare standen endgültig in alle Richtungen vom Kopf ab, meine Schminke war mit Sicherheit zerlaufen, so oft hatte ich mir übers Gesicht gewischt, und das schöne Wickelkleid war am Saum eingerissen.

Erik störte sich offenbar nicht daran, sondern schaute mir jetzt sehr, sehr tief in die Augen.

»Zeit für unseren Spaziergang.«

Ich schluckte.

Wie schaffte er es, dass seine Stimme auf einmal so sexy klang? Wohin war der Putzteufel von eben verschwunden?

Das nannte ich mal einen Stimmungsumschwung!

Echt schwer, da mitzuhalten. Ich tat mein Bestes und erwiderte seinen Blick, wobei ich aber hektisch zwinkern musste, weil mir irgendwas ins linke Auge geraten war. Schätzungsweise ein halber Liter Mascara.

»Alles in Ordnung, Emma?«

»Na klar. Komm.«

Ich wandte mich um und marschierte durch die Hintertür auf die Gasse hinaus. Und wenn ich in dieser Nacht halbseitig erblinden sollte! Ich wollte jetzt meinen Wald, meinen Erik, meinen Kuss. Es ging nämlich schon auf Mitternacht zu, und wenn dieser Geburtstag denkwürdig werden sollte, war es höchste Zeit.

Ich überquerte die Gasse und schlüpfte in den Durchgang zwischen den beiden roten Klinkerhäusern. Dabei spürte ich Eriks Atem warm in meinem Nacken. Ich schauderte und stellte mir vor, wie er seine Lippen genau auf diese Stelle legen würde.

Kurz war ich versucht, einfach stehen zu bleiben, mich umzudrehen und ihn genau hier zu küssen. Lange und zärtlich und leidenschaftlich. Aber ich entschied mich dagegen. Dieses eine Mal wollte ich unbedingt an Lillis Vorhersage glauben – und die Hauswände waren eindeutig zu rot dafür.

Also lief ich weiter, über den Feldweg bis zum Wald. Statt dem Weg weiter zu folgen, betrat ich einen schmalen Pfad, der im schwachen Mondlicht kaum zu erkennen war. Es war so eine Eingebung. Auf dem breiten Weg konnten uns selbst zu dieser Nachtstunde eventuell Leute begegnen. Unter Liebespaaren war er sehr gefragt. Hier jedoch würden wir allein sein. Stille umfing uns und der Duft nach frischem Grün kitzelte mich in der Nase.

Ein paar Äste schlugen mir gegen Beine und Arme und kratzten mir die Haut auf.

Egal.

Darauf kam es nun auch nicht mehr an. Dann würde ich eben nicht nur verschmiert, sondern auch verwundet an Eriks breite Brust sinken.

Hinter mir hörte ich einen dumpfen Schlag. War der große, schöne Erik mit dem Kopf gegen einen Ast gestoßen? Tapfer, wie er war, ließ er keinen Schmerzenslaut erklingen, sondern sagte bloß: »Hier war ich noch nie.«

»Ist ein Geheimweg«, erklärte ich. »Er führt direkt zum Saturnbach, der durch den Himmelspark fließt.«

»Aha«, erwiderte Erik.

Früher hatte der Bach einfach Mühlenbach geheißen, weil er sich seit Urzeiten unspektakulär durch die norddeutschen Wiesen und Weiden schlängelte und die alte Mühle gespeist hatte. Aber die Betreiber des Parks hatten ihm kurzerhand einen neuen Namen verpasst. Alles in und um den Himmelspark herum sollte an die unendlichen Weiten über uns erinnern.

Wir konnten von Glück sagen, dass unsere Heimatstadt noch so hieß wie immer. Kiesel hätte es bei einer Umbenennung wahrscheinlich nur zum Meteoritenstaub gebracht. Maximal zum Splitter.

»Warum warst du denn noch nie hier?«, fragte ich Erik.

»Keine Ahnung. Warum sollte ich?«

»Am Saturnbach ist die Absperrung nicht so hoch. Da kommt

man leicht in den Park. Ohne Ticket. Man muss nur einigermaßen gut klettern können.«

Noch während ich sprach, wurde mir klar, dass Erik so etwas niemals tun würde. Dazu war er viel zu korrekt.

Ich hätte mir die Zunge abbeißen können!

Was musste er jetzt von mir denken? Dass ich mir regelmäßig freien Eintritt verschaffte, und zwar zusammen mit meinen Freunden?

Tja, das stimmte leider. Denn selbst ein günstiges Jahres-Abo konnten sich nur die wenigsten von uns leisten. Als wir so um die zwölf gewesen waren, hatten Mario und Sammy diesen Zugang entdeckt und ihr Wissen natürlich mit ihren besten Freunden geteilt.

War eine coole Zeit gewesen damals und wir waren nie erwischt worden.

Inzwischen war es schon mehr als ein Jahr her, dass ich über den Zaun in den Park geklettert war. Mir fehlte neben Schule und Hostel einfach die Zeit dafür und so spannend fand ich diese Ausflüge heute auch nicht mehr.

Als sich meine Augen an die Dunkelheit gewöhnt hatten, entdeckte ich, dass einige der WPs jedoch noch nicht genug vom Himmelspark hatten und in diesem Sommer anscheinend schon ihren Spaß gehabt hatten.

Auf dem Pfad lagen ein paar Gegenstände herum. Ich erkannte den abgeknickten Bügel einer Brille, ein Päckchen Papiertaschentücher und einen rechten Sportschuh. Der sah dem linken Sportschuh, der vorhin im Hostel gelegen hatte, erstaunlich ähnlich, aber das war bestimmt nur ein Zufall.

»Warte mal, Emma«, sagte Erik.

Ich wollte eigentlich weiterlaufen, irgendwohin, wo es noch grüner war. Aber er legte mir eine Hand auf die Schulter und drehte mich zu sich herum.

Langsam begriff ich, dass mein Voranstürmen gleichzeitig auch ein Weglaufen war.

Ja, ich wollte mit ihm allein sein.

Ja, ich wollte in seine Arme sinken.

Ja, ich wollte, dass wir uns küssten.

Aber ich hatte auch richtig viel Schiss. So war das wohl immer, wenn man jahrelang von etwas geträumt hatte: In dem Moment, wo der Traum wahr werden sollte, wurde er einem unheimlich.

In meinem Kopf schaute mich Colin mitleidig an.

»Poor Emma, du kannst mich eben nicht verlassen.«

Zum Glück war im Moment auch meine Zunge gelähmt, sonst hätte ich womöglich etwas geantwortet, das dem echten Typen vor mir schwer zu schaffen gemacht hätte. Ich stellte mir kurz vor, ich würde Colin erneut laut auffordern, zu verschwinden, während Lilli ganz weit weg war und mir nicht aus der Patsche helfen konnte.

Schätzungsweise wurde ich bei dem Gedanken totenblass unter meiner zerlaufenen Schminke.

Also noch blasser als sonst.

Das ging, ich wusste es.

Erik strich mir eine Haarsträhne aus dem Gesicht. »Ist dir nicht gut?«

»Mir geht's prächtig«, krächzte ich.

Immerhin, ich konnte wieder sprechen, und die Gefahr, Colin zu erwähnen, war vorerst gebannt. Mein Traumboy hatte sich schnell wieder zurückgezogen.

»Und warum hetzt du durch den Wald, als wäre eine Meute Jagdhunde hinter dir her?«, fragte Erik.

Er machte noch einen halben Schritt auf mich zu und stand nun sehr, sehr dicht vor mir. Er roch frisch, ganz leicht nach Zitrusfrüchten.

»Ich … äh …«

»Hab keine Angst, liebe Emma.«

Nö, bloß Panik.

Küssen! Weglaufen! Küssen! Weglaufen!

Hm, ich kam nicht wirklich weiter.

Seine Hand strich federleicht über meine Wange. Fast glaubte ich, ich hätte mir die Berührung nur eingebildet. Dann legte er zwei Finger unter mein Kinn und schaute mir intensiv in die Augen. In seinem Blick lag unendlich viel Zärtlichkeit.

Etwas piepte. Erschrocken fuhr ich zurück. Ich fand mein Smartphone in einer Tasche meines Wickelkleides und zog es heraus.

»Musst du da rangehen?«, fragte Erik leicht verstimmt.

»N-nein«, antwortete ich.

Doch dann sah ich, dass es eine Nachricht von Lilli war, und las, was sie mir geschrieben hatte.

»O nein!«, stieß ich aus. »Das ist ja furchtbar!«

10

Im siebten Himmel?

Konnte man gleichzeitig erleichtert und enttäuscht sein? Anscheinend ja, denn genauso fühlte ich mich in dieser Sekunde.

»Wir müssen in den Park«, sagte ich zu Erik. »Auf der Stelle.«

Irrte ich mich oder huschte da wirklich ein kleines, nachsichtiges Lächeln über sein Gesicht? Ich hatte jedoch keine Zeit, jetzt darüber nachzudenken.

»In den Park?«, wiederholte er. »Der ist doch aber nachts geschlossen!«

Ich starrte ihn groß an und trat einen Schritt zurück. Ein spitzer Ast bohrte sich in meinen Rücken, ich achtete nicht darauf.

Zum allerersten Mal, seit ich Erik Hansen kannte, zweifelte ich an seiner Intelligenz.

Zum Glück machte er keine Anstalten, mir wieder näher zu kommen. Ich wollte nicht so gern aufgespießt werden.

»Ich weiß«, sagte ich langsam wie zu einem Kind. »Aber wir haben keine Wahl. Lilli hat mir gerade auf WhatsApp geschrieben. Es geht um Leben und Tod.«

Das war ein bisschen übertrieben, doch irgendwie musste ich ihn ja dazu überreden, mit mir zu kommen.

Endlich kapierte er. »Du meinst, wir sollen bis zum Bach laufen und über den Zaun klettern?«

Ich nickte nur, was er vermutlich kaum sehen konnte. Er schien mit sich zu kämpfen.

»Wenn wir erwischt werden, kriegen wir eine Anzeige wegen Hausfriedensbruch.«

Mein Stirnrunzeln konnte er definitiv nicht erkennen. Meine Liebe zu ihm ließ vorübergehend nach. Wollte er eigentlich Arzt werden oder Anwalt? Wieso war er nicht bereit, ein Risiko einzugehen, wenn ich ihn darum bat?

Doch dann sagte ich mir, dass Erik tatsächlich nicht ahnen konnte, wie ernst die Lage war und wie dringend wir gebraucht wurden. »Pass auf«, sagte ich, »die ganze Bande ist im Himmelspark und denkt sich gerade irgendeinen Unfug aus.«

»Was? Und die sind alle hier entlanggelaufen?«

»Genau«, erwiderte ich. »Deswegen lag auch so viel Zeug auf dem Weg rum. Die müssen es ziemlich eilig gehabt haben.«

Langsam löste ich mich von dem Ast in meinem Rücken.

»Aber was tun die Leute denn da, mitten in der Nacht?«, fragte Erik. Diesmal wirkte *er* wie gelähmt.

»Weiß ich nicht genau. Lilli hat nur geschrieben, sie wollen mit einer Mutprobe herausfinden, wer cooler ist. Nord oder Süd. Ich warte auf weitere Nachrichten.«

»Kinderkram«, stieß Erik aus. »Und wie sollen ausgerechnet wir beide sie davon abhalten?«

Mann! Der hatte aber einen heftigen Gewissenskonflikt auszufechten!

Colin tauchte als dunkler Schatten neben mir auf. »Ich begleite dich, no problem!«

Doch ich scheuchte ihn in Gedanken fort. Ich wollte an meinen großen, blonden Helden glauben.

»Einige der Leute hören auf mich, andere auf dich«, sagte ich und setzte mich in Richtung Saturnbach in Bewegung. »Zusammen können wir sie bestimmt wieder zur Vernunft bringen.«

»Optimistin!«, knurrte Erik.

»Denk an heute Mittag bei Gino!«, rief ich über die Schulter. »Da hast du ruck, zuck eine ganz schön brenzlige Lage entschärft.«

»Und du hast dich für den gemobbten Jungen eingesetzt.«

Okay, jetzt war ich geschmeichelt.

Ich drehte mich zu ihm um. »Deswegen ruft Lilli uns ja zu Hilfe«, sagte ich.

»So, so«, machte er nur.

»Wer weiß, was die Jungs sich alles einfallen lassen. Am Ende bringen sie noch die ›CloudKiss‹ in Gang. Und was dann passieren kann, will ich mir gar nicht ausdenken.«

»Das ist unmöglich«, behauptete Erik. »Die Steuerungsanlagen sämtlicher Fahrgeschäfte sind doppelt und dreifach gesichert. Da kommt keiner dran.«

Aber offenbar traute er seinen eigenen beruhigenden Worten nicht. Denn ich hörte ein paar Zweige knacken und seine Stimme kam endlich näher. Erleichtert lief ich weiter.

Es piepte wieder, ich blieb stehen. Erik auch.

»Was schreibt sie?«, fragte er.

Ich starrte auf das Display und schluckte trocken. Dann las ich vor: »Spinner! Wollen um die Wette schwimmen!«

»Etwa im See?«, fragte Erik. »Sind die verrückt?«

Mit plötzlich entschlossener Miene drängte er sich an mir vorbei und lief voraus. Ich lachte.

»Der Pfad führt rechts herum!«, rief ich ihm hinterher. »Du rennst gerade planlos in den Wald.«

Erik kehrte zurück. »Na los, Emma. Zeig mir den Weg. Wir müssen sie aufhalten!«

Das ließ ich mir nicht zweimal sagen und übernahm wieder die Führung.

Niemand durfte in den See im Himmelspark steigen – und die Einheimischen wussten das ganz genau! Der See wurde vom Saturnbach gespeist und wirkte vom Ufer aus harmlos und idyllisch. Aber unter seiner Oberfläche verlief ein Wirrwarr an Schienen inmitten einer künstlichen Unterwasserwelt aus Korallen, Fischen und Algen. Die Besucher fuhren mit kleinen U-Booten hindurch und genossen die Illusion einer Welt, die, so die Beschreibung im Prospekt, fast so unerforscht war wie der Weltraum. Jeder Schwimmer aber lief Gefahr, sich in einem Hindernis zu verfangen und zu ertrinken. Nicht umsonst war um den See herum ein Zaun gezogen worden und überall standen Warnschilder.

Wie konnten meine Freunde nur so blöd sein?

Ich fluchte, stolperte über eine Wurzel und schlug prompt der Länge nach hin. Erik, der nicht rechtzeitig bremsen konnte, stolperte über mich und fiel auf mich drauf. Noch während ich mich wunderte, warum er mich nicht zerquetscht hatte, bemerkte ich seine Hand neben meinem Gesicht. Er hatte sich auf dem Boden abgestützt!

Wie im Film!

Der Held rettet das Mädchen, indem er sein eigenes Leben hingibt. Na, zumindest ein paar Rückenwirbel.

Danke, mein Held!

Mir war ein wenig schwindelig, was aber mehr an Eriks plötzlicher intensiver Nähe liegen musste, weniger an dem Sturz. Da war ich Schlimmeres gewöhnt als den Aufprall auf dem weichen Waldboden. Eriks Atem strich wieder über meinen Nacken, und auf einmal war ich mir ganz sicher, dass ich mir nichts sehnlicher als einen Kuss von ihm wünschte. Genau hier, auf dem Waldboden, genau jetzt. Wie um alles in der Welt konnte ich es möglichst elegant schaffen, mich umzudrehen, damit unsere Lippen sich finden konnten?

Schwierig. Ich war zwischen seinen starken Armen eingekeilt.

Und dann stand Erik auf – elegant, da war ich mir sicher! –, und der Moment war vorbei.

»Alles okay?«, fragte er und reichte mir die Hand.

Seufzend nahm ich sie, kam mit Schwung auf die Füße … und hörte, wie etwas riss.

Aha. Da hatte sich wohl der hängende Saum von meinem Wickelkleid irgendwo verfangen.

Ich fühlte nach. Super. Der Riss reichte auf der linken Seite bis zur Hüfte.

Gut, dass es so dunkel war!

»Los, weiter!«, rief ich, bevor Erik das Missgeschick entdecken konnte.

Doch ich wurde von einer weiteren Nachricht aufgehalten.

»Entwarnung«, schrieb Lilli. »Die Spinner haben beschlossen, dass sie nicht absaufen wollen. Aber jetzt …«

»Was?«, fragte Erik.

»Keine Ahnung, die Nachricht ist unvollständig.«

»Wie weit ist es noch?«

»Vielleicht fünfzig Meter. Ich war noch nie nachts hier.«

»Also los.«

Gleich darauf hörte ich Wasser plätschern und wir erreichten den Saturnbach. Der massive Holzzaun am anderen Ufer war hier nur knapp zwei Meter hoch und zu zweit konnte man einander ganz gut hinüberhelfen. Das hatten wir schon mit zwölf geschafft und mit den Jahren war es immer einfacher geworden. Besonders, seit ich so in die Höhe geschossen war. Für noch größere Leute gab es eine weitere Möglichkeit.

Ich zog meine Ballerinas aus, Erik folgte meinem Beispiel und streifte seine Segeltuchschuhe ab. Dann wateten wir durch den Bach. Als ich auf einen scharfen Stein trat, geriet ich ins Straucheln und wäre patschnass geworden, hätte Erik mich nicht am Arm gepackt.

»Fällst du oft hin?«, fragte er freundlich.

»Eigentlich nicht«, log ich und watete weiter.

Vor dem Zaun zog ich mir die Schuhe mit einiger Mühe wieder über die nassen Füße.

»Mach mal Räuberleiter«, bat ich.

»Bist du sicher?«, fragte er zweifelnd. »Ich möchte nicht, dass du dir ernstlich wehtust.«

Sollte ich glücklich sein, weil er sich um mich sorgte, oder beleidigt, weil er mich für einen solchen Tollpatsch hielt?

Ich beschloss, meine Gefühle außen vor zu lassen, und erwiderte kühl: »Keine Angst, ich kenne hier jeden Tritt.«

Erik zögerte noch einen Moment, dann faltete er seine Hände, damit ich mit einem Fuß hineinsteigen konnte.

Schon stieß ich mich ab, kletterte über den Zaun und ließ mich auf der anderen Seite hinunter. Unsanft landete ich im feuchten Ufergras und hörte wieder ein verräterisches Reißen.

Na klasse!

Wenn das so weiterging, würde ich in Unterwäsche bei Lilli und den Spinnern ankommen.

»Ein Stück rechts von dir liegt ein größerer Felsbrocken!«, rief ich Erik zu. »Von da aus müsstest du es allein schaffen. Du bist groß genug dafür.«

Zack! Ohne ein Wort schwang er sich gekonnt über den Zaun und landete federnd neben mir. Bei ihm ging nichts kaputt. Wahrscheinlich war nicht mal eine Haarsträhne verrutscht und er roch immer noch frisch nach Zitronen. Hemd und Hose waren mit Sicherheit ohne jeden Flecken geblieben.

Ich fühlte mich ein ganz klein wenig minderwertig.

»Und jetzt?«, fragte er.

Ich zückte mein Smartphone und schrieb Lilli: »Sind im Park. Wo seid ihr?«

Es kamen umgehend zwei Worte zurück, auf die ich mir allerdings keinen Reim machen konnte: »Riesenrad. Max.«

»Was soll das bedeuten?«, fragte Erik, als ich ihm die knappe Nachricht zeigte.

»Keine Ahnung. Aber wir wissen, wo wir hinmüssen.«

Schnell liefen wir eine sanft abfallende Wiese hinunter und standen kurz darauf am Ufer des Sees. Hoch über der Anlage thronte gut sichtbar die »CloudKiss«.

»Links herum«, schlug ich vor, denn so kamen wir am schnellsten zum Riesenrad.

Erik nickte nur. Als Sanitäter, der wahrscheinlich schon in die entlegensten Winkel gerufen worden war, kannte er sich hier mindestens so gut aus wie ich.

Dank der Notbeleuchtung, die die ganze Nacht über brannte, war es nun nicht mehr vollkommen finster. Wir liefen nebeneinander durch den Park und bogen wenig später auf den breiten Hauptweg ein, wo sich tagsüber die Besucher an den verschiedenen Ständen mit Hotdogs, Hamburgern, Pommes, Eis und Süßigkeiten drängten.

Es fühlte sich seltsam an, durch diese stille, verlassene Fressmeile zu laufen, und ich hielt mich unwillkürlich dichter an Erik. Wir passierten das Fahrgeschäft »Milchstraße«, das eine irre schnelle Fahrt in absoluter Dunkelheit versprach und wo ich mich erst mit vierzehn reingetraut hatte, und bogen schließlich auf Höhe des Kinderkarussells »Schutzengel« ab, bei dem alle Sitze weit schwingende Engelsflügel besaßen. Bald tauchte vor uns das Riesenrad auf, während die berühmte »CloudKiss« nun in unserem Rücken lag. Aus der Ferne vernahm ich leise Stimmen. Nach Gelächter oder Beschimpfungen klang das immerhin nicht.

Lilli schrieb wieder. »Max, der Idiot, Max …«

»Was?«, fragte Erik.

Hilflos hob ich die Schultern. »Irgendwas ist mit Max los, aber Lilli erklärt es nicht.«

»Der Junge, der von den anderen schikaniert wird, richtig?«

»Genau.«

Erik beschleunigte seinen Schritt. Ich musste fast rennen, um mitzuhalten.

»Vielleicht sieht er ja seine Chance gekommen«, murmelte Erik im Laufen.

»Häh? Wie meinst du das?«, keuchte ich. Gewaltmärsche war ich nicht gewohnt und eine Sportskanone war ich sowieso nicht.

Erik atmete ganz normal. Klar, der spielte ja auch dreimal in der Woche Basketball.

»Irgendwann will Max es allen zeigen. Vielleicht gerade jetzt. Er will beweisen, dass cr kein Weichei ist. Und das kann gefährlich werden.«

»Woher … weißt du das?«

»Ist nur so eine Ahnung. Unterdrückte Menschen neigen manchmal zu verzweifelten Taten.«

Ich war zu sehr außer Puste, um diesen weisen Satz zu würdigen, aber ein sicherer Instinkt sagte mir, dass er recht hatte. Und wäre er nicht der gut aussehende, gelassene und einfach perfekte Erik Hansen gewesen, den alle Welt bewunderte, hätte ich schwören können, er sprach aus Erfahrung.

Aber das war natürlich Quatsch.

Das Riesenrad vor uns wurde größer und größer. Es trug den Namen »Der siebte Himmel« und war berühmt für seine Holzkonstruktion. Beliebt war es besonders bei Pärchen jenseits der Zwanzig, denn die Gondeln waren in Herzform gestaltet und eine Runde dauerte fast zwanzig Minuten. Zeit genug, um ausgiebig zu knutschen – eindeutig mit einer höheren Trefferquote als in der »CloudKiss«. Jetzt in der Nacht stand es natürlich still und nur die Gondeln ganz oben schaukelten sachte im Wind. Ich stellte mir vor, dort mit Erik zu sitzen, und mein Herz, das von der Rennerei schon aus dem Takt geraten war, legte noch einen Zahn zu.

Endlich entdeckte ich die Gruppe der Partygäste, die in der

Nähe des Kassenhäuschens stand und nach oben starrte. Zu hören war auf die Entfernung kaum etwas. Nur leises Gemurmel.

Mir gefror das Blut in den Adern. Was hatte den blöden Angebern so die Sprache verschlagen?

Und wo waren eigentlich die Mädchen? Anscheinend waren die nicht so dumm gewesen, mitzugehen. Abgesehen von Lilli. Aber als selbst ernannte Beschützerin von Max hatte sie wohl einen guten Grund dazu gehabt.

Sobald sie uns erblickte, kam sie auf uns zugerannt, wedelte wild mit den Armen und rief etwas, das ich nicht verstehen konnte.

Erik wartete, bis ich zu ihm aufgeschlossen hatte, und suchte mit zusammengekniffenen Augen das Riesenrad ab. Dann hob er den Arm.

»Dort«, sagte er. »Rechts. Die vierte Gondel über dem Erdboden, etwa zwanzig Meter hoch. Kannst du ihn sehen?«

Ich strengte mich an, sah aber nichts. Erik musste Adleraugen besitzen. Wir waren mindestens noch hundert Meter weit weg.

»Nee. Wen denn? Etwa Max?«

»Ich fürchte, ja.«

»O mein Gott! Was macht er da?«

»Tja«, erwiderte Erik, »das kann ich nicht genau erkennen. Für mich sieht es fast so aus, als würde er mit einem Bein in der Gondel und mit dem anderen draußen stehen. Aber ich kann mich täuschen. Wir müssen näher ran. Auf jeden Fall schwebt der Junge in dieser Sekunde ganz bestimmt nicht im siebten Himmel.«

Das war ein echt schwacher Witz, über den ich nicht lachen konnte, nicht mal aus Liebe zu Erik.

In dieser Sekunde erreichte Lilli uns.

»Ich wusste, dass ihr hier langkommt!«, sagte sie schnaufend. »Ihr müsst was tun! Max sitzt fest!«

Mehr brauchte Erik nicht zu hören. Er sprintete los.

Lilli und ich folgten ihm in ruhigerem Tempo. Ich war wirklich ausgelaugt und Lilli musste mir dringend alles erklären.

»Diese Schwachköpfe wollten herausfinden, wer an den Holzstreben am höchsten klettern kann. Der Sieger sollte ein Fass Bier bekommen und außerdem durfte danach nie wieder über Niedersachsen oder Bayern gelästert werden. So einen Mist können sich nur Jungs ausdenken. Besoffene Jungs!« Lilli schüttelte wild den Kopf. »Die sind gar nicht auf die Idee gekommen, dass einer abstürzen könnte. Allesamt bescheuert! Testosteron ist ein Scheißhormon! Die dachten wohl, sie würden den Mädchen imponieren, aber die haben sich alle verkrümelt. Außer Janne und ich. Ich muss auf Max aufpassen und sie auf alle anderen.« Lilli grinste schwach.

Ich nickte nur, während ich langsam wieder zu Atem kam. Jetzt entdeckte ich Janne auch zwischen den Jungs. Sie redete auf sie ein, schien aber nicht viel ausrichten zu können.

»Und dann konnten sie sich nicht entscheiden, wer anfangen sollte. Die hatten auf einmal alle Schiss.« Sie machte eine Pause und sah mich verzagt an. »Aber ich habe genau gehört, wie ein paar von den Münchner Jungs gesagt haben, den Max könnten sie vergessen. Der würde sich im Leben nicht trauen. Und sie haben aufgepasst, dass er sie auch gehört hat. Als Dustin sich endlich bereit erklärt hat, als Erster raufzuklettern, war Max plötzlich schon über unseren Köpfen.« Sie stieß einen Fluch aus, der verdächtig nach einem Schluchzen klang.

»Ganz ruhig«, sagte ich.

»Ich war bloß ein paar Sekunden abgelenkt, weil ich Dustin eine knallen musste, und als ich mich wieder umdrehte, war Max weg.«

»Das war seine Chance, sich zu beweisen«, sagte ich.

Lilli sah mich mit großen Augen an. »Du bist ja so was von klug, Emma!«

Bevor ich sie darüber aufklären konnte, dass Erik eigentlich so klug gewesen war, redete Lilli jedoch schon weiter.

»Wahrscheinlich hat er gehofft, dass die Nachricht von seiner Heldentat bis nach München durchsickert. Zu seinem Vater. Und dass der ihn ab sofort für einen ganzen Kerl hält.«

Diesmal stieß sie einen resignierten Seufzer aus. »Ich fürchte, der Junge ist zu unreif für mich. So was machen doch Zwölfjährige! Und er hat ein echt mieses Karma. Wenn er so weitermacht, wird er als Küchenschabe wiedergeboren. Mal ganz davon abgesehen, dass er echt weit weg lebt.«

Trotz der brenzligen Situation musste ich grinsen. Mir war vollkommen klar, dass Lilli sich von Kleinigkeiten wie schlechten Zukunftsaussichten oder achthundert Kilometern Entfernung nicht entmutigen lassen würde.

Bei Bedarf war sie buddhistisch drauf und glaubte, all unser Handeln und Denken würde unsere spätere Existenzform bestimmen.

Mir hatte sie mal prophezeit, ich würde als Instagram-Star mit zehn Millionen Followern zurück auf die Erde kehren. Fand ich cool, weil ich zu dem Zeitpunkt besonders neidisch auf Josephine gewesen war, und fragte mich lediglich, ob ich für so eine Karriere jung sterben musste. Wer wusste schon, was in sechzig oder achtzig Jahren im World Wide Web gerade angesagt sein würde? Instagram, Twitter und Facebook würden dann vielleicht der digitalen Steinzeit angehören. Wenn ich also Lillis Vorhersage glauben wollte, musste ich die nächste Existenzform sehr bald antreten.

Lieber nicht.

»Hörst du mir zu, Emma?«

»Äh … ja.«

»Erst wunderte ich mich noch, warum Bodo und seine Kumpel plötzlich so still geworden waren. Richtig kleinlaut. Ich habe einen von ihnen so lange gelöchert, bis er mir verraten hat, dass Max an Höhenangst leidet. Aber da ist es auch schon zu spät gewesen. Er ist bei der vierten Gondel angekommen und traut sich jetzt nicht mehr hoch und nicht mehr runter.«

Ein echter Schluchzer entrang sich ihrer Kehle und ich legte ihr tröstend eine Hand auf den Arm.

»Erik wird ihm schon helfen«, sagte ich und maß den Abstand der Holzstreben mit den Augen. Notfalls, nahm ich mir vor, kletterte ich selbst hinauf. Inzwischen war ich wieder zu Atem gekommen.

»Bist du verrückt?«, fragte Colin in meinem Kopf. »Du bleibst schön hier bei mir!«

»Alles wird gut«, sagte ich zu Lilli und verdrehte innerlich die Augen.

»Hoffentlich«, kam es schniefend zurück. »Von den anderen Idioten traut sich keiner. Ich habe Max sogar versprochen, dass ich seine Freundin werde, wenn er wieder runterkommt. Aber es hat nichts geholfen.«

Mir kam kurz der fiese Gedanke, dass ihn diese Aussicht vielleicht auch abgeschreckt haben konnte, aber ich sagte natürlich nichts, sondern schämte mich im Stillen dafür.

»Dann habe ich ihm zugerufen, er soll in die Gondel klettern, bis Hilfe kommt«, fuhr Lilli fort. »Hat er aber nicht geschafft.«

Erik war inzwischen fast bei der Gruppe eingetroffen.

Plötzlich fiel mir etwas ein.

»Er weiß doch hoffentlich von der Stufe?«

Lilli stieß einen kleinen Schrei aus. »Es ist zu dunkel! Die sieht er nicht!«

»Keine Angst. Er ist im Park wie zu Hause. Diese blöde Stufe vor dem Eingang zum Riesenrad kennen alle. Da fallen nur die Touristen drüber.«

»Stimmt«, sagte Lilli.

Und das war der Moment, in dem Erik stürzte.

11
Superhelden gefragt

Lilli und ich blieben wie angewurzelt stehen. Erik hätte wahrscheinlich eine klassische Schockreaktion diagnostiziert. Anstatt zu ihm zu rennen, konnten wir uns keinen Millimeter weit bewegen. Den Jungs aus der Gruppe ging es offenbar genauso. Für eine kurze Zeit, vielleicht auch für eine Ewigkeit, schien die Welt eingefroren zu sein in diesem Bild. Der hängende Max, der liegende Erik, die herumstehenden Leute.

Nicht einmal denken konnte ich.

»Was ist hier los?«, fragte da eine herrische Stimme in meinem Rücken.

Mein Verstand kam langsam wieder in die Gänge und ich verspürte erste leichte Zuckungen in den Muskeln.

Der Schock ließ nach.

Fast fühlte sich die Welt wieder normal an. Und die Stimme klang ganz nach …

»Josephine!«, rief Lilli.

Genau.

Gleichzeitig wirbelten wir herum und starrten Miss Himmelspark an. Den Titel trug sie wirklich. Sie war schon zweimal hintereinander zum hübschesten Mädchen der norddeutschen Tiefebene gewählt worden.

Mit strenger Miene hielt sie ihr Smartphone hoch. »Marvin hat mich informiert, dass ihr hier Dummheiten macht.«

Marvin war einer ihrer Gefolgsleute von den R'n'Bs. Ich kannte ihn nur flüchtig.

Josephine starrte erst mich und dann Lilli ausgiebig und sehr abfällig an.

Super. Ich fühlte mich schlagartig schuldig.

Lilli nicht. »So ein Stuss! Wir versuchen, das Schlimmste zu verhindern. Die Jungs sind allesamt durchgeknallt. Und wahrscheinlich voll wie Eimer.«

»Wie bist du überhaupt reingekommen?«, fragte ich.

»Ich habe einen Schlüssel zum Seiteneingang beim Planetarium«, erklärte Josephine selbstgefällig.

Mir war wieder mal nach Zähneknirschen zumute, aber ich ließ es auch diesmal bleiben. Wenn ich heute schon nicht geküsst wurde, wollte ich mir wenigstens nicht selbst Schaden zufügen. Die Chance auf einen Geburtstagskuss verklang nämlich genau in diesem Moment, mit den letzten Glockenschlägen zur Mitternacht von Sankt Johannis, Kiesels hübscher kleiner Backsteinkirche.

Josephine ließ zum Beweis den Schlüssel vor unserer Nase schaukeln. Ich fragte mich, wie sie ihn bekommen hatte, aber das war gerade nicht das Wichtigste.

Eine wie sie hatte es jedenfalls nicht nötig, durch den Bach zu waten und über den Zaun zu klettern, um sich damit Outfit und Frisur zu ruinieren. Hätte ich mir denken können. Tatsächlich sah sie aus, als käme sie frisch aus dem Beauty-Salon. Die knallengen Jeans hatte sie vorhin schon auf der Party getragen, das tief ausgeschnittene Glitzertop war jedoch neu. Vielleicht hoffte sie ja, der nächste Angriff auf Erik würde erfolgreicher sein, wenn sie ihm einen besseren Einblick gewährte. Die Engelslocken saßen perfekt, ihr Make-up war ein wahres Kunstwerk.

Oh, verdammt!

Josephine konzentrierte sich für einen Moment auf mich. »Ich glaube, du musst dich bald mal umziehen!«, sagte sie.

»Bäh.«

»Wie bitte?«

»Nichts.«

»Am Ende stehst du nackt da und alle Jungs laufen schreiend weg.«

Ich wollte mich schon nach einer Waffe umsehen, als ich mich darin erinnerte, dass ich vernünftige siebzehn Jahre alt geworden war und dass es im Augenblick dringendere Probleme gab. Der Schock ließ jetzt endgültig nach und dafür musste ich Josephine mit ihrer üblichen ekligen Art wahrscheinlich noch dankbar sein.

»Fein, Mädels«, sagte die Viper nun, als hätten wir harmonisch geplaudert. »Und jetzt werde ich hier mal für Ordnung sorgen, bevor ihr noch von einem der Nachtwächter erwischt werdet. Wir wollen ja nicht, dass ihr angezeigt werdet.«

Nachtwächter? Angezeigt?

Huch!

»Hier gibt es keine Nachtwächter«, erwiderte Lilli ungerührt.

»Das wüsste ich. Meine Mutter hat nämlich immer Angst um ihre Sachen.«

Das Häuschen von Nena Nickel stand direkt neben dem Planetarium und versprach auf einem großen Schild die »Deutung der Zukunft aus den Sternen«.

»Na, wenn du das sagst«, meinte Josephine gedehnt und lächelte milde.

Lilli sah es nicht. Sie hatte sich zum Riesenrad umgedreht. »Ein Glück. Er lebt noch.«

»Wer?«, erkundigte sich Josephine.

»Erik oder Max?«, fragte ich gleichzeitig.

Ich drehte mich ebenfalls zum Ort des Geschehens um und stellte fest, dass mein großer schöner Held tatsächlich gerade mit Jannes Hilfe auf die Füße kam, dabei aber schwankte wie einer, der zehn Mal hintereinander auf der »CloudKiss« gefahren war.

»Oje«, stieß Lilli aus und zog mich mit sich. »Der darf nirgendwo mehr raufklettern. Wer soll nun Max retten?«

Ich machte mir im Moment mehr Sorgen um Erik. Anscheinend hatte er sich heftig den Kopf angeschlagen. Die kompletten WPs waren nun bei ihm und stützten ihn, wobei sie all ihre Kraft aufwenden mussten.

Was, wenn Erik sein Gedächtnis verlor? So was kam vor, das hatte ich erst letzte Woche in einem Film gesehen. Dann würde er vergessen, dass er mich fast geküsst hatte, dann würde er auch vergessen, dass es mich überhaupt gab. Dann würde er sich nur noch an Josephine und ihre weichen Lippen erinnern.

Ich wurde noch von ein paar weiteren extrem egoistischen Gedanken geplagt, bis ich bemerkte, dass Lilli mich schüttelte.

»Los, beeil dich!«, rief sie.

Was?

Dann schaltete ich. Na klar, wenn sich von den Jungs keiner traute, blieb wohl niemand anders übrig als ich, um Max zu retten. Denn Lilli würde nicht mal die unterste Sprosse erreichen, und Janne wurde schon schwindlig, wenn sie nur auf einen niedrigen Hocker steigen musste. Lilli sah mich mit einem Ausdruck größten Vertrauens an.

Dafür liebte ich sie.

Sie zweifelte keine Sekunde daran, dass ich Max retten würde.

Und ich plötzlich auch nicht. Mochte ja sein, dass ich meine Gliedmaßen nicht immer unter Kontrolle hatte, aber ich würde mich eben sehr konzentrieren.

Ich würde es schaffen.

»Geh nicht«, bat Colin. »Wie soll ich überleben, wenn dir etwas passiert?«

»Emma!«, rief Erik. »Bitte pass auf dich auf!«

Der Blick, den er mir zuwarf, ging mir durch und durch.

Es war schön, dass sich beide solche Sorgen um mich machten. Ich wandte mich ab und ging mit Lilli auf das Riesenrad zu, und ich fand, unsere Schritte hatten etwas Würdevolles.

»Halt!«, rief Josephine da hinter uns.

Gehorsam blieben wir stehen und drehten uns zu ihr um.

Josephine hielt ihr Smartphone hoch.

»Spinnst du?«, schrien Lilli und ich wie aus einem Mund und rissen die Arme hoch, um unsere Gesichter zu bedecken.

»Ihr könnt wieder umkehren.«

Wir kapierten gleichzeitig, dass Josephine ihr Smartphone gar nicht direkt auf uns gerichtet hatte.

»Ihr glaubt doch wohl nicht, dass ich ein Foto von euch Gänsen schießen will.«

Äh, nö!

Lilli ließ die Arme sinken. Ich auch.

»Superzoom«, erklärte Josephine knapp. »Da oben ist schon jemand. Hey! Der sieht ja mega aus!«

Wir begriffen nicht sofort, weil wir beide damit beschäftigt waren, uns nicht anmerken zu lassen, wie peinlich es uns war, dass wir so prompt auf ihren Befehl gehört und uns eingebildet hatten, sie wollte uns ablichten.

Schnell schaute ich am Riesenrad hinauf und sah, dass Josephine recht hatte. Da kletterte bereits jemand zu Max!

Ein Typ, so viel konnte ich erkennen. Mehr aber auch nicht. Mein neues Smartphone besaß bestimmt auch einen Superzoom, aber mir fehlte die Zeit, um herauszufinden, wie ich den bedienen konnte. Zusammen gingen wir zu Janne und den Jungs zurück. Erik stand inzwischen wieder fester auf seinen Beinen, hatte aber beide Hände an die Schläfen gelegt.

Mich schaute er nicht an.

Okay, das musste ich nicht überbewerten, wir starrten ja alle nach oben.

Wer auch immer da kletterte, keiner schien ihn zu kennen.

Den besten Überblick hatte weiterhin Josephine.

»Irre, der Typ!«

Damit konnte niemand viel anfangen.

Außer Lilli. »Dunkelhaarig und athletisch«, flüsterte sie mir zu. »Darauf steht die Viper.«

War das von Bedeutung?

Nö.

»Wenn der wirklich richtig gut aussieht, lässt sie vielleicht Erik in Ruhe.«

Oh! Ja!

Das war natürlich von zentraler Bedeutung!

»Ich will aber keinen von Josephine abgelegten Erik«, gab ich dennoch zurück und schielte zu ihm rüber. Er wirkte immer noch leicht belämmert, verfolgte jetzt aber wie wir alle die Geschehnisse auf dem Riesenrad.

»So 'n Quatsch«, sagte Lilli so leise, dass Josephine sie nicht hören konnte. »Erik Hansen leidet nicht unter Geschmacksverirrung. Der liebt nur dich!«

Währenddessen starrte Josephine weiter angestrengt durch ihr Smartphone und studierte vermutlich die Vorzüge des Fremden, die uns anderen verborgen blieben.

Ich konnte nur sehen, wie er flink an der ersten Gondel vorbeikam, dann an der zweiten. Außer einer schattenhaften, sportlichen Gestalt war mit bloßem Auge nicht viel zu erkennen.

Die dritte Gondel, die vierte.

Jetzt hatte er Max erreicht und stand dicht neben ihm auf einer Holzstrebe.

Keine Ahnung, was wir alle erwartet hatten. Vielleicht, dass er sich den verängstigten Jungen nun wie ein Superheld über die Schulter werfen und ihn heil nach unten tragen würde.

Wahrscheinlich guckten wir zu viele Actionserien und lasen zu viele Comics.

Na ja, außer Janne natürlich.

Der Fremde tat jedenfalls nichts dergleichen, was ein paar Jungs ein enttäuschtes Seufzen abrang und anderen einen hämischen Ausdruck aufs Gesicht legte.

Lilli wurde prompt sauer. »Ihr Feiglinge! Keiner von euch hat sich getraut, Max zu retten! Jetzt braucht ihr nicht so überlegen zu tun.«

Woraufhin alle Mann beschämt zu Boden guckten. Alle bis auf Bodo.

»Ich hatte mich gerade darauf vorbereitet, zu Max zu klettern. Aber dieser King-Kong-Verschnitt da oben war schneller. Der ist völlig aus dem Nichts aufgetaucht.«

»Ja, klar«, zischte Lilli. »Und mit Vorbereitung meinst du eine halbe Stunde Meditation, oder was?«

Doch Bodo gönnte ihr keine Antwort. Sein Blick ruhte auf Josephine beziehungsweise auf ihrem Glitzertop.

Die spürte das, ohne hinzusehen. Eine Miss Himmelspark kannte sich da aus.

»Glotz nicht so blöd, Alter.«

Halb und halb erwartete ich einen weiteren Blitzstrahl aus ihren Augen, aber Josephine zog es vor, Bodo sofort wieder zu ignorieren.

Das hatte schon Klasse, wie ich im Stillen zugeben musste.

Bodo wurde es daraufhin zu langweilig, und er rief zum Riesenrad hinauf: »Nun mach schon, Tarzan! Bring unser Mäxchen runter. Ich habe heute noch was vor.«

Niemand lachte, nicht mal seine Freunde.

Lilli und ich tauschten einen schnellen triumphierenden Blick, bevor wir unsere Aufmerksamkeit wieder nach oben richteten. Wir dachten beide dasselbe. Was Max getan hatte, war idiotisch, aber offenbar zeigte seine Verzweiflungstat schon Wirkung. Sein größter Widersacher in der Gruppe verlor eindeutig an Macht.

»Von dem wird Max nicht mehr gedisst«, flüsterte Lilli.

»Falls er heil herunterkommt«, gab ich zurück und bereute meine Worte sofort, als ich sah, dass sie kreidebleich wurde.

»Entschuldige«, sagte ich schnell. »So habe ich das doch nicht gemeint. Er schafft das schon. Der Fremde da oben wird ihm helfen!«

»Aber er tut nix!«, rief Lilli so laut, dass alle sich zu uns umdrehten. »Der hockt nur da, während der arme Max immer noch halb in der Gondel und halb draußen hängt. Hat jemand was zu essen dabei?«

Diese Frage verstand nur, wer Lilli gut kannte. Die WPs verneinten, alle anderen guckten verwirrt. Janne wühlte immerhin in ihren Taschen, brachte aber nichts zutage.

»Vergesst es einfach«, murmelte Lilli. Dann, wieder lauter: »Wozu ist er überhaupt da hochgeklettert, wenn er jetzt nichts unternimmt?«

»So läuft das aber auch im Fernsehen«, erklärte einer der Münchner Jungs. »Habe ich neulich erst in einem Krimi gesehen. Da hat ein Kommissar auf dem Hochhausdach einen Selbstmörder so lange zugetextet, bis ich dachte, der Typ springt am Ende nur noch, damit er sich den Kram nicht mehr anhören muss.«

Bei dem Wort Selbstmörder war ich sicher, dass meine beste Freundin nun noch blasser war als ich, was eine echte Sensation darstellte.

»Aber am Ende«, fuhr der Junge schnell fort, »ist der Typ brav mit dem Kommissar im Fahrstuhl nach unten gefahren, wo er gehört hat, dass seine Frau ihn gar nicht mit dem Butler betrogen hat. Bloß mit dem Chauffeur. Oder war es umgekehrt?«

Keiner hörte ihm mehr richtig zu, nur Lilli schüttelte unwillig den Kopf.

»Lass dich von den Leuten nicht verrückt machen«, sagte ich zu ihr.

»Hey, Bodo!«, rief jemand, Dustin vermutlich.

»Was ist?«

»Dein Typ ist gleich gefragt. Du darfst beide retten. Das kannst du bestimmt gar nicht abwarten, oder? Bodo, der Held vom Himmelspark. Kommst sicher in die Kieseler Zeitung damit. Aber vielleicht kneifst du lieber. Sieht ziemlich gefährlich aus.«

Allgemeines Gelächter folgte.

Bodo drehte sich um die eigene Achse und fixierte einen nach dem anderen. »Wer hat das gesagt? Zeig dich, du Flasche!«

»Ruhe, ihr Trottel!«, rief Josephine. »Haltet die Klappe!«

Sofort trat Stille ein. Fehlte nur noch, dass die Jungs strammstanden.

Ich musste mich richtig anstrengen, um nicht allzu beeindruckt zu sein.

»Er redet«, erklärte Josephine.

Bodo öffnete den Mund, wahrscheinlich um einen bescheuerten Kommentar abzugeben, schloss ihn aber wieder. Er merkte genau, dass er gewaltig an Boden verloren hatte.

Der Junge mit der Hochhausgeschichte grunzte zufrieden. »Was habe ich euch gesagt? Das ist höhere Psychologie.«

Zwei, drei Leute hatten ebenfalls ihre Smartphones gezückt und stimmten Josephine zu.

»Der Typ quatscht Max voll«, berichtete Mario hilfsbereit. »Jetzt …«

Mehr war nicht nötig, wir sahen selbst, was geschah. Ich sog scharf die Luft ein, Lilli faltete ihre Hände wie zum Gebet, jemand rief unterdrückt: »Ja! Komm schon! Du schaffst es!«

Ganz langsam, wie in Zeitlupe, zog Max seinen Fuß aus der Gondel und stand bald darauf mit beiden Beinen auf der Holzstrebe. Endlich!

Der fremde Junge schob sich nun nach links, zur Mitte des Riesenrads. Und Max folgte ihm, Zentimeter für Zentimeter.

»Der Typ redet immer noch auf Max ein«, teilte Mario uns mit. »Jetzt fängt Max auch an zu quatschen.«

Beide hielten sich an der Holzstrebe über ihnen fest. Auf diese Weise erreichten sie, quälend langsam, einen schrägen, breiten Balken, der eine Etage tiefer führte. Der Fremde kletterte rückwärts nach unten und machte zwischendurch immer wieder Pausen, bis Max zu ihm aufgeschlossen hatte.

»Max redet und redet«, staunte Mario.

»Was erzählt der denn für Romane?«, fragte Bodo.

Niemand würdigte ihn einer Antwort.

Fast tat er mir leid. Es war regelrecht traurig zu sehen, wie er in sich zusammenschrumpfte. Aber sofort erinnerte ich mich daran, wie er sich den ganzen Tag lang aufgeführt hatte, und vergaß mein Mitgefühl. Geschah ihm ganz recht!

Auf dem Riesenrad ging es derweil in einem Zickzackkurs weiter nach unten. Erst ein paar Meter parallel zum Erdboden, dann wieder schräg abwärts. Manchmal zögerte Max, manchmal brauchte er offenbar besonders viel Zuspruch, aber der Fremde zeigte unendlich viel Geduld.

Plötzlich rutschte Max mit dem linken Fuß ab, verlor das Gleichgewicht und schrie in Panik auf.

Da waren sie zwar schon auf Höhe der zweiten Gondel angekommen, aber ein Sturz hätte in jedem Fall noch üble Folgen haben können.

Der Junge war sofort bei ihm. Er packte seine Hand und zog ihn wieder auf den Balken.

Anschließend harrte er so lange neben Max aus, bis der seine Selbstbeherrschung wiedergefunden hatte.

Ich dachte: Es muss ein besonderer Typ sein, wenn er in einer so kritischen Situation schnell reagieren und Ruhe bewahren kann!

»Gut gemacht«, sagte Erik ganz in meiner Nähe.

Ich schaute zu ihm hinüber. Er sah wieder so entspannt wie immer aus und beobachtete die Rettungsaktion mit den Augen des Fachmanns – als Sanitäter hatte er bestimmt schon einiges miterlebt. Er schaute zurück und nickte mir zu.

Lilli dagegen zitterte am ganzen Leib.

»Bitte, hilf ihm«, flüsterte sie. »Ich lege dir auch dein Leben lang umsonst die Karten. Und ich schenk dir die Glaskugel. Und das Pendel …«

»Ist ja gut«, sagte ich und legte ihr einen Arm um die Schultern. Insgeheim hatte ich so meine Zweifel an der Macht ihrer Geschenke. Ob ein Superheld wie der Junge da oben für so was empfänglich war? Eher nicht.

Janne kam zu uns herüber und stellte sich auf Lillis andere Seite. Allein ihre Anwesenheit wirkte beruhigend.

»Dieser Typ macht das schon«, meinte sie. »Guck, jetzt gehen sie weiter!«

Alle atmeten auf, als die beiden Jungs sich wieder in Bewegung setzten, aber es dauerte noch einmal furchtbar lange, bis sie endlich ganz unten angekommen waren. Zurück auf der sicheren Erde, ging Max in die Knie und kauerte auf dem Boden, als sei er der Papst auf Reisen.

Schließlich half der Fremde ihm auf und Max kam zögernd zu uns herüber.

Lilli machte sich von mir los, rannte zu Max und warf sich ihm an den Hals.

»Du lebst!«, rief sie.

»Ähm, ja«, gab er zurück und wurde knallrot.

Lilli gab ihm einen schmatzenden Kuss.

Max sah aus, als würde er gleich in Ohnmacht fallen.

Zu seinem Glück wurde er im nächsten Augenblick von seinen Freunden umringt, die ihm anerkennende Worte zuriefen oder ihm einfach nur auf die Schultern schlugen. Dass sie ihn bis vor einer Stunde noch gehänselt hatten, schienen sie praktischerweise vergessen zu haben. Lilli wurde einfach zur Seite gedrängt und kaute an ihrer Unterlippe.

Ganz kurz sonnte Max sich in der allgemeinen Anerkennung, aber dann hob er die Hand.

Als alle schwiegen, sagte er mit fester Stimme: »Ich bin kein Held, Leute. Ich habe mich wie ein dummer Junge aufgeführt. Und ich werde nie wieder so etwas Idiotisches tun, nur um anderen zu imponieren.«

Jemand klatschte, ein anderer stieß einen Pfiff aus.

Ich war mir nicht ganz sicher, ob sie ihn verspotteten oder bewunderten.

Aber ein Blick in Max' Gesicht sagte mir, dass ihm das gerade herzlich egal war. Vielleicht war er bei diesem Abenteuer ja schlagartig erwachsen geworden.

Bodo jedenfalls nicht.

»Geil, Mann«, dröhnte er. »Jetzt kannst du klettern. Da wird sich dein Vater ja mächtig freuen.«

»Wie bitte?«, fragte Max ruhig.

Wahrscheinlich hörten nur Lilli und ich das leichte Zittern in seiner Stimme.

»Ab aufs Baugerüst«, gab Bodo mit einem Funkeln in den Augen zurück. »Du hast keine Ausrede mehr. Von wegen Höhenangst und so 'n Scheiß.«

Er blickte in die Runde, wartete, dass die anderen lachten und noch ein paar Sprüche draufsetzen.

Der Typ hatte es immer noch nicht begriffen.

Alles schwieg, nur Max sagte nach einer Weile: »Was zwischen mir und meinem Vater ist, geht dich nichts an, Bodo. Das ist meine Sache und ich werde sie allein regeln.«

Seine Stimme war knapp davor zu brechen; nun presste er fest die Lippen aufeinander.

Das wird noch ein harter und langer Weg werden, dachte ich bei mir.

Lilli wollte zu ihm eilen, aber ich hielt sie zurück. »Nein«, flüsterte ich. »Vermassele ihm nicht den Moment.«

Sie nickte.

Es war Bodo, der sich zuerst abwandte. Er sagte irgendwas zu einem seiner Kumpel und entfernte sich ein paar Schritte.

Niemand folgte ihm.

Der geschlagene Anführer des Mobs zog mit gesenktem Kopf von dannen. Das hatte schon was Tragisches.

Während ich Max zwischen den Jungs beobachtete, dachte ich daran, wie oft ich schon versucht hatte, etwas über meinen eigenen Vater zu erfahren.

Was stimmte bloß nicht mit dem Foto, dass ich in dem Sekretär meiner Mutter gefunden hatte? Und was war das für ein klapperndes Geräusch gewesen, das ich gehört hatte? Ich musste unbedingt noch mal das Geheimfach untersuchen. Und ich musste meine Mutter so unter Druck setzen, dass sie gar nicht anders konnte, als mir ehrlich zu antworten.

Ja, beschloss ich in dieser nächtlichen Stunde im Himmelspark, ich musste mir einen Ruck geben und Charlotte keine andere Wahl lassen.

Einen Ruck!

»Tu das nicht«, mahnte Lilli und deutete auf meine Hände. »Sonst behält die Viper recht und du entblätterst dich vor den Jungs.«

Ich kam wieder zu mir und stellte fest, dass ich an einem langen Faden meines Kleides zerrte. Schnell ließ ich den Faden los und strich das Kleid glatt.

»Schade um das schöne Teil«, sagte Janne bedauernd.

»Du warst eben so weggetreten«, fuhr Lilli fort und musterte mich kritisch, als sähe sie irgendwo hinter meiner Stirn Colin lauern.

»Alles okay«, wehrte ich ab.

»Max genießt noch seinen Sieg über Bodo«, informierte sie mich und wies auf die Gruppe, die sich um ihn scharte. »Ich glaube, dem ist noch gar nicht richtig klar, wie knapp die Kiste eben war. Er hätte sich den Hals brechen können! Scheint er verdrängt zu haben. Wahrscheinlich kommt das noch und dann klappt er mir zusammen.«

Sie hatte recht. Für das, was er gerade erlebt hatte, wirkte Max tatsächlich unnatürlich ruhig.

»Wir sollten so langsam verschwinden«, schaltete Janne sich wieder ein. »Nicht dass wir hier wirklich noch erwischt werden.

Es könnte ja immerhin sein, dass sich noch mehr Leute um diese Zeit im Park aufhalten. Wie dieser Typ da. Und wenn Max hier eine nachträgliche Panikattacke bekommt, fliegen wir endgültig auf.«

Der Fremde! Ich hatte gar nicht mehr an ihn gedacht. Er stand halb verborgen im Schatten des Kassenhäuschens und unterhielt sich mit – Josephine. Wem sonst. Die hatte ihn natürlich nicht vergessen, sondern sich gleich um ihn »gekümmert«.

Janne aber hatte etwas höchst Interessantes gesagt. Außer uns könnten sich noch mehr Leute im Park aufhalten? Auf den Gedanken war ich noch gar nicht gekommen.

»Du meinst, der Fremde war die ganze Zeit über schon hier?«, fragte ich.

Janne lächelte nachsichtig. »Dafür, dass du so ein kluger Kopf bist, schaltest du manchmal ziemlich langsam, Emma. Woher soll er denn sonst so schnell zu Max' Rettung geeilt sein?«

Ich grinste verlegen. »Stimmt. Und was will er mitten in der Nacht im Himmelspark?«

»Keine Ahnung. Lilli ist die Hellseherin unter uns. Deswegen sollten wir ihn das vielleicht selbst fragen. Sobald wir alle hier gesund und munter rausgekommen sind, meine ich.«

»Falls er sich nicht vorher vom Acker macht«, ergänzte Lilli. »Aber da ist die Viper vor.«

Sie wies zu Josephine hinüber, die dicht neben dem Fremden stand. Sie hatte das Smartphone weggesteckt und warf gerade mit gekonntem Schwung ihr Haar zurück.

»Schon klar.« Janne verdrehte die Augen. »Sieht aus, als würde sie den Typen überreden, herzukommen!«

»Ich hätte ja drauf gewettet, dass sie ihn sich schnappt und einfach mit ihm verduftet«, meinte Lilli. »Der muss nämlich wirklich mega aussehen, wenn die sich so eine Mühe macht.«

Josephine fuhr sich mit beiden Händen durch die Engelslocken. Sie drehte sich zu uns um, streckte den Busen raus, wackelte mit den Hüften und verbreiterte ihren Kussmund zu einem großen Lächeln, was ich gut erkennen konnte, weil ihre blendend weißen Zähne im Schummerlicht hell wie neugeborene Sterne strahlten. Und das Tollste war: All diese Dinge erledigte sie in einer einzigen fließenden Bewegung.

Hammer!

Ich wäre spätestens bei dem Teil mit den Hüften gescheitert und in die Knie gegangen, weil ein paar meiner eingerissenen Fingernägel in diesen voll gesprayten Haaren stecken geblieben wären.

Wie hätte ein normales Mädchen dabei das Gleichgewicht halten sollen?

Lilli stieß ein Schnauben aus. Und sämtliche Jungs starrten Josephine entgegen, die sich jetzt mit dem Fremden an ihrer Seite auf uns zubewegte.

Sogar Erik.

Der guckte!

Und wie!

Ob es half, wenn ich auch schnaubte?

Hätte aber seltsam rüberkommen können, wenn Lilli und ich gleichzeitig Pferdegeräusche von uns gaben.

Also stand ich nur stumm da und fühlte mich schlecht, minderwertig, hässlich, einsam, zerknittert …

Nur Bodo verpasste die Show. Der war weg, der Glückliche.

Ich wollte auch gern verschwinden. Nach Hause, unter die

Dusche, ins Bett und den ganzen Geburtstag mit seinem Stress und all den Enttäuschungen vergessen.

Colin würde im Hostel auf mich warten, mich in seine starken Arme schließen und mich trösten.

Ich seufzte.

»So schön ist die Viper nun auch wieder nicht, dass du wegen der losheulen musst«, sagte Lilli.

»Ich heule nicht. Die blöde Mascara brennt mir schon wieder in den Augen.«

Lilli und Janne musterten mich skeptisch. Dann zog Josephine zum Glück wieder die Aufmerksamkeit auf sich.

»Ha!«, machte Janne. »Wisst ihr, warum sie nicht mit dem Fremden abgehauen ist? Sie will uns ihre Trophäe vorführen, damit wir richtig neidisch werden!«

»Da hat sie sich aber geschnitten«, gab Lilli zurück. »Ich liebe nur meinen Max und … oh … oha …« Lillis Worte bekamen einen ehrfürchtigen Ton. »Der … oh, krass … der Ritter der Schwerter!«

Was?

»Wer?«, fragte Janne.

»Jetzt ist es so weit«, fuhr Lilli mit Panik in der Stimme fort. »Ich mache mir selbst Angst!«

»Warum?«, fragte ich und blinzelte gegen die Mascara an.

»Erkläre ich dir später«, sagte Lilli zu Janne.

Dann wandte sie sich mir zu und ihre Stimme wurde tief und dramatisch. »Heute früh habe ich dir einen mutigen Helden vorhergesagt, der dir zu Hilfe eilen wird. Und da ist er! Er sieht genauso aus wie auf der Tarotkarte. Dunkles Haar, entschlossener Blick, sportliche Figur. Das Schwert fehlt zwar, aber das kann man sich dazudenken …« Sie musste nach Luft schnappen. »Emma, ich glaube, ich bin doch Hellseherin. Das ist ein Zeichen! Dieser fremde Junge wird dir helfen, Eriks Herz zu erobern.«

Womit das Orakel von Kiesel gründlich danebenlag, aber das konnte zu diesem Zeitpunkt niemand ahnen.

Ich riss am Ärmel meines Kleides und wischte mir mit dem Stoff so lange über die Augen, bis mein Blick wieder klar wurde. Eine weitere Naht gab dabei den Geist auf.

Egal.

Dann starrte ich zu Josephine hinüber, sah den fremden Typen neben ihr auf uns zukommen und … schrie auf.

Es war Colin.

12

Zwei süße Grübchen

»Colin, zum Teufel! Was machst du denn hier?« Mir fielen fast die Augen aus dem Kopf. Jetzt war er wirklich zu weit gegangen! »Warum bist du nicht in England? Wenn du irgendwo rumklettern musst, dann meinetwegen auf dem London Eye! Aber hier auf unserem Riesenrad hast du echt nichts zu suchen.«

Tja, das war so heraus, bevor ich mich bremsen konnte. Schockreaktion, die zweite, schätzte ich mal.

Aber die hier war heftig.

Von wegen Ritter der Schwerter! Wer da auf mich zukam, war niemand anderes als Colin Helmsworth.

Colin in echt.

Nicht ausgedacht. Colin aus Fleisch und Blut. Nicht von mir selbst zurechtfantasiert. Colin mit schwarzen Locken, meergrünen Augen, kantigem Kinn und sportlicher Figur.

Colin, wie er aussehen würde, wenn er denn real wäre. Ein junger Mann mit ernstem Blick und selbstbewusstem Auftreten.

Ich starrte ihn an, wie er näher und immer näher kam, und

nahm kaum wahr, was um mich herum geschah. Genauer gesagt, was nicht geschah, denn allen Leuten stand sprachlos der Mund offen. Das würde Lilli mir später erzählen.

Ich starrte und starrte, bis endlich wieder ein Hauch von Wirklichkeit in meinen verwirrten Kopf drang.

Er war nicht groß genug.

Also, dieser Typ an Josephines Seite, der jetzt vor mir stehen blieb und mich mit einer Mischung aus Neugier, Faszination und vielleicht auch Abscheu anschaute.

Er war …

Was? Wie war das? Abscheu? Na, hör mal, du komisches Colin-Double. Was soll das denn? Ekelst du dich etwa vor mir? Bloß weil ich ein bisschen zerrauft und zerrissen und zerlaufen bin und weil ich komische Sachen sage?

Ich musste mich schwer beherrschen, um ihm nicht die Zunge rauszustrecken.

Also, die Größe. Genau.

Erleichtert stellte ich fest, dass ich doch nicht komplett geistig umnachtet war. Nur leicht durcheinander. Was ich verständlich fand, wenn man bedachte, dass kein Mädchen damit rechnen konnte, eines Tages seinem Traumtypen leibhaftig zu begegnen.

Also, kein Mädchen, das sich wie ich so einen Jungen zurechtgebastelt hatte. Was bestimmt häufiger vorkam, als man denken konnte. Hoffte ich wenigstens. Sonst wäre ich ja die einzige bekloppte Siebzehnjährige auf diesem Planeten gewesen.

Colin in meiner Fantasie überragte mich jedenfalls um eine Kopflänge. Dieser Typ in der realen Nacht hier im Himmelspark war so groß wie ich in Ballerinas, immerhin, aber nicht größer.

Okay, sonst passte alles, aber diese eine Abweichung machte

zum Glück den Unterschied aus zwischen unglaublichem Zufall und ausgebrochenem Wahn.

Ich war so erleichtert! Jetzt musste ich nur noch den Spruch mit dem London Eye erklären und alles wäre gut.

Mein Blick schoss zu Lilli.

Hilfe!

Aber meine allerbeste Freundin ließ mich im Stich. Sie hob die Schultern. Ich begriff, dass sie nicht in böser Absicht schwieg. Ihr fiel einfach nichts ein.

Konnte ich gut verstehen.

Okay, sie hatte schnell geschaltet. Nur sie war in mein Colin-Geheimnis eingeweiht, und jetzt ahnte sie, wie der aussehen musste. Wahrscheinlich hatte sie auf den leibhaftigen Ritter der Schwerter gehofft und war ein bisschen enttäuscht. Sie stand eben nicht auf schwarzhaarige, selbstbewusste Typen, in deren meergrünen Augen so eine merkwürdige Mischung aus Zorn, Melancholie und Geheimnis loderte.

Lilli ließ die Schultern hängen und wirkte wie ein lebensmüdes Orakel, das es satthatte, ständig den Weltuntergang vorherzusagen. Sie schien nicht einmal zu registrieren, dass Max sich neben sie stellte.

Der Blickwechsel mit Lilli hatte leider nicht gerade dazu geführt, dass ich mich beruhigte. Ich konnte überhaupt nicht klar denken und starrte nur fassungslos den fremden Jungen an.

Aber irgendwas musste ich sagen.

»Das war nur ein Witz, Leute!«, rief ich munter in die Runde. »Ich habe mal jemanden so ähnlich auf dem London Eye rumklettern gesehen … ähm … auf YouTube!«

Niemand glaubte mir, aber das Zauberwort YouTube ließ die

Jungs wenigstens grinsen und sich entspannen. Der eine oder andere tippte sich mit dem Zeigefinger gegen die Stirn, wie ich aus den Augenwinkeln wahrnahm, doch die meisten verloren schon das Interesse an mir und widmeten ihre Aufmerksamkeit zu neunzig Prozent wieder Josephine und zu zehn Prozent dem unbekannten Helden der Nacht.

Nur Erik musterte mich wie ein Forscher seine Laborratte, jeden Augenblick darauf gefasst, dass ich erneut durchdrehte. Janne redete leise auf ihn ein. Mein klägliches Lächeln in seine Richtung verpuffte auf dem Weg dahin. Er runzelte die Stirn und schüttelte leicht den Kopf.

Emma, du bist mir ein Rätsel, sollte das wohl heißen.

Oder: Emma, du musst dich mal untersuchen lassen!

Oder auch: Emma, dir fällt das Kleid vom Leib!

Instinktiv legte ich die Arme um meinen Oberkörper. Ich hatte nämlich selbst das Gefühl, dass da inzwischen einiges nicht nur eingerissen, sondern auch ausgewickelt war. Wenn ich an mir herabsah, blitzte an definitiv zu vielen Stellen meine schneeweiße Haut durch.

Mist!

Das fehlte noch.

Ich sah wieder hoch, direkt in die meergrünen Augen des Fremden. Sie schauten wirklich ein bisschen zornig, ein bisschen melancholisch, ein bisschen geheimnisvoll. Aber ich fand, sie schauten auch ein wenig belustigt.

Der Typ amüsierte sich offenbar ganz prima.

Dabei fiel mir noch etwas auf: Grübchen. Zwei Stück, rechts und links. Je einen knappen Zentimeter vom Mundwinkel entfernt. Hätten jedem Schauspieler gut gestanden.

Beruhigend, dass es noch einen weiteren Unterschied zwischen dem Fremden und meinem Traumboy gab.

»Very nice«, sagte Colin plötzlich und trat neben den Fremden. »Die will ich auch haben!«

»Vergiss es«, gab ich zurück.

»Please, Emma!«

»No!«

»Wenigstens eines?«, fragte er und zog die Mundwinkel so weit auseinander, wie er nur konnte, um mir zu beweisen, wie gut ihm Grübchen stehen würden.

»Du siehst aus wie ein Haifisch«, sagte ich.

Beleidigt machte er sich dünne.

»Hi«, sagte nun der Fremde. »Hast du mich eben gemeint? Ich heiße aber nicht Colin.«

»Wie? Äh …«

»Du musst mich verwechselt haben«, sagte er.

»Hör nicht auf die«, befahl Josephine, die sich dicht neben ihm hielt. »Die spinnt. Ist stadtbekannt. Kannst du alle fragen.«

Der Typ hob die Augenbrauen und ignorierte sie. »Mir würde eine Fahrt mit dem London Eye aber gefallen. Die Aussicht soll fantastisch sein.«

»Hab ich auch gehört«, murmelte ich.

»Dazu müsste man sich bloß eine Reise nach London leisten können.«

»Du sagst es.«

»Ich meine, es gibt ja diese irren Billigflüge, aber in der Stadt wird es richtig teuer.«

»Ja, selbst wenn du in ein Hostel gehst«, stimmte ich zu.

»Oder ein privates Zimmer bekommst.«

»Couchsurfing wäre eine Möglichkeit«, schlug ich vor.

»Hm. Aber du müsstest auch bei dir zu Hause anderen Leuten deine Couch anbieten.«

»Ach ja. Wird schwierig bei uns. Wir haben nicht viel Platz.«

»Sagt mal, habt ihr sie noch alle?« Josephine ging dazwischen. »Sind wir hier in einem Reisebüro, oder was?«

Wir zuckten gleichzeitig zusammen.

Komisch.

Da plauderte ich mit einem Typen über London, der mir wirklich Angst machen sollte, weil er anscheinend direkt meiner Fantasie entsprungen war. Ich war mir selbst unheimlich. Schätze mal, ich stand immer noch unter Schock.

Der Fremde dagegen wirkte leicht verärgert über die Unterbrechung. Und Josephine nutzte unser Schweigen, um sich selbst wieder in den Mittelpunkt zu rücken.

»Leute, applaudiert unserem Helden!«, rief sie, hakte sich bei ihm ein und klimperte kampfeslustig mit den Wimpern.

Sah merkwürdig aus, fand ich.

»Max verdankt ihm sein Leben!«, fügte sie dramatisch hinzu.

»Ach was«, brummte der Fremde. »Max wäre irgendwann auch allein wieder runtergeklettert. Ich habe nur ein wenig nachgeholfen.«

Josephine überhörte es und drückte seinen Arm. Jedem anderen hätte der eiserne Griff wahrscheinlich höllisch wehgetan. Der Typ verzog nicht mal das Gesicht.

Wow!

War der aus Eisen oder so?

Und war Colin eigentlich genauso stark? Darüber hatte ich noch nie nachgedacht.

Hier und da wurde zögerlich geklatscht. Sämtliche Jungs waren offenbar angenervt, weil Josephine den Fremden für sich auserwählt hatte.

Erik auch? Kurz schaute ich zu ihm hin. Nein, entschied ich, eher nicht. Obwohl er alles genau beobachtete, schien seine Aufmerksamkeit mehr dem Jungen als Josephine zu gelten. Und mir. Ich hatte das sichere Gefühl, dass Erik so einiges durchschaute, was mir selbst entging. Erik war eben ein sehr, sehr kluger Mensch und sein Sturz schien keine Folgeschäden verursacht zu haben. Er wirkte vollkommen erholt.

Ich wandte mich wieder Colins Doppelgänger zu. Der tat, als sei es normal, dass eine blonde Schönheit an ihm hing.

»Ich sollte mich endlich vorstellen«, sagte er zu mir. »Thomas Lange. Meine Freunde nennen mich Tom. So wie Max.« Er lächelte dem Jungen zu, den er vorhin mit vielen guten Worten und geduldigem Zuhören aus der Gefahr gelockt hatte. »Ich musste ihn zwar dazu bringen, mir seine komplette Lebensgeschichte zu erzählen, aber er hat es tapfer getan.«

Interessant, dachte ich. Aber noch viel interessanter wäre es, die Geschichte dieses Typen zu hören!

Zum Beispiel: Wo kam er her? Und was hatte er um diese Zeit im Himmelspark zu suchen?

Lillis Gedanken schienen in dieselbe Richtung zu gehen, denn ich sah, wie sie Max anstieß und ihm etwas zuflüsterte. Er antwortete ihr nicht. Eine Plaudertasche war er definitiv nicht. Sollte ihm sein Retter irgendwas über sich selbst verraten haben, um ihn von seiner Angst abzulenken, Max würde es für sich behalten. Aber ich nahm an, Tom hatte sowieso nichts gesagt.

Zu dumm.

Der Typ machte mich echt neugierig. Nicht nur, weil er meinem Colin so sehr glich. Etwas umschwirrte ihn, etwas Schattenhaftes. Es war nur so ein Gefühl von mir und ich bekam es nicht richtig zu fassen.

Jetzt reichte er mir die Hand. »Schön, dich kennenzulernen.«

Meine Hände behielt ich lieber an meinem zerfetzten Kleid. Doch ich lächelte und sagte: »Hi. Ich bin Emma Stern.«

Sofort schlug er die Augen nieder.

Er war nur nicht schnell genug gewesen. Ich hatte genau gesehen, wie sich sein Blick plötzlich verdunkelte, als ich meinen Namen nannte.

Josephine schoss ein paar ihrer Blitze auf mich ab. War mir egal. Ich war viel zu verblüfft über Toms Reaktion, um mich von ihr einschüchtern zu lassen.

»Stimmt was nicht?«, fragte ich ihn.

»Nein, nein, alles klar«, gab er viel zu hastig zurück.

Immerhin, dachte ich. Etwas wusste ich schon über ihn: Er war kein guter Lügner. Der hatte was gegen mich oder gegen meinen Namen!

Auch der Blick, mit dem er die Jungs streifte, verriet, was er dachte: lauter Vollpfosten, die Mist gebaut hatten und zu feige waren, einzugreifen, als einer von ihnen Hilfe brauchte.

Da war ich seiner Meinung und klammerte nur Erik aus.

Aber was hatte *ich* Tom getan? Wir kannten uns doch gar nicht – und eben hatten wir so nett geredet. Nun wirkte er plötzlich verschlossen.

Ratlos rieb ich mir die Stirn und vergaß leider, dass mein Kleid von mir zusammengehalten werden musste.

Mir wurde auf einmal kühl um die Körpermitte.

Tom schielte auf meinen Bauchnabel. Mir war das unangenehm, gleichzeitig verspürte ich aber ein seltsames Kribbeln.

Wenn bloß die Ähnlichkeit mit Colin nicht so irre groß gewesen wäre!

Josephine starrte jetzt auf dieselbe Stelle und plötzlich schienen ihre Blitze zu wirken. Es fühlte sich an, als würden sich lauter kleine Löcher bis in meine Eingeweide bohren.

Lilli machte Anstalten, mir zu Hilfe zu kommen, aber in der nächsten Sekunde war Erik da. Ragte vor mir auf wie ein fest verwurzelter Baum im Sturm, zog sein Hemd aus und wickelte mich darin ein.

Mein ganz persönlicher Held und Retter!

Das Hemd war fleckig von seinem Sturz, aber es roch ganz frisch und zitronig und es hüllte mich schützend ein. Mit nacktem, breitem Brustkorb stand Erik vor mir, zeigte Tom und Josephine seinen Rücken und strich mir sanft durchs verfilzte Haar.

»Zeit, heimzugehen, meinst du nicht?«

Ich hakte meinen Blick in seinen Augen ein und auf einmal fühlte ich mich sicher und geborgen.

»Ja, bitte«, murmelte ich.

Die selbstbewusste und energische Emma wollte ich zumindest vorübergehend vergessen. Auch ich brauchte mal einen starken Mann an meiner Seite. Einen starken Mann mit einem wirklich schönen Oberkörper.

»Uiuiui!«, murmelte ich.

»Was?«, fragten Erik und Tom wie aus einem Mund.

»Öh, nix. Alles gut.« Ich war froh, dass meine Haut keine andere Farbe als Weiß annahm. Sonst wäre ich prompt dunkelrot geworden.

13

Verdammt geheimnisvoll

»Dann mal los, Leute«, sagte Erik in die Runde. »Lasst uns aufbrechen.« Er wandte sich zu Josephine um. »Ich nehme an, du kennst einen anderen Weg aus dem Park heraus als den über den Zaun beim Saturnbach?«

Kluger Erik. Er hatte gesehen, dass Josephine als Einzige perfekt zurechtgemacht war. Sie hatte sich durch keinen Wald gekämpft, war durch keinen Bach gewatet und über keinen Zaun geklettert.

»Selbstverständlich«, erwiderte sie.

Ich lugte um Erik herum und stellte fest, dass Josephine seiner imposanten, glatten Brust keinen Blick schenkte.

Alles klar.

Ihre Knutschattacke war bereits aus ihrem Kurzzeitgedächtnis gelöscht.

Sie hatte es ganz und gar auf Tom abgesehen.

Von mir aus, dachte ich müde. Soll sie ihn haben. Mitsamt seiner düsteren Ausstrahlung und den Grübchen. Ich will nur Erik.

Josephine übernahm die Führung, ließ Toms Arm los und nahm ihn stattdessen bei der Hand. Er wehrte sich nicht, aber ich glaubte, ein schnelles Grinsen auf seinem Gesicht zu sehen.

»Wird das jetzt eine Entführung?«, fragte er.

»Aber nein, Tom«, antwortete sie mit geradezu lieblicher Stimme. »Das ist eine herzliche Einladung, mit uns zu kommen. Oder möchtest du etwa mitten in der Nacht hier im Himmelspark bleiben?«

Ich hätte wetten können, er hätte am liebsten Ja gesagt. Auf mich machte er jedenfalls den Eindruck eines Typen, der nicht so wahnsinnig viel Wert auf Gesellschaft legte. Doch er blieb still und ging mit.

Hinter ihnen folgten Erik und ich nebeneinander. Der Rest der Truppe schloss sich uns in lockerer Formation an. Erik hatte mir einen Arm um die Schultern gelegt, aber nur ganz leicht. So als wollte er mir Halt geben, ohne mich jedoch mit seinem Gewicht niederzudrücken.

»Ist denn mit dir alles wieder in Ordnung?«, fragte ich ihn. »Du bist vorhin ziemlich übel gestürzt.«

Er lachte. »Erinnere mich nicht daran! Das wird mir bis an mein Lebensende peinlich sein. Ich weiß genau, dass vor dem Riesenrad diese Stufe ist. Da stolpern nur die Touristen. Habe ich in der Aufregung bloß vergessen.« Er verzog das Gesicht. »Aber ja, ich bin okay. Mir war nur vorübergehend etwas schwindelig, jetzt ist alles wieder klar. Abgesehen von einer kräftigen Beule wird nichts zurückbleiben.«

Schweigend liefen wir weiter und umrundeten gleich darauf das »Space Shuttle«. Nach der »CloudKiss« stand diese Attraktion an zweiter Stelle auf der Beliebtheitsskala aller Besucher unter fünfundzwanzig und in der Ferienzeit bildete sich hier jeden Tag eine lange Schlange. Die Illusion in dem Raumschiff war tatsächlich perfekt, und ich dachte daran, wie gern ich immer damit gefahren war und mir vorgestellt hatte, ich könnte wirklich unseren Planeten aus dem Weltraum heraus sehen.

Im Augenblick sehnte ich mich jedoch kein Stück danach. Was derzeit auf der Erde passierte, war wesentlich spannender.

Tom drehte sich zu mir um und warf mir einen forschenden Blick zu. Was sollte das bloß bedeuten? Ich drängte mich näher an Erik heran.

Als wir das Planetarium erreichten, bat Tom um einen Moment Zeit. Er verschwand durch eine Seitentür im Inneren und kam gleich darauf mit einem großen Rucksack auf dem Rücken wieder. Es war so ein Teil, wie es Backpacker benutzen, die um die Welt reisen.

»Sieh an«, sagte Erik. »Du schläfst im Planetarium?«

»Nur heute Nacht«, erwiderte Tom entspannt. »Ich dachte, ich penne unter dem Sternenzelt, ohne wirklich draußen zu sein.«

»Originell«, erwiderte Erik. »Hast du die Tür aufgebrochen?«

»War nicht nötig. Das Schloss war ganz leicht zu knacken.« Er warf Erik einen unschuldigen Blick zu. »Ich hatte die Nase voll vom Kampieren im Freien.«

Aha. Der Typ war es also gewohnt, draußen zu schlafen? Ich tauschte einen schnellen Blick mit Lilli. Telepathie oder nicht, wir dachten mal wieder dasselbe: Tom mochte ein Held sein und vielleicht war er wirklich ein Rucksacktourist. Genauso gut war es aber auch möglich, dass er obdachlos war.

Josephine runzelte ihre sonst so glatte Stirn. Ihre Gedanken gingen wahrscheinlich in eine ähnliche Richtung.

Kurz zögerte sie, aber dann nahm sie wieder Toms Hand. Anscheinend hatte sie entschieden, dass ein bombastisch gut aussehender und geheimnisvoller Landstreicher das Beste war, das ihr in diesem Sommer passieren konnte.

Erik gab nicht so leicht auf. »Ich würde eigentlich gern wissen, warum du überhaupt im Himmelspark übernachten wolltest?«

»Ist 'ne lange Geschichte.«

In meinem Kopf mischte Colin sich ein. »Dieses Rätsel muss schnell gelöst werden«, sagte er. »Ein Typ, der so aussieht wie ich, hält sich illegal im Himmelspark auf. Wie ist der überhaupt reingekommen? This is not correct!«

»Genau. Wie bist du überhaupt reingekommen?«, fragte ich laut.

Sehr laut.

Erik, Tom und Josephine zuckten zusammen.

»Gute Frage«, meinte Lilli.

»Finde ich auch«, stimmte Erik zu.

»Ruhe jetzt!«, befahl Josephine.

Alle gehorchten. Sogar Lilli, obwohl ich sah, wie ihre Lippen das Wort *Viper* formten.

Wir hatten den Seiteneingang erreicht und schlüpften nacheinander hindurch. Josephine schloss hinter uns ab. Ein kollektives Seufzen ging durch die Truppe. Alle waren erleichtert, dieses Abenteuer unbeschadet überstanden zu haben. Und den meisten war's bestimmt egal, wer Tom war und was er hier wollte.

Die WPs und die R'n'Bs zerstreuten sich. Janne warf uns noch einen langen nachdenklichen Blick zu, bevor sie sich verabschiedete. Zurück blieben nur die Münchner und die drei frisch zusammengewürfelten Paare: Lilli und Max, Josephine und Tom, Erik und ich.

»Wohin jetzt?«, fragte Tom freundlich. »Ich brauche einen Schlafplatz.«

»Du kannst mit zu mir kommen«, sagte Josephine schnell. »Meiner Mutter gehört das Luxushotel hier, das ›Star‹. Ich finde schon einen Platz für dich.«

»Ja, in ihrem Bett«, flüsterte Lilli mir zu.

Erik hörte es und lächelte schmal.

»Ist mir zu teuer«, erklärte Tom.

Josephine klimperte wieder im Rhythmus eines Maschinengewehrs. »Selbstverständlich bist du eingeladen.«

»Das ist wirklich nett, aber das kann ich unmöglich annehmen.«

Die Viper kam aus dem Takt und musste die Augen zusammenkneifen.

Lilli kicherte.

»Ich würde dich ja zu uns einladen«, sagt sie zu Tom, während wir langsam an der Umzäunung des Himmelsparks entlanggingen. »Aber meine Mutter ist etwas eigen, was Gäste betrifft. Sie ist die Wahrsagerin im Park, musst du wissen, und sie prüft erst die Aura eines Menschen, bevor dieser unter unserem Dach bleiben darf. Um diese Zeit kann ich sie aber nicht wecken, damit sie das Ritual durchführen kann. Da träumt sie von unseren Ahnen und das ist ganz wichtig für unsere Zukunft.«

Tom akzeptierte diese Erklärung, ohne auch nur mit den Mundwinkeln zu zucken.

Okay, lügen konnte er nicht, aber ein Pokerface hatte er bei Bedarf drauf.

Max hingegen sah ziemlich erschrocken aus, wie ich mit einem schnellen Blick feststellte. Vielleicht sollte ich Lilli raten, sich mit den übersinnlichen Dingen des Lebens in seiner Gegenwart etwas zurückzuhalten. Er mochte vielleicht Zombies, aber Hexen machten ihm Angst.

»Ich kann einen der Jungs fragen«, bot sie als Nächstes an. »Macht nichts, dass sie schon weg sind. Ich schicke eine Nachricht über unseren Gruppenchat.« Sie fischte bereits ihr Smartphone aus der Hosentasche, als Tom entschieden die Hand hob.

»Nein.«

Mehr nicht. Einfach nur »Nein«.

War er so sauer auf die Truppe?

Aber warum ging er überhaupt mit uns, wenn er uns offenbar allesamt verachtete?

Er war doch nicht etwa – oh! mein! Gott! –, er war doch nicht etwa Josephines schlangenschleimigem Charme erlegen? Okay, er hatte ihr Angebot ausgeschlagen, aber war er vielleicht trotzdem scharf auf sie?

»Impossible«, meinte Colin dazu. »Wir mögen sie nicht! We don't like her!«

»Danke, mein Bester«, antwortete ich. »Aber nur weil Tom so aussieht wie du, heißt das noch lange nicht, dass ihr denselben Geschmack bei Mädchen habt!«

Darüber mussten Colin und ich eine Weile nachdenken.

In der Zwischenzeit hatten wir den Park von außen umrundet und den Haupteingang erreicht. Kurz danach bogen wir auf den Feldweg am Waldrand ein und bald erhob sich in der Ferne die schlanke Silhouette des Kirchturms von Sankt Johannis vor uns.

Erik, der eine Weile geschwiegen hatte, schien nun entschlossen zu sein, dem Geheimnis des fremden Helden auf die Spur zu kommen.

»Du bist herzlich eingeladen, bei mir zu übernachten«, erklärte er. »Dann können wir uns noch eine Weile unterhalten.«

Hörte nur ich den ganz leise drohenden Unterton heraus?

Wir hatten den Park mit seiner Notbeleuchtung hinter uns gelassen und ich konnte Toms Gesichtsausdruck nicht erkennen.

»Zum Beispiel hast du Emmas Frage von vorhin noch nicht beantwortet«, fuhr Erik ruhig fort. »Wie du in den Park gekommen bist.«

»Das war einfach«, erwiderte Tom und klang dabei genauso cool. »Ich bin nach meinem Vorstellungsgespräch heute Mittag einfach dageblieben und habe mich kurz vor der Schließung auf den Toiletten des Planetariums versteckt.«

»So, so«, sagte Erik. »Es wird aber immer alles gut abgesucht.«

Tom antwortete wieder einmal nicht, aber ich hatte das Gefühl, er wusste, wie man sich erfolgreich unsichtbar machte. Wodurch er noch etwas mit Colin gemeinsam hatte.

Aber egal.

Etwas anderes beschäftigte mich viel mehr. »Du wirst im Himmelspark arbeiten?«, fragte ich.

»Ja«, sagte Tom. »Wird mein Sommerjob.«

»Und als was?«, fragte Josephine, die es offensichtlich leid war, dass man sich über ihren Kopf hinweg unterhielt.

»Erst mal soll ich einspringen, wo Not am Mann ist, aber ich hoffe, ich werde bald als Tierpfleger eingesetzt. Das wäre mein Traum.«

Mist! Jetzt wurde er mir so richtig sympathisch. Ein Typ, der Vierbeiner mochte, konnte doch kein schlechter Mensch sein.

Im Himmelspark wurden tatsächlich alle Arten von Tieren gehalten. Zum Beispiel ein Dutzend Lipizzaner für die traumhafte Pferdeshow, bei der ein Hengst ein Gerüst aus großen weißen Flügeln trug und die Illusion entstand, er würde wie Pegasus durch die Lüfte gleiten. Außerdem gab es alle möglichen Kleintiere im Streichelzoo und natürlich Vögel aller Art, die in einem riesigen Käfig fast so frei wie am Himmel flogen.

Meine Fantasie machte sich selbstständig, und ich stellte mir vor, wie Tom einen verschwitzten Lipizzaner mit einem Bündel Stroh trocken rieb, wie er dann allen Pferden zu fressen gab und eines nach dem anderen zwischen den Ohren kraulte. Dabei murmelte er leise zärtliche Worte, lächelte entspannt und wirkte vollkommen glücklich.

Verdammt, was für ein Kitsch! Und mir gefiel dieses Bild auch noch!

Ich seufzte, was Erik sofort falsch interpretierte.

»Entschuldige, Emma«, sagte er fürsorglich. »Das hat natürlich alles Zeit. Komm, wir sind gleich da, dann kannst du dich ausruhen.«

Tatsächlich erreichten wir Kiesel nun, schlüpften nacheinander durch den schmalen Gang zwischen den beiden Klinkerhäusern und sammelten uns danach wieder auf der Gasse.

»Vielleicht gibt es hier ja irgendwo ein billiges Hostel«, sagte Tom. Täuschte ich mich oder mied er tatsächlich meinen Blick?

Dafür starrte Lilli mich an und ich starrte zurück. Wir dachten schon wieder dasselbe. Das konnte doch kein Zufall sein!

Irgendwoher wusste er vom »Cloud«, sagte ich mir, während Lilli mit Max flüsterte. Aber woher? Hatte meine Mutter im Park Werbung von uns ausgelegt?

»Du willst nicht wirklich in so einer Billigabsteige schlafen, oder?«, fragte Josephine pikiert. »So mit mehreren Leuten in einem Raum, die Geräusche machen und komisch riechen?«

Ich gebe dir gleich ein paar Geräusche!, dachte ich empört. Und Gerüche!

Auf einmal wünschte ich, dieser Typ wäre nie aufgetaucht. Max hätte sich in dem Fall zwar selbst retten müssen, aber wenigstens wäre diese Nacht etwas weniger kompliziert geworden. Ohne Doppelgänger, ohne fortgesetzte Beleidigungen der Viper und mit ein paar Schockmomenten weniger.

»Kein Problem«, sagte Tom jedoch locker. »Ich bin so einiges gewöhnt.«

Ja, dachte ich, wahrscheinlich aus dem Obdachlosenheim. Sofort schämte ich mich. Irgendetwas an diesem Typen machte mich wahnsinnig. Nicht nur seine Ähnlichkeit mit Colin. Seine ganze geheimnistuerische Art war unglaublich nervig!

Max räusperte sich. »Du kannst bei mir schlafen, im Hostel. Ich teile mir ein Dreibettzimmer mit einem anderen aus meiner Gruppe. Ein Bett ist noch frei, wenn du möchtest. Ist kein Problem.«

Ich fragte mich, ob das seine oder Lillis Idee war. Max wollte sich bestimmt für Toms Hilfe revanchieren, Lilli hatte aber mit Sicherheit ein überdimensionales Interesse daran, den Fremden in unserer Nähe zu behalten. Vielleicht sah sie in ihm ja das perfekte Versuchskaninchen für ein mystisches Experiment. Und dann wurde sie berühmt als das Mädchen, das einen eingebildeten Jungen hatte real werden lassen …

Oder so ähnlich.

Ich lehnte mich kurz an Erik, so erschöpft war ich vom vielen

Rätselraten. Meine Wange streifte seine glatte Brust, was mich vorübergehend von allem anderen ablenkte.

Fühlte sich gut an. So kuschelweich und gleichzeitig muskelhart.

»Es ist sogar das Bett am Fenster«, setzte Max hinzu. »Kostet fünfzehn Euro die Nacht, richtig, Emma? Oder haben wir einen Gruppenrabatt?«

»Nein, das stimmt schon«, gab ich zurück und löste mich nur ungern von Erik.

Er schaute mich liebevoll an. Ich fand, das war ein Versprechen. Später – oder morgen oder in ein paar Tagen – würden wir darauf zurückkommen, dass wir uns fast geküsst hatten. Wenn alle Aufregung sich gelegt hatte, wenn ein gewisser Tom Lange hoffentlich wieder verschwunden war und seine Geheimnisse mitgenommen hatte.

Abgemacht, mein großer, schöner Held!

Ich drehte mich zu Tom um und musste schwer an mich halten, um nicht in brummigem Ton um Vorkasse zu bitten. Am liebsten wäre mir gewesen, er hätte Max' Vorschlag abgelehnt. Aber den Gefallen tat er mir bestimmt nicht. Dafür sah er viel zu zufrieden aus. Als hätte er auf das Angebot nur gewartet.

»Das ›Cloud‹ gehört meiner Mutter«, sagte ich. »Und Max hat recht. Bei ihm im Zimmer ist noch Platz. Es liegt ganz bei dir.«

»Prima«, gab Tom zurück. »Und der Preis ist auch in Ordnung.«

»Wenn du willst«, meinte Max, »kann ich dir aushelfen.«

Tom grinste. »Nicht nötig. Ich bin zwar knapp bei Kasse, aber für ein paar Nächte wird's schon reichen. Außerdem habe ich ein wöchentliches Gehalt ausgehandelt. Das heißt, ich bekomme schon am nächsten Samstag mein erstes Geld.«

Während Josephine wieder die Stirn runzelte, Max lächelte, Erik neutral guckte und Lilli mit den Augen rollte, blieb ich in Gedanken an den »paar Nächten« hängen.

Wollte der Typ sich etwa bei uns einnisten?

Das gefiel mindestens Colin nicht! Der war not amused.

»Reg dich ab«, sagte ich im Stillen zu ihm. »Ich werde zusehen, dass ich Tom so schnell wie möglich wieder loswerde. Sobald ich hinter sein Geheimnis gekommen bin.«

»Das gefällt mir nicht«, gab Colin zurück. »Es darf keinen anderen geben neben mir.«

»Keine Sorge, du bist einzigartig!«

»Bin ich nicht.«

»Colin, bitte …«

»Ich bin kopiert worden, das ist eine Frechheit!«

»Aber …«

»Und du siehst jetzt doppelt, Darling.«

Na ja, das stimmte schon.

»Schick ihn weg!«

»Das klappt leider nicht so leicht wie bei dir, aber ich werde es versuchen.«

Colin schmollte. Ich sah ihm an, wie unzufrieden er war. Und Grübchen wollte er wahrscheinlich auch keine mehr.

»Und du bist dir wirklich sicher?«, fragte Josephine jetzt Tom. »Du willst in dieser Absteige übernachten?«

Tom nickte nur.

Josephine mochte ein Miststück sein, aber sie wusste, wann es angeraten war, einen Schritt zurückzutreten.

»Wie du meinst«, sagte sie honigsüß. »Falls du es dir anders überlegst, ich bin gleich nebenan.« Sie küsste ihn flüchtig auf den

Mund und war dabei so schnell, dass er unmöglich den Kopf abwenden konnte. Falls er das gewollt hätte.

»Knutscht die neuerdings jeden Kerl, der ihr über den Weg läuft?«, raunte Lilli mir zu. »Und hat sie nicht längst Lippenherpes?«

»Igitt!«, stieß ich aus.

»Wie bitte?«, fragte Erik.

»Ach, nichts. Ich muss jetzt gehen.«

»Ist gut«, erwiderte er. »Bis bald, Emma.«

Kurz dachte ich, er würde mich hier vor den anderen küssen, aber er tat es nicht, und ich war schließlich keine Josephine mit PH.

Immerhin strich er mir sacht über die Wange und versprach, in den nächsten Tagen vorbeizukommen.

Max nahm Tom mit ins Hostel. »Ich helfe dir schnell, das Bett zu machen«, hörte ich ihn noch sagen, bevor sie nacheinander durch den Hintereingang verschwanden.

Lilli zuckte mit den Schultern, als würde es ihr nichts ausmachen, dass er es offenbar so eilig hatte, von ihr wegzukommen.

»Ich schlaf wieder bei dir«, erklärte sie mir. »Jemand muss auf dich aufpassen.«

»Ich glaube kaum, dass Tom ein Axtmörder ist!«

»Nee, aber ich trau ihm nicht über den Weg.«

Tja – Lilli, die Hellseherin.

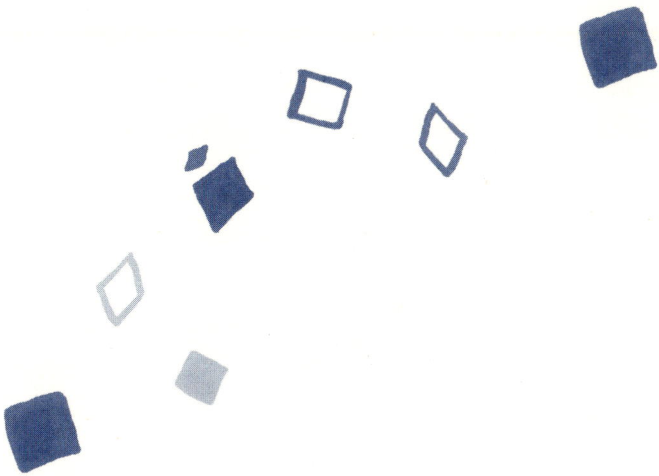

14

Nicht schon wieder!

Ich bot Lilli an, diese Nacht zu tauschen. Sie sollte in meinem Bett schlafen, ich würde die Schaumstoffmatratze nehmen. Aber sie lehnte dankend ab.

»So kaputt, wie ich bin, würde ich auch im Stehen pennen«, erklärte sie. »Aber erst brauche ich noch einen kleinen Snack. Schlaf du ruhig schon, Emma. Ich schau mal nach, ob ich noch was Essbares finde.«

»Aber du gehst nicht zu den Jungs runter!«

»Nee. Max braucht nach der ganzen Aufregung seinen Schlaf. Und ich sehe ihn ja morgen noch. Könnte mir denken, dass er genug vom Himmelspark hat und auf den zweiten Tag verzichtet. Vielleicht mache ich mit ihm einen Ausflug. Oder wir gehen schwimmen. Soll heiß werden.«

»Schwör es!«

Sie hob die Hand. »Hoch und heilig!«

»Für heute hatten wir echt genug Stress.«

»Versprochen! Die große Liebe kann noch etwas warten.«

Einigermaßen beruhigt ließ ich sie abziehen und hörte noch, wie sie in unserer Küche rumorte, bevor ich wegsackte.

Ich träumte, ich glitt auf einem fliegenden Schimmel durch die Lüfte. Erik saß hinter mir und hielt mich mit seinen starken Armen sicher auf dem nackten Pferderücken. Doch wir waren nicht allein: Links von uns flog Colin elegant aus eigener Kraft, rechts ritt Tom auf seinem riesigen Rucksack, der wie ein Rodeopferd bockte. Das wurde immer schlimmer, und ich rief ihm zu, er solle sich gut festhalten. Ich griff sogar nach einer der vielen Schlaufen des Rucksacks und zog kräftig daran, damit Tom nicht in die Tiefe stürzte. Was Erik davon hielt, war mir egal, und Colin auf der anderen Seite wurde auf einmal ganz durchsichtig.

Tom schrie auf, als sein Rucksack noch wilder herumeierte. Ich zog und zerrte.

Bis ich nicht mehr konnte.

Dann hörte ich einen dumpfen Aufschlag und war plötzlich wach.

»Verdammt«, sagte Lilli, rappelte sich auf und rieb sich den Hintern. In der Hand hielt sie meine Bettdecke. »Warum musst du immer so plötzlich loslassen?«

Kurz fühlte ich mich wie in dem alten Film »Und täglich grüßt das Murmeltier«, wo so ein Kotzbrocken von Mann ein und denselben Tag immer wieder durchleben muss, bis er kapiert, wie man als besserer Mensch durchs Leben geht und welche Frau seine wahre große Liebe ist. Meine Mutter guckte sich den Film im Schnitt einmal im Monat an.

Durch die Jalousien sickerte die Morgendämmerung. Ich schaute auf den Radiowecker. War es etwa acht Uhr, genau wie gestern, als meine allerbeste Freundin mir auch die Decke weggezogen hatte? Und musste ich den Tag noch mal erleben? Mit allem, was so passiert war?

Nee, musste ich doch nicht, erkannte ich gleich darauf: Es war wirklich erst ganz früh am Morgen.

»Emma, bist du im Wachkoma, oder was?«

Gleichzeitig rief jemand direkt vor der Tür: »Hallo? Kann hier mal jemand helfen?«

Das war gestern definitiv nicht passiert.

Ich erkannte Toms Stimme und kam mit Schwung auf die Beine. In derselben Sekunde platzte er in mein Zimmer. Zusammen mit Max.

Oder nein, ich sah genauer hin: Max stürzte herein, während Tom von hinten die Arme um seinen Brustkorb geschlungen hatte und nur mitgeschleift wurde.

Ich rieb mir verwirrt die Stirn, registrierte, dass ich immer noch Eriks Hemd trug, aber nicht mehr das zerfetzte Wickelkleid. Zum Glück war das Hemd sogar für mich lang genug.

Einen Moment lang hatte ich genug damit zu tun, die Lage einzuschätzen.

Lilli nicht. Mit einem Satz war sie bei Max und schüttelte ihn.

Er schrie auf, starrte mit wildem Blick um sich und brach zusammen. Tom wurde mit zu Boden gerissen, Lilli wich in letzter Sekunde zurück, fiel gegen mich, und wir landeten beide der Länge nach auf meinem Bett, während die Jungs sich auf der Schaumstoffmatratze wälzten.

Erst glaubte ich, Colin wäre da und krabbelte auf der Matratze herum. Aber dann war es doch Tom, der sich vorsichtig von Max löste. Der wiederum rührte sich nicht mehr.

»Ist er tot?«, fragte Lilli angstvoll.

Einer ihrer Ellenbogen drückte auf meinen Magen. Mir wurde schlecht.

»Nein«, erwiderte Tom und stieß geräuschvoll die Luft aus. »Jetzt schläft er wieder.«

Der Druck auf meinen Magen ließ nach, bevor ein Unheil geschehen konnte.

Lilli befreite sich von mir, hockte sich neben Max und fühlte seinen Puls. »Stimmt.«

»Was war das denn?«, fragte ich keuchend und knipste die Nachttischlampe an.

»Ein Albtraum«, meinte Tom.

»Ich hab den Krach auf der Treppe gehört und versucht, dich zu wecken«, ergänzte Lilli. »Aber du hast gepennt wie eine Tote.«

So ganz hatte sie sich von ihrem Schrecken noch nicht erholt.

Tom fuhr sich durch die schwarzen Locken, was mich kurz ablenkte. »Er ist plötzlich aufgestanden und aus dem Zimmer gerannt. Wie ein Irrer.«

»Vielleicht ist er ein Schlafwandler?«, fragte ich fasziniert und zwang mich, nicht mehr auf Toms wuschelige Haare zu schauen.

»Genau«, sagte Lilli. »Und seine Sehnsucht nach mir war so groß, dass er sich hier drinnen in wilder Leidenschaft auf mich gestürzt hätte, wenn Tom nicht zur Stelle gewesen wäre!«

Der Gedanke schien ihr zu gefallen, denn ihr Gesicht nahm einen zärtlichen Ausdruck an.

Ich hockte mich auf die Bettkante und achtete darauf, dass Eriks Hemd nirgends aufklaffte.

»Also, Lilli, ich weiß nicht. Das sah nicht so aus, als wollte er dir plötzlich seine Liebe gestehen.«

Tom nickte. »Er hat gerufen, er muss nach oben. Immer wieder: ›Ganz nach oben, ganz nach oben.‹ Schätze, er war im Traum noch mal auf dem Riesenrad unterwegs.«

»Mist, verfluchter«, murmelte Lilli. »Also eine nachträgliche Panikattacke.«

Für eine Weile herrschte Stille. Alle drei schauten wir auf Max hinunter. Er hatte sich zusammengerollt und schlief nun ganz friedlich. Nur hinter seinen Augenlidern zuckte es hektisch hin und her.

»Und was jetzt?«, fragte ich schließlich. Auf einmal wünschte ich mir, Erik wäre hier. Er hätte gewusst, was das Beste war. Als Sanitäter und zukünftiger Mediziner hätte er bestimmt eine kluge Antwort parat gehabt.

»Wir lassen ihn, wo er ist«, bestimmte Tom. »Den müden Kerl kriege ich hier wahrscheinlich eh nicht mehr raus. Es sei denn, wir wollen das ganze Hostel aufwecken.«

Von Demokratie schien er nicht viel zu halten. Er teilte uns einfach seine Entscheidung mit.

»Ich finde nicht …«, begann ich angesäuert, wurde aber von Lilli unterbrochen.

»Ja, genau! Ich lege mich dazu. Für den Fall, dass er noch mal unruhig wird, bin ich gleich zur Stelle.«

Tom schüttelte den Kopf. »Nein. Ich werde besser hierbleiben und auf ihn aufpassen.« Er verzog die Lippen zu einem dünnen Lächeln. So dünn, dass nicht mal die Grübchen zum Vorschein kamen. »Das wird so langsam zur Gewohnheit.«

Lilli öffnete den Mund, klappte ihn aber wieder zu, ohne einen

Ton von sich zu geben. Ich staunte. Ich hatte noch nie erlebt, dass ihr die Worte fehlten.

Wahrscheinlich dachte sie darüber nach, ob Tom in einem früheren Leben Diktator gewesen war. Auf jeden Fall hatte er bei ihr schlagartig sämtliche Sympathiepunkte verspielt.

»Vielleicht hast du recht«, sagte ich dann jedoch fast gegen meinen Willen zu Tom. »Max braucht wirklich Ruhe.«

Tom nickte stumm, ließ sich auf die Matratze fallen und streckte sich neben Max aus. Im nächsten Moment war er fest eingeschlafen.

»Wow«, raunte Lilli mir zu. »Nazi-Tom ist aber schnell weggetreten. Wie einer, der daran gewöhnt ist, unter allen möglichen Umständen zu pennen. Oder unter allen Brücken.«

Ich schaute sie strafend an.

Sie grinste. »Was denn?«

»Nenn ihn nicht Nazi-Tom. Immerhin hat er Max gerettet.«

»Ach, du verteidigst ihn? Interessant.«

»Nein. Ich mag bloß solche Scherze nicht.«

Lilli hob die Schultern.

»Und was machen wir jetzt? Dein Bett ist zu schmal für uns beide.« Sie gähnte ausgiebig. »Mann, bin ich k.o.! Also, ab nach Hause. Kommst du mit?«

Lilli besaß ein extrabreites und herrlich bequemes Himmelbett und ihre Mutter war eine wundervolle Gastgeberin. Nachdem Nena Nickel meine Aura für passend erklärt hatte, bereitete sie mir jedes Mal, wenn ich bei Lilli schlief, ein göttliches Frühstück aus Cappuccino, Pfannkuchen, Obstsalat, frischen Croissants und zwei Sorten Marmelade zu.

Die Versuchung war echt groß. Normalerweise war ich ja kein

großer Esser am Morgen, aber bei den Nickels konnte sogar ich nicht widerstehen.

Doch ich schüttelte den Kopf. »Nein. Ich bleibe hier.«

»Ganz allein? Hast du keine Angst?«

»Unsinn«, entgegnete ich fest. So friedlich, wie Tom und Max da zu meinen Füßen lagen, waren sie alles andere als Furcht einflößend.

»Aber«, sagte Lilli, »findest du es nicht voll gruselig, dass er deinem Traumboy so ähnlich sieht? Das tut er doch, oder?« Sie hatte ihre Stimme zu einem Flüstern gesenkt, weil sie dem tiefen Schlaf von Tom und Max wohl nicht ganz traute.

»Finde ich nicht gruselig«, log ich ebenso leise. »Dafür gibt es bestimmt eine Erklärung.«

Lilli setzte sich neben mich.

Auf einmal wirkte sie hellwach und schien es nicht mehr eilig zu haben, in ihr Bett zu kommen.

»Eine Erklärung? Hallo, geht's noch? Emma, das wird vielleicht das größte Rätsel der Menschheit. Dafür gibt es keine einfache Erklärung.«

»Du übertreibst.«

Sie ging nicht darauf ein. »Sieht er wirklich haargenau wie Colin aus? Das wäre nämlich echt der Hammer. Dann müsste ich gründlich recherchieren. Die Materialisation eines eingebildeten Menschen – Wahnsinn! Und das ganz ohne mein Zutun. Ich hatte ja gedacht, da kommt bloß der Ritter der Schwerter, aber du siehst Colin. Also, Colin als Tom, oder Tom als Colin, oder …« Sie verhaspelte sich und brach ab.

Immer noch im Flüsterton erwiderte ich: »Sie sind nicht identisch.«

Lilli riss die Augen auf. »Echt nicht?«

»Nein, Colin ist größer, und er hat keine Grübchen.«

Sie wirkte gleichzeitig enttäuscht und erleichtert.

»Bist du sicher?«

»Hundertprozentig.« Ich betrachtete den schlafenden Tom und dabei fiel mir noch etwas anderes auf.

»Die Hände«, sagte ich leise.

Lilli folgte meinem Blick. »Ja, kräftig, mit langen Fingern und bestimmt sehr zärtlich. Was ist damit?«

Ihre Beschreibung brachte mich kurz aus dem Konzept, und ich musste schlucken, bevor ich antwortete: »Ich weiß nicht, was für Hände Colin hat! Komisch, ich habe sie mir nie vorgestellt.«

Aber genau so müssten sie aussehen, fügte ich in Gedanken hinzu und erschrak ein wenig. Ich wurde mir gerade selbst unheimlich.

»Sehr interessant«, sagte Lilli mit ernster Miene. »Frag ihn doch mal!«

Sie klopfte mir mit dem Fingerknöchel gegen die Stirn. »Mach dein ›Oooom‹ – oder wie du ihn sonst herbeiholst.«

Ich wischte ihre Hand weg. »So funktioniert das nicht und das habe ich dir doch schon erklärt. Er ist einfach da oder eben nicht.«

»Jetzt, zum Beispiel?« Sie starrte mir angestrengt in die Augen, als könnte sie dadurch wie durch ein Fernglas Colin erspähen.

»Nein.«

Ich seufzte. Lilli ließ mal wieder nicht locker.

»Okay, es gibt also ein paar kleine Unterschiede zwischen dem Typen in deinem Kopf und dem da auf der Matratze. Ist trotzdem irre!«

»Ja.«

Was sollte ich sonst sagen?

»Macht dir das keine Angst?«

Ich sah sie bloß an.

Lillis Blick bekam etwas Mitleidiges. »Blöde Frage, sorry.«

»Vielleicht ist es ein Zufall.«

»Nein, Emma. Zufall ist das, was dir zu-fällt. Sagt meine Mama immer.«

Damit konnte ich nicht viel anfangen.

Sie wartete einen Moment, ob ich ihre Weisheit irgendwie kommentieren würde, und als ich es nicht tat, fuhr sie fort: »Ich glaube, das Universum hat dir diesen Tom Lange geschickt.«

»Häh?«

»Ja doch. Du musst eine Lektion lernen.«

»Und welche?« So langsam wurde mir alles zu viel und ich spürte eine große Welle der Müdigkeit heranrollen.

»Das werden wir noch herausfinden«, sagte Lilli. »Ich helfe dir dabei. Du bist nicht allein.«

Ich schaute zu den beiden Jungs rüber. Tja, allein war ich wirklich nicht.

»Das meine ich anders«, murmelte Lilli, die meinem Blick gefolgt war. »Du hast *mich*. Lass mich deine spirituelle Führerin sein.«

Darunter konnte ich mir herzlich wenig vorstellen.

Lilli setzte eine geduldige Miene auf. »Mit meiner Hilfe wirst du erkennen, warum dir dieser Doppelgänger … äh … zu Füßen liegt. Ich könnte mir denken, er ist dazu da, dir dein Schicksal aufzuzeigen.«

»Und das wäre?«

»Womöglich wirst du dich von deinem eingebildeten Freund verabschieden müssen, um die wahre Liebe zu finden.«

Ich zeigte auf Tom. »Etwa bei dem da?«

»Nee, bei Erik natürlich. Ein Tom-Colin aus Fleisch und Blut wird wie jeder normale Mensch eine Menge Fehler haben und du wirst bald von ihm genervt sein. Dadurch zeigt sich dein Schicksal, und du erkennst, wer dir wirklich bestimmt ist.«

»Lilli! Jetzt ist es aber gut. Deine Fantasie geht mit dir durch!«

»Meine?«, gab sie mit hochgezogenen Augenbrauen zurück.

»Du weißt, was ich sagen will.«

Lilli grinste. Dann sah sie mich wieder ernst an. »Wie war es eigentlich mit Erik im Wald? Habt ihr geknutscht?«

Ich war regelrecht erleichtert, dass sie wieder auf normale Dinge zu sprechen kam.

»Fast.«

»Und was ist dazwischengekommen?«

»Na ja, du.«

»Oh.« Meine spirituelle Führerin wirkte schwer geknickt. »Als ich dir geschrieben habe?«

»Genau.«

»Es tut mir so leid, Emma. Ich habe dir den Kuss deines Lebens versaut.«

»Halb so wild.«

»Von wegen! Das ist eine Katastrophe. Ich muss das unbedingt wiedergutmachen. Bloß wie?«

Schnell drückte ich meine allerbeste Freundin an mich.

»Mach dir keinen Kopf deswegen«, sagte ich. »Das Universum wird es schon richten.«

Lilli löste sich von mir und streckte mir die Zunge raus.

»Machst du dich etwa über mich lustig? Weil ich an die Macht des Übernatürlichen glaube?«

»Sorry, nein!«

Jetzt war es an mir, ausgiebig zu gähnen. Ziemlich ermüdend, dieses Gespräch im Morgengrauen.

»Okay«, sagte Lilli besänftigt. »Wir schlafen noch eine Runde drüber.«

Sie stand auf. »Bis später, Emma. Ich denke, dir wird schon nichts passieren. Außerdem ist es ganz gut, dass du hierbleibst. Solange wir das Rätsel nicht gelöst haben, sollten wir Tom wirklich nicht trauen.«

Sie umarmte mich und musste sich nicht dafür bücken. Dann schlich sie hinaus.

Ich fand, Lilli übertrieb etwas, legte mich hin und schloss die Augen. Schlafen konnte ich allerdings nicht mehr.

Jedenfalls blieb ich eine kleine Ewigkeit lang wach.

Irgendwann musste ich doch eingenickt sein, denn als ich erwachte, schien helles Tageslicht ins Zimmer.

Und ich war allein.

Einen Moment lang glaubte ich, nur geträumt zu haben. Angefangen von dem Ritt auf Pegasus über Max' und Toms Sturm auf mein Zimmer bis zu Lillis Mutmaßungen über mein Schicksal. Aber dann sah ich das zerwühlte Bettzeug auf der Matratze und geriet ins Grübeln.

Stimmen drangen an mein Ohr. Sie kamen aus der Küche. Jetzt lachte jemand und jemand anderes lachte mit.

Mama und Tom.

15

Ziemlich beste Freunde

Ein Blick auf den Radiowecker sagte mir, dass es bereits nach zehn Uhr war.

Ich staunte. So lange schlief ich sonst nie! Normalerweise wachte ich spätestens um acht von selbst auf, oder meine Mutter warf mich aus den Federn, weil dringend etwas im Hostel getan werden musste. Gäste, die ankamen, Gäste die abreisten, schmutzige Zimmer, dringende Einkäufe. Die Liste meiner Aufgaben war endlos. Andererseits war es eine lange Nacht gewesen und meine Mutter hatte mich eben nach meinem Geburtstag ausnahmsweise ausschlafen lassen.

Sogar meine zwei überraschenden Mitbewohner hatten das Zimmer irgendwann verlassen, ohne mich zu wecken.

Danke!

Fast war ich versucht, mich auf die andere Seite zu drehen und einfach weiterzuschlafen. Immerhin war Sonntag, und jede normale Schülerin durfte in den großen Ferien wenigstens an diesem Tag so lange im Bett bleiben, wie sie wollte.

Aber dann hörte ich wieder das Gelächter aus der Küche und stand schnell auf. Ein gewisser Tom Lange hatte sich dort offenbar mit Charlotte Stern angefreundet, und ich wusste nicht, ob mir der Gedanke gefiel. Was machte er in unserer Küche? Und warum war meine Mutter schon von Ernest zurück? Es war dringend notwendig, nach dem Rechten zu sehen.

Leise schlich ich ins Bad und stellte mich unter die Dusche. Anschließend kämpfte ich zehn Minuten lang mit Föhn und Bürste gegen meine Haare, gab den Kampf dann wie gewohnt auf und band mir einen so festen Pferdeschwanz, dass meine Augenwinkel nach außen gezogen wurden. Womit ich aussah wie eine auffallend bleiche, große und blond gefärbte Asiatin.

Ganz hübsch, fand ich.

In meinem Zimmer stieg ich in die Jeans von gestern, zog mir ein frisches Schlabbershirt an und zupfte vor dem Spiegel ein wenig daran herum. Gut. Ich sah wieder aus wie immer. Das sexy Wickelkleid, von dem seit gestern Nacht so gut wie nichts übrig geblieben war, war Geschichte. Die geschminkte und toll frisierte Emma Stern auch.

Ich fühlte mich wieder wie ich selbst und fragte mich nur, ob Erik auch dieses Ich würde küssen wollen.

Na logisch!, sagte ich mir. Glaub an dich, Emma!

Eriks Hemd würde ich später höchstpersönlich mit der Hand waschen und bügeln. Auf keinen Fall wollte ich es mit anderen Sachen in die Waschmaschine stecken. Es durfte nicht verfärbt oder sonst irgendwie ruiniert werden. Das hätte ich mir nie verziehen.

Wenn ich im Laufe dieses Sonntags ein wenig Zeit fand, wollte ich es ihm bringen.

Wahrscheinlich saß er dann gerade mit seinen Eltern am Kaffeetisch. Bei Butterkuchen und Erdbeertorte. Vater Hansen, der Neurochirurg, würde mich herzlich einladen, mich zu ihnen zu setzen; Mutter Hansen, die Kardiologin, würde mir Torte auf den Teller häufen und mich geschickt ausfragen.

Selbstverständlich würde sie entzückt von mir sein und ihrem Gatten einen Blick zuwerfen, der so viel sagte wie: Dieses bildhübsche und kluge Mädchen hätte ich gern zur Schwiegertochter! Für diese Gelegenheit würde ich mich sogar umziehen. Rock und Bluse – irgendwas Nettes würde ich in meinem Schrank schon finden.

Aus dem Spiegel schaute mir auf einmal Colin entgegen. Ich erschrak. Er wirkte beinahe wütend.

Wie bitte?

Mein Colin? Der Typ, der immer auf meiner Seite war und mich unterstützte?

»Was ist?«, fragte ich laut.

Sein Blick war finster. Die Farbe seiner Augen erinnerte an die Nordsee bei Sturm – mehr Grau als Grün.

»Seit drei Jahren tröste ich dich über Erik Hansen hinweg!«, grollte er.

»Ähm, ja, und das ist echt nett von dir.«

»Bloß nett? Das ist meine Lebensaufgabe!«

»Na ja …«

»Und jetzt hast du nichts Besseres zu tun, als mit diesen Leuten Kuchen zu essen!«

Ich wollte ihm erklären, dass ich mir die Kaffeetafel nur eingebildet hatte, aber das war für einen wie ihn wahrscheinlich schwer zu verstehen.

Also guckte ich bloß böse.

Er guckte böse zurück.

Wow! Unser erster Streit!

»Hör sofort auf damit!«, befahl ich.

Ich merkte, dass ich mal wieder laut sprach, aber da keiner da war, der sich mit dem Finger gegen die Stirn tippen konnte, war's mir egal.

»Du hast gefälligst nichts dagegen zu haben, wenn ich von Erik und seiner Familie träume. Du verdankst deine Existenz nämlich auch bloß meinen Träumen. You understand?«

Lilli hätte ihren Spaß an meiner Logik gehabt, aber für Colin beziehungsweise für meine eigenen Gehirnwindungen war das zu hoch und aus dem Spiegel schaute mich jetzt wieder nur mein eigenes Gesicht an. Seit siebzehn Jahren vertraut, abgesehen von den Mandelaugen. Die waren neu.

Ich gönnte mir noch einen kurzen inneren Blick auf die Familienidylle der Hansens, dann ging ich in die Küche.

»Moin«, sagte ich in der Tür.

Meine Mutter und Tom hatten die Köpfe zusammengesteckt und unterhielten sich so angeregt, dass ich meinen Gruß noch zweimal wiederholen musste, bevor sie endlich aufblickten.

Als ich genauer hinhörte, merkte ich allerdings, dass in erster Linie meine Mutter sprach und Tom nur hin und wieder eine Bemerkung einwarf. Schien seine Spezialität zu sein. Leute reden lassen.

»Hallo, mein Schatz«, sagte meine Mutter und musterte mich von oben bis unten. Ganz offensichtlich gefiel ihr mein Outfit nicht, das tat es ja mit Ausnahme von gestern Abend nie. Aber sie verkniff sich einen Kommentar und lächelte mich strahlend an. »Gut siehst du aus. Ein bisschen blass vielleicht. Hast du was mit deinen Augen gemacht?«

Sie zwinkerte, um besser sehen zu können. Meine Mutter war kurzsichtig wie ein Maulwurf, gab das aber nicht gern zu, weil sie ihre Sehschwäche für eine Alterserscheinung hielt.

»Nein«, antwortete ich knapp. Der Pferdeschwanz saß wirklich verflixt eng. Bloß wollte ich in Anwesenheit des geheimnisvollen Tom nicht an meinen Haaren herumfummeln.

Sein Blick ruhte ebenfalls auf mir, aber ich konnte den Ausdruck seiner meergrünen Augen nicht deuten. Keine Nordsee bei Sturm, aber ganz klar auch keine friedlich schimmernde tropische Lagune. Fast wollte ich mir einbilden, er schaute mich bewundernd an, aber ich war mir echt nicht sicher. Außerdem zuckte in seinen Mundwinkeln so ein spöttisches Lächeln, das jede Sekunde in ein gemeines Grinsen ausarten konnte.

»Was machst du hier?«, fragte ich ihn direkt.

»Emma«, schaltete meine Mutter sich sofort ein, »Tom hat mich gefragt, wo es ein Café gibt, da habe ich ihn spontan zum Frühstück eingeladen.«

Typisch Mama. Großzügig und gastfreundlich. Alle meine Freunde wurden regelmäßig aufgefordert, an den Mahlzeiten teilzunehmen.

Ich machte mich am Wasserkocher zu schaffen und holte mir einen großen Becher aus dem Hängeschrank.

»Tom hat Kaffee gekocht«, informierte Mama meinen Rücken. »Der schmeckt ganz köstlich!«

»Du weißt genau, dass ich nur Tee trinke«, sagte ich mürrisch.

Mir war nicht klar, warum, aber mir ging es von Minute zu Minute mehr gegen den Strich, dass die beiden hier gerade so was wie die Freundschaft fürs Leben schlossen. Während ich mich nach der Packung mit dem English Breakfast streckte, prüfte ich schnell meine Gefühle.

War ich etwa neidisch?

Gar eifersüchtig?

Quatsch, entschied ich. Meine Mutter machte sich nichts aus Männern, die locker zwanzig Jahre jünger waren als sie, selbst wenn sie manchmal ein bisschen mit ihnen flirtete. Sie war vielleicht nicht besonders wählerisch, aber sie hielt sich an gleichaltrige Verehrer. Außerdem hatte ich selbst für Tom definitiv auch nichts übrig. Es war erschreckend, dass er meinem Colin so ähnlich sah, und ich wünschte mir nur eins: Er sollte wieder verschwinden.

Möglichst auf der Stelle.

Zurück nach – woher er auch gekommen sein mochte. Aus den Augen, aus dem Sinn.

Ich wusste nicht, was in den nächsten Wochen auf mich zukommen würde, und Lillis Vorhersagen verwirrten mich meistens mehr, als dass sie mir wirklich halfen, klarer zu sehen. Möglich, dass ich mit Erik zusammenkam. Möglich, dass Colin mein Unterbewusstsein verließ. Oder auch nicht.

Nur eines wusste ich genau: Mit Tom in der Nähe würde alles noch viel komplizierter werden.

Ich hängte einen Teebeutel in den Becher und ließ kochendes Wasser darüberlaufen. Dann riskierte ich einen schnellen Blick zum Tisch.

Okay, Toast und Marmelade waren in Ordnung. Ein Nena-Nickel-Frühstück hätte ich jetzt sowieso nicht vertragen. Die Anwesenheit von Colins Doppelgänger schlug mir auf den Magen.

»Wo ist Max?«, fragte ich ihn.

»Wer soll das sein?«, erkundigte sich meine Mutter. »Jemand von der Münchner Gruppe? Die sind alle schon um halb zehn zum Park aufgebrochen. Sie wollten sich so früh wie möglich bei den Fahrgeschäften anstellen, damit sie alles schaffen.«

Ich blickte zu Tom, der scheinbar unbeteiligt ein paar Brotkrümel auf seinem Teller zusammenschob. Er hatte Max nicht erwähnt – und somit vermutlich auch die übrigen Geschehnisse der Nacht nicht.

Unwillkürlich musste ich ihm Respekt zollen. Er hatte es also nicht nötig gehabt, sich bei Charlotte einzuschmeicheln, indem er mit seiner Heldentat auf dem Riesenrad prahlte. Von dem nächtlichen Überfall auf mein Zimmer hatte sie dann wohl auch nichts erfahren.

Ich war froh darüber. Charlotte war zwar eine liberale Mutter, aber es wäre mir doch schwergefallen, ihr die Anwesenheit von gleich zwei Jungs in meinem Zimmer zu erklären.

Also nickte ich ihm kurz zu, woraufhin er sagte: »Deine Freundin Lilli hat ihn schon vor einer Weile abgeholt. Sie wollte mit ihm den Frühzug nach Hamburg nehmen und ihm die Stadt zeigen. Oder in irgendeine Ausstellung gehen. Weiß ich nicht mehr so genau.«

Meine Mutter schaute von einem zum anderen. »Die sind nach Hamburg gefahren? Warum das denn? Ist dem Jungen der Himmelspark nach dem ersten Besuch schon langweilig geworden?«

»Sieht so aus«, sagte Tom.

»Kann sein«, meinte ich gleichzeitig.

Schlagartig trugen wir alle beide extrem unschuldige Mienen zur Schau. Verdächtiger ging es kaum noch. Aber meine Mutter drang nicht weiter in uns. Vielleicht nahm sie an, es hätte irgendeinen Streit zwischen den Jungs gegeben, oder sie dachte an eine Romanze zwischen Lilli und Max. Was wirklich passiert war und, noch schlimmer, was hätte passieren können – das konnte sie sich unmöglich vorstellen.

Zum Glück. Sonst hätte ich auf unbestimmte Zeit lange Vorträge anhören müssen. Über meine Verantwortung für die Gäste des Hostels, zum Beispiel, und darüber, wie sehr unsere Existenz direkt vom Himmelspark abhing. Das Gruselwort Hartz IV hing düster über meinem Kopf.

Ich schwor mir, ihr nie etwas zu verraten, und war Tom dankbar für sein Schweigen.

Die beiden vertieften sich nun wieder in ihr Gespräch, das sie bei meinem Eintreten unterbrochen hatten.

Da ich den Anfang verpasst hatte, begriff ich nicht gleich, worum es ging, als sie von Spinnweben, gestauter Hitze, morschen Holzbalken und einer sehr steilen Holztreppe sprachen.

Ich setzte mich auf den freien Stuhl neben meine Mutter, trank von meinem Tee, bestrich ein Toast mit Johannisbeermarmelade und biss hinein.

»Die Kammer ist wirklich winzig«, erklärte Mama gerade. »Aber wenn du willst, kannst du den ganzen Sommer über auf unserem Dachboden wohnen.«

Der Bissen blieb mir quer in meiner Kehle stecken und ich erstickte.

Na ja. Fast.

Tom rettete mir rechtzeitig das Leben.

Als ich vermutlich schon blau angelaufen war und meine Augen quallenartig hervorquollen, sprang er auf, trat hinter mich, schlang seine Arme um meinen Oberkörper und drückte die Fäuste auf meinen Solarplexus.

Ich gab ein Würgegeräusch von mir, das Toaststück flog in hohem Boden aus meinem Mund und landete zielsicher in der Spüle.

Meine Mutter war fast so blass wie ich.

»Aaarrggh!«, rief sie. Oder etwas in der Art.

In meinen Ohren klingelten Glocken. Lag wahrscheinlich am Sauerstoffmangel.

»Nichts passiert«, sagte Tom ruhig und ließ mich wieder los.

Ich sank ein wenig in mich zusammen, während meine Mutter ihre Arme um mich legte.

Lilli! Lilli! Lilli!, rief eine Stimme in mir. Ich musste unbedingt meine allerbeste Freundin, meine Zwillingsschwester, meine Seelenverwandte sprechen! Ich *musste* ihr erzählen, dass ich keine vierundzwanzig Stunden nach ihr auch fast erstickt wäre und dass mein Leben genauso wenig an mir vorbeigezogen war wie ihres an ihr. Kein Stück!

Mir war bloß aufgefallen, wie sich mein Gesichtsfeld verengte, als würde ich plötzlich durch eine lange Röhre sehen.

Okay, Lilli hatte mir erklärt, dass man, wenn es zu Ende ging, durch einen langen, dunklen Tunnel blickte, bis man ein warmes, strahlendes, überirdisches Licht entdeckte. Schätzungsweise hatte sie damit aber nicht den Wasserkocher gemeint, den ich jetzt am Ende meines Tunnels vor Augen hatte.

Und was würde Lilli zu der Tatsache sagen, dass Tom mir das Leben gerettet hatte?

Ich befürchtete das Schlimmste. Zum Beispiel, dass er nun für alle Zeiten mit mir verbunden war.

Eine grauenhafte Vorstellung!

Ich rieb mir übers Gesicht, starrte wieder auf den Wasserkocher und erkannte rechts und links von ihm Toaster, Brotkorb und Messerset.

Klasse. Der Tunnel war weg.

»Emma, wie kannst du mir so einen Schrecken einjagen!«, rief meine Mutter und drückte mich.

»Entschuldige, aber ich wollte heute früh noch gar nicht sterben.«

»Sei nicht so sarkastisch«, sagte sie ernst, und ich hatte sofort ein schlechtes Gewissen.

»Sorry, Mama. Es ist alles wieder in Ordnung.«

Es rührte mich, dass sie wirklich Angst um mich gehabt hatte.

Ich um mich selbst auch.

Tom erhob sich mit seiner Kaffeetasse in der Hand. »Wir können später alles besprechen, Charlotte. Ich muss zur Arbeit.«

Damit trank er aus, nickte mir zu und verließ die Küche. Ich zwang mich, ihm nicht hinterherzustarren.

Da ging er hin, der Typ, der gestern zweimal Max und heute mir zu Hilfe geeilt war. Wenn er so weitermachte, würde in Kürze das Denkmal der spielenden Kinder auf dem Marktplatz abgerissen und ein in Bronze gegossener, überdimensionaler Tom Lange aufgestellt werden!

Brrr!

»Ist dir kalt, mein Schatz? Das ist bestimmt der Schreck. Willst du dich wieder hinlegen? Ich schaffe es heute auch allein. Am Abend reisen ja nur die Jungs aus München ab und vorher kommt eine Familie aus Frankfurt. Nimm dir doch einfach frei! Unternimm etwas Schönes. Du könntest ins Waldbad gehen oder du ruhst dich einfach nur aus, du hast ja bestimmt noch lange Geburtstag gefeiert gestern …«

Ihr gingen die Worte aus, als sie merkte, dass ich mich keine Sekunde lang vom eigentlichen Thema ablenken ließ.

»Der Dachboden?«, fragte ich.

Meine Mutter senkte den Blick.

»Hm.«

»Tom soll auf dem Dachboden wohnen?«

»Hmhm.«

»Bist du verrückt geworden?«

Mama sah auf. »Na, hör mal, wieso denn?«

»Vielleicht, weil es da oben gar keine Kammer gibt und der gesamte Dachboden ungefähr zwei mal vier Meter groß ist? Und zwei oben spitz zulaufende Wände hat? Sodass kein normaler Mensch aufrecht darin stehen kann? Und weil er voller Gerümpel ist?«

Meine Mutter schwieg einen Moment. Dann sagte sie: »Anscheinend hast du was gegen Tom. Dabei ist er ein so reizender und höflicher junger Mann!«

Tom reizend und höflich? Seit wann das denn?

Heldenhaft vielleicht, aber ansonsten eher extrem zugeknöpft. So kannte ich ihn jedenfalls seit gestern. Möglicherweise besaß er aber mehrere Gesichter und meine Mutter hatte nur das charmante zu sehen bekommen.

Ganz klar, der Typ hatte sie locker um den Finger gewickelt!

Meine Mutter deutete mein Schweigen falsch. »Na, siehst du? Wenn du ein wenig darüber nachdenkst, merkst du, dass es eine prima Idee ist. Tom kann nicht viel Geld ausgeben, ein Bett in einem unserer Zimmer wäre für ihn langfristig zu teuer. Aber auf dem Dachboden kann er frei wohnen, er muss ihn sich nur selbst herrichten. Und das mit der Kammer meinte ich sinnbildlich, damit er sich sein neues Zuhause ein wenig heimeliger vorstellen kann.«

»Wo bitte liegt bei einer nicht vorhandenen Kammer die Metapher?«, fragte ich.

»Ach, Emma, sei nicht so spitzfindig. Du weißt schon, wie ich das meine.«

Ich schüttelte den Kopf. »Der Typ, der gestern hier aus dem Nichts aufgetaucht ist, darf also einfach bei uns wohnen, ohne was dafür zu tun. Seit wann können wir uns Wohltätigkeit leisten? Du predigst doch immer, dass wir schon halb unter einer Brücke leben.«

Nun schüttelte meine Mutter den Kopf, wobei die weichen Wellen ihres honigblonden Haares sanft hin und her schwangen. Etwas, das meine Haare nie taten.

»Tom ist handwerklich sehr geschickt. Er wird alle nötigen Reparaturen im Hostel übernehmen und auch sonst anpacken, wo es nötig ist. Das ist der Deal. Außerdem darf er das Bad der Gäste vom ersten Stock benutzen und wird im Himmelspark mitverpflegt.« Sie schien regelrecht stolz auf sich zu sein.

»Aha«, machte ich.

Meine Mutter hob die Brauen. »Er hat schon alle möglichen Jobs gehabt. Auf dem Bau, in einer Firma für sanitäre Einrichtungen, sogar für einen Zimmermann hat er einige Monate gearbeitet. Der Junge ist Gold wert.«

»Und du glaubst ihm das einfach so?«

»Natürlich, warum denn nicht?«

Ich sah den Anflug eines Zweifels in ihren Augen, aber sie fing sich schnell wieder. »Du bist viel zu misstrauisch, Emma. Wenn ein junger Mann mit rauen Händen und kräftigen Schultern behauptet, er könne gut zupacken, dann wird das auch so sein.«

Immerhin, dachte ich, hatte meine kluge Mutter ihn genau beobachtet.

»Hat er dir verraten, wie alt er ist?«, fragte ich.

»Neunzehn«, antwortete sie, offenbar froh, eine handfeste Information zu besitzen.

»Noch ein Unterschied«, sagte ich, ohne nachzudenken. »Colin ist erst achtzehn.«

»Von einem Colin hast du noch nie erzählt«, meinte meine Mutter. »Wer ist das?«

Hätte ich gekonnt, wäre ich rot geworden. Wieder einmal war ich richtig dankbar für meine farblose Haut.

»Ein Typ aus der Schule«, stotterte ich. »Kennst du nicht.«

»Engländer?«

»Äh, wieso?«

»Klingt so.«

»Das ist modern«, behauptete ich eilig. »Wir haben auch einen William und einen Harry.«

Meine Mutter schmunzelte. »Die englischen Prinzen gehen in Kiesel zur Schule, obwohl sie längst zu alt dafür sind? Wenn das keine Sensation ist!«

Ach, Mist! So schnell waren mir keine anderen Namen eingefallen. Zum Glück ging sie nicht weiter darauf ein, sondern stand auf und räumte ihr Geschirr in die Spüle.

»Weißt du wenigstens, wo Tom herkommt?«, fragte ich.

»Ja, natürlich«, erwiderte meine Mutter und drehte sich zu mir um. »Aus Berlin.«

16

So viele Fragen!

Gerade hatte ich meinen Toast wieder in die Hand genommen, um einen zweiten Versuch zu starten, etwas in den Magen zu bekommen. Wenn ich mich nicht anstrengte, vernünftig zu essen, würde ich in Kürze als lebendes Gerippe durch Kiesel laufen und dabei komische Rasselgeräusche machen. Aber so war das leider bei mir: Stress verdarb mir den Appetit – und dieses Wochenende war wirklich sehr, sehr stressig.

»Berlin«, wiederholte ich und legte die Scheibe Toast zurück. »Tom kommt aus Berlin?«

»Ja«, erwiderte meine Mutter. »Soweit ich es verstanden habe, studiert er dort. Aber frag mich nicht, was. Vielleicht hat er es auch gar nicht erzählt.« Sie runzelte die Stirn. »Eigentlich ist er nicht besonders gesprächig. Ich glaube, die meiste Zeit habe ich geredet.«

Ich blieb stumm.

»Was ist denn, Emma?«

Und auf einmal war er da, der Moment, auf den ich schon so

lange gewartet hatte, vor dem ich mich gleichzeitig so sehr gefürchtet hatte.

Der Moment der Wahrheit. Berlin war das Stichwort. Ich musste meine Mutter jetzt fragen. Nach meinem Vater. Nach ihrer Ehe. Nach allem, was vorgefallen war und unsere Familie zerstört hatte.

Ich holte tief Luft. Atmete aus. Holte noch mal Luft. Versuchte, kluge Worte zu formen, aber in meinem Kopf herrschte ein heilloses Durcheinander. Die Gedanken flatterten wild herum wie die Kolibris in der großen Voliere im Himmelspark. Sie kamen nicht zur Ruhe, ließen sich nicht fassen.

Schließlich platzte ich einfach heraus: »Mein Vater lebt in Berlin, richtig?«

Meine Mutter riss die Augen auf. »Wie kommst du denn darauf?«

»Du hast mal etwas in der Art erwähnt.«

»Ich?«

Das klang so unschuldig, dass ich gleich wieder aufgeben wollte. Aber da stand Colin plötzlich direkt neben ihr und schaute sie amüsiert an.

»Ein gute Schauspielerin ist sie nicht«, raunte er mir zu. »Frag sie mal nach den Fotos!«

»Unmöglich! Dann weiß sie doch, dass ich an ihrem Sekretär war.«

»Frag sie indirekt!«

Also gut. Ich sah meine Mutter an. »Wieso gibt es eigentlich keine Fotos von Papa?«

Meine Mutter zuckte zusammen. »Was?«

»Fotos«, wiederholte ich. »Von Papa. Von uns.«

»Ich … äh …«

Colin nickte mir anerkennend zu, mir hingegen tat meine Mutter leid. Aber ich musste hart bleiben.

»Hast du die alle vernichtet? Weil nichts an ihn erinnern sollte?«

»Ach, Emma.«

»Bitte, sag es mir.«

»Alte Wunden soll man nicht wieder aufreißen.«

Colin verlor vor mir die Geduld. »Auf diese Weise kriegst du nichts aus ihr raus, Darling. Ich schlage vor, wir gehen noch mal an den Sekretär und holen das klappernde Teil raus. Dann halten wir es ihr unter die Nase. Was immer es ist, es wird sie zum Reden bringen.«

Uff! Colin war ganz schön professionell drauf.

Meine Mutter sah mich eindringlich an. Ängstlich, vielleicht, oder auch nur ratlos. Dann stieß sie sich von der Spüle ab, kam zu mir und strich mir leicht über mein festgezurrtes Haar.

»Auf jeden Fall bin froh, diesen Sommer einen so fähigen jungen Mann bei uns zu haben.«

Wow! Das nannte ich mal einen Themawechsel.

Aber das konnte ich auch!

»Warum hast du eigentlich nicht mit Ernest gefrühstückt?«, fragte ich.

Colin verschwand. Das Liebesleben der Charlotte Stern interessierte ihn nicht. Ich stellte mir vor, er machte sich nebenan schon mal am Sekretär zu schaffen. Würde bloß nichts bringen. Colin konnte nicht mal ein Staubkorn verschieben, geschweige denn einen Schreibtisch von der Wand abziehen. Meine Mutter ließ sich wieder auf ihren Stuhl fallen und seufzte.

Täuschte ich mich oder glitzerten da plötzlich Tränen in ihren Augen?

O nein!

Bitte nicht!

Kein Liebesdrama!

Im Augenblick hatte ich genug mit mir selbst zu tun.

»Mit Ernest ist es aus.«

Na prima. Jetzt war ich gefordert. Schon seit ein paar Jahren besprach meine Mutter gern mit mir ihre Beziehungen, seit ihre allerbeste Freundin nach Australien ausgewandert war. Ich verstand natürlich, dass Mama mit jemandem reden musste.

Aber doch nicht mit mir!

»Das tut mir leid«, sagte ich und wappnete mich innerlich für einen langen Monolog über die Schlechtigkeit der Männer, bei dem ich nur hin und wieder ein paar hilflose Bemerkungen einfließen lassen würde. Mehr brachte ich nie zuwege.

Aber meine Mutter überraschte mich. Nach ungefähr einer halben Minute, in der ich hilflos geschwiegen hatte, trocknete sie sich mit einer Papierserviette die Augenwinkel und lächelte schon wieder.

»Danke dir, mein Schatz, aber es ist okay. Diesmal habe ich Schluss gemacht und ich habe mir meine Entscheidung gut überlegt. Weißt du, er hat mich gestern schon wieder gefragt, ob ich mit ihm nach der Saison nach England gehe. Er bekommt dort im Herbst eine eigene Fernsehshow und hat seine Heimat wohl auch vermisst.«

Ein eisiger Schreck durchfuhr mich. Meine Mutter hatte daran gedacht, wegzugehen?

Weg von Kiesel?

Weg von mir?

Hatte sie mich mitnehmen wollen? Und ich hätte fortgemusst von meinen Freunden?

Von Erik?

Colin kehrte zurück und lächelte mich freudig an.

»Oh, Darling, wir beide in good old England. Das wäre ja fantastisch!«

»Vergiss es!«

»Aber warum denn? Ich könnte dir alles zeigen.«

»Weil ich hier nicht wegwill. Außerdem ...«

Ich biss mir auf die Lippen. Mochte Colin auch nur meiner Einbildung entsprungen sein, seine Gefühle wollte ich dennoch nicht verletzen.

»Du bist so egoistisch, Emma!«

Okay, jetzt hatte er *meine* Gefühle verletzt!

»Außerdem würde ich dich dann nie mehr los«, fuhr ich also fort und registrierte im selben Moment, dass ich den Gedanken laut ausgesprochen hatte.

»Wie bitte?«, fragte meine Mutter. In ihren Augen stand die pure Verwirrung. Zum Glück hatte ich nicht gesagt: »Dann werde ich dich ja *endlich* los!«

Was für sie logischer gewesen wäre, für Colin natürlich nicht.

So oder so war das echt blöd.

Wie kam ich aus der Nummer nur wieder raus?

»So meinte ich das nicht«, sagte ich schnell. »Ich wollte sagen, dass es ganz schrecklich wäre, wenn du nach England ziehen würdest, weil ich dich niemals loslassen könnte.«

Hm. Klang auch in meinen eigenen Ohren wenig überzeugend, aber was Besseres fiel mir im Augenblick nicht ein.

Zum Glück hören Menschen oft nur das, was sie hören wollen, und Mamas Lächeln kehrte erneut zurück.

»Das ist lieb von dir, Schatz. Ehrlich gesagt, ich habe keine Sekunde daran gedacht, mit ihm zu gehen. Erstens könnte ich dich nicht verlassen, zweitens würde ich dich nicht aus deinem Freundeskreis reißen wollen und drittens …«

Sie brach ab, ihr Blick richtete sich nach innen.

Dachte sie an meinen Vater?

Überlegte sie, dass sie nicht in einem anderen Land leben wollte als er?

Mit dem tiefen, breiten Ärmelkanal zwischen ihnen?

Nein, entschied ich sofort und war froh, weil ich wieder klar denken konnte. Meine Eltern hatten sich vor mehr als einem Dutzend Jahren getrennt. Es war ausgeschlossen, dass meiner Mutter noch etwas an Martin Stern lag.

»Und drittens?«, fragte ich schließlich.

Meine Mutter seufzte tief. »Also, ich war jetzt ein paar Monate mit Ernest zusammen, aber ich glaube, ich liebe ihn nicht. Von Anfang an nicht.«

Okay, dachte ich, das hatte im Mai aber ganz anders geklungen. Da war Ernest noch der tollste Mann auf diesem Planeten gewesen, warmherzig, klug und humorvoll. Einer, der Charlotte auf Händen trug und ihr wunderbare Komplimente auf Englisch machte. Besonders das mit den Komplimenten hatte ich mir gemerkt, denn das konnte ich gut auf Colin übertragen.

Klugerweise hielt ich meinen Mund und wartete ab.

»Vielleicht hat er mich ja verhext«, fuhr meine Mutter fort. »Sodass ich mir eingebildet habe, ihn zu lieben. Ich sollte Nena Nickel mal fragen, ob das geht. Könnte ein Liebesfluch sein.«

Mund halten ging jetzt nicht mehr. Lillis Mutter und meine hatten leider keine allzu hohe Meinung voneinander. Nena Nickel hielt Charlotte Stern für eine flatterhafte, verantwortungslose Frau, Charlotte hatte Nena unter uns schon mal als besserwisserische Seekuh bezeichnet, nur weil Lillis Mutter freizügig mit Ratschlägen war und, na ja, eben ein bisschen dicker als andere.

Okay, ein bisschen sehr viel dicker, aber auch echt lieb und weise und sehr, sehr mütterlich.

Zu Mamas Verteidigung konnte ich sagen, dass sie schon mehrere Gläser Prosecco getrunken hatte, als sie den Spruch mit der Seekuh brachte. Vielleicht auch eine ganze Flasche. Damals litt sie schwer, weil der neue Chef des »Sternerestaurants« im Himmelspark sie nach nur drei Wochen verlassen hatte, um etwas mit einer zwanzigjährigen Popcornverkäuferin anzufangen. Außerdem war ihr zu Ohren gekommen, dass Nena Nickel gemeint hatte, es geschähe ihr ganz recht, wenn sie sich wahllos jedem Mann an den Hals würfe.

So oder so: Es war keine gute Idee, wenn meine Mutter ausgerechnet Nena um Rat fragte. Lillis und meine Freundschaft durfte von unseren Müttern nicht in Gefahr gebracht werden!

»Ach was«, sagte ich daher schnell. »Das ist bestimmt nicht nötig. Du brauchst keinen Rat. Ich glaube, du hast selbst schon genau erkannt, was los ist.«

»Meinst du?«, fragte meine Mutter zweifelnd.

»Aber sicher. Du liebst ihn eben nicht.«

Ich sah, wie sie sich entspannte.

»Ist ja jetzt auch nicht mehr wichtig. Das englische Kapitel ist sozusagen zu Ende«, sagte sie.

»Ja, deins«, murmelte ich.

»Was?«

»Ach, nichts.«

Meine Mutter schaute mich einen Moment grübelnd an, ganz so, als zweifelte sie an meinem Verstand. Dann stand sie auf. »Ich gehe mal auf den Dachboden und sehe mir an, was getan werden muss. Kommst du mit?«

»Sorry, aber ich habe was Dringendes zu erledigen.«

Hemd waschen und bügeln – und die schöne, heile Familie bei den Hansens erleben, dachte ich.

»Hat das zufällig etwas mit dem blonden jungen Mann von gestern Abend zu tun?«, fragte meine Mutter und setzte sich noch einmal. »Diesem Erik?«

Ich unterdrückte ein Kichern. Oder ein Seufzen. War mir da selbst nicht so sicher.

Ebenso, wie meine Mutter mit mir über ihre Liebesgeschichten redete, hätte sie auch gern meine eigenen Erlebnisse mit mir durchgekaut.

Ich weigerte mich selbstverständlich. Nicht nur, weil es praktisch nichts zu erzählen gab, sondern auch, weil ich ihrem Urteil in puncto Männer nicht so ganz traute.

Aber nun hatte sie mich mit Erik so gut wie erwischt, und es war klar, dass sie nicht lockerlassen würde, bis ich ihr nicht wenigstens irgendeine glaubhafte Lüge aufgetischt hatte.

Die Wahrheit war selbstverständlich tabu. Ich stellte mir ihr Gesicht vor, wenn ich zum Beispiel sagen würde: »In Erik bin ich seit drei Jahren verliebt, aber weil er immer nur durch mich hindurchgeguckt hat, habe ich mir einen Traumtypen ausgedacht. Er heißt Colin, stammt aus London und ist echt cool. Langsam macht er mir allerdings auch Angst mit seinem plötzlichen Auftauchen, und manchmal hoffe ich, er wird einfach verschwinden. Dann wieder brauche ich ihn sehr. Und übrigens sieht Tom ihm zum Verwechseln ähnlich. Also, der echte Tom dem ausgedachten Colin.«

Na, vielleicht würde meine Mutter auch gar keinen mir bekannten Gesichtsausdruck zeigen, sondern einfach nur aufspringen und schreiend und haareraufend raus auf den Marktplatz rennen.

Zwangsläufig wäre ich für einen plötzlichen Ausbruch von geistiger Umnachtung verantwortlich.

»Mir kannst du es doch erzählen, mein Schatz.«

Nein, Mama, wirklich nicht!

»Ist er dein Freund?«

Kurz war ich verwirrt.

Ach so, sie meinte Erik.

»Absolut nicht. Also, irgendwie schon, aber eben nur ein Freund, kein Freund-Freund. Verstehst du?«

Meine Mutter wirkte enttäuscht, nickte jedoch. »Klar verstehe ich das. Aber er sieht aus, als gehöre er zu den R'n'Bs und nicht zu deinen WPs. So schick und gut erzogen. Wie kommt es, dass ihr befreundet seid?«

»Du kennst unsere Cliquen?«, fragte ich verblüfft.

»Aber ja doch. Ich weiß mehr, als du denkst«, erwiderte sie und zwinkerte mir zu.

Aber weniger, als *du* denkst, ergänzte ich in Gedanken.

»Lilli hat es mir mal verraten«, fuhr meine Mutter fort. »Die Wild People und die Rich and Beautiful. Originell, wirklich. Wir hießen damals bloß die Hexen gegen die Tussis.«

»Du warst in einer Clique?«

»Klar.« Sie grinste breit. »Und du bist mir ähnlicher, als du ahnst, Emma. Meine Truppe hatte mit den eingebildeten Girlies, die sich die Haare blond färbten, nicht viel gemeinsam.«

Ich grinste zurück.

War ein guter Moment, hier mit meiner Mutter. Seit einer kleinen Ewigkeit hatte ich mich in ihrer Gesellschaft nicht mehr so wohlgefühlt.

Doch jetzt erhob sie sich endgültig. »Na, schade. Ich hatte gedacht, zwischen dir und dem schönen Erik läuft was. Ich jedenfalls finde, ihr würdet wunderbar zusammenpassen. Also dann, ich verschwinde mal nach oben.«

Sie schaute mich an und schien zu warten, ob ich noch etwas sagen wollte. Als ich schwieg, bat sie mich nur, den Geschirrspüler einzuräumen, und verließ die Küche.

Für ein paar Minuten blieb ich sitzen, trank meinen Tee aus und knabberte an meinem Toast. Ich dachte daran, wie meine Mutter auf meine Fragen nach unserer Familiengeschichte reagiert hatte. Warum hatte ich so schnell klein beigegeben?

Mir fiel das Foto in der Tasche meiner Jeans ein. Das Foto von meinem Vater und mir. Ich zog es heraus, um es mir noch einmal in Ruhe anzusehen. Ich musste unbedingt darauf kommen, was mich daran auf den ersten Blick so gestört hatte!

Ich wünschte, Lilli wäre da, damit ich mit ihr reden konnte. Kurz überlegte ich, sie anzurufen, dann ließ ich es jedoch bleiben. Sie sollte ihren Ausflug mit Max genießen und mal nur an sich selbst denken. Seufzend steckte ich das Bild zurück in die Tasche.

Colin schwebte mit einem zärtlichen Lächeln herein. »Don't worry, baby, be happy!«

»Nein!«, sagte ich laut und entschieden. »Ich brauche dich jetzt nicht. Ich komm allein klar.«

Colin löste sich in Luft auf. Klasse, fand ich. Endlich hörte er mal auf mein Kommando! Wenn ich noch ein wenig übte, hatte ich meinen Traumboy künftig besser unter Kontrolle.

Oder auch nicht, dachte ich nur einen Augenblick später.

Nun stand Colin nämlich in der Küchentür.

Eine halbe Sekunde bevor ich schon wieder etwas komplett Dummes sagen konnte, erkannte ich zum Glück, dass es Tom war und nicht Colin.

»Schon vorbei mit dem neuen Job?«, fragte ich hoffnungsvoll, als ich mich wieder gefangen hatte.

Irrte ich mich oder wirkte er ein ganz klein wenig unglücklich über meine schroffe Art?

»Da muss ich dich enttäuschen«, gab Tom jedoch ungerührt zurück. »Ich fange nur heute erst am Nachmittag an.« Er sah mich an. »Und du?«

»Was ist mit mir?«

»Sitzt du hier und führst Selbstgespräche?«

Ärgerlich vergrub ich die Hände in den Taschen meiner Jeans. »Genau«, sagte ich und wollte an ihm vorbei zur Tür.

»Warte«, sagte er und trat mir in den Weg.

Doch ich riss die Hände aus den Taschen, um ihn beiseitezuschieben. Dabei fiel das Foto von meinem Vater und mir heraus und flatterte zu Boden.

Tom bückte sich.

Ich bückte mich.

Wir knallten mit den Köpfen zusammen.

Während ich aufstöhnte, gab er keinen Ton von sich. Tzz!

Leider war er schneller als ich. Unter meinem Protest hob er das Bild auf, schaute es sich gründlich an – und in seinem Gesicht ging etwas vor sich. Etwas, das ich nicht verstand.

»Was ist denn?«, fragte ich.

»Nichts. Nettes Bild.«

Ganz klar, er log mich an! Er hatte etwas darauf gesehen, das ihn berührte oder wütend machte oder amüsierte. Keine Ahnung. Jetzt setzte er wieder sein Pokerface auf und reichte es mir.

Ich schnappte danach, während der Zorn in mir groß und größer wurde. Was verbarg dieser Typ vor mir?

Warum konnte er mir nicht offen und ehrlich sagen, was er dachte?

Machte er sich insgeheim lustig über mich, mein Zuhause und meine Familie?

Ich stieß heftig die Luft aus. Vermutlich drangen mir kleine Rauchwolken aus Ohren und Nase.

Tom schien es nicht zu bemerken. »Wo ist eigentlich Charlotte?«

Ich wies mit dem Daumen nach oben. »Bricht sich wahrscheinlich gerade das Genick, weil sie den Dachboden für dich herrichten will.«

In seinen Mundwinkeln zuckte es, aber er schwieg.

Also setzte ich noch eins drauf: »Kommt nicht alle Tage vor, dass ein fremder Typ auf unbestimmte Zeit bei uns einzieht.«

»Ihr führt ein Hostel«, erinnerte er mich sanft.

»Ja, für zahlende Gäste, die maximal ein paar Tage bleiben. Nicht für Schmarotzer, die sich bei meiner Mutter einschleimen.«

Tom zeigte nicht die Spur eines schlechten Gewissens.

»Charlotte ist sehr gastfreundlich.«

»Leider!«, stieß ich seufzend aus.

»Was hast du eigentlich gegen mich, Emma?«

»Davon abgesehen, dass ich dich nicht kenne und dass du dich hinter meinem Rücken hier eingenistet hast? Gute Frage.«

Auf seiner Stirn entstand eine steile Falte und er verschränkte die Arme vor der Brust. »Tut mir leid, dass du es so siehst«, beschied er mir.

»Du könntest mir ja ein bisschen über dich erzählen«, lenkte ich ein. »Wo du herkommst, zum Beispiel, was du so machst. Es könnte helfen.«

»Klar. Sobald ich etwas mehr Zeit habe. Jetzt werde ich Charlotte helfen, so kann ich heute Abend vielleicht schon einziehen.«

Gut ausgewichen, dachte ich, als er gegangen war. Ich war genauso klug wie vorher. Kein Schimmer, was ich von dem Typen halten sollte.

Und ich fragte mich, ob ich meiner Mutter alles hätte erzählen sollen. Von Erik, Tom und Colin. Von meiner blühenden Fantasie und wie sie plötzlich real geworden war. Vielleicht hätte sie es sich dann zweimal überlegt, ob sie einen jungen Mann in ihrem Haus haben wollte, der ihr einziges Kind so durcheinanderbrachte!

Nein, entschied ich dann. Es war besser so. Selbst wenn sie nicht ausgerastet wäre, so hätte sie sich doch heftige Sorgen um mich gemacht. Und das wollte ich nicht. Ich würde schon allein damit fertigwerden.

Aber einen ganzen Sommer mit Colins Doppelgänger unter einem Dach? Ich seufzte. Das konnte echt schwierig werden. So wie gerade eben.

Ich brachte die Küche in Ordnung und holte Eriks Hemd aus

meinem Zimmer, um es zu waschen. Anschließend hängte ich es zum Trocknen auf und überlegte, was ich nun tun könnte.

Mein Blick fiel auf den Berg mit Klamotten, die Janne gestern für meinen Partydress begutachtet hatte. Ob etwas für den Besuch bei Erik dabei war? Ich wühlte ein wenig in dem Haufen und zog dann das gelbe Kleid hervor. Darunter wurde etwas sichtbar, das ich vor ein paar Tagen erst achtlos beiseitegeschoben hatte. Nun hob ich es mit neuem Interesse auf.

Es war ein Buch mit dem Titel »Colin Helmsworth und die Krähen des Towers«. Mein Vater hatte es mir zu meinem elften Geburtstag geschickt. Es ging um einen jugendlichen Hobbydetektiv in London – Colin Helmsworth –, der herausfand, dass eine Diebesbande die berühmten Vögel des Towers dressierte, damit sie den Touristinnen ihre Schmuckstücke stahlen. Während sich die Sicherheitskräfte nur um die ausgestellten Kronjuwelen kümmerten, sahnte die Bande ordentlich ab. Bis Colin ihnen auf die Spur kam und Scotland Yard den entscheidenden Tipp gab. Dies war der erste von zehn Bänden und ich hatte sie danach alle gelesen.

Aber nicht nur die Geschichten gefielen mir, sondern auch der Junge auf dem Cover. Er hatte schwarze Locken und grüne Augen und sah überhaupt aus wie einer, der sich nicht so leicht unterkriegen ließ. Ich stellte mir vor, wie es wäre, ihn zum Freund zu haben. Einer, der mir zur Seite stand, wenn ich Stress mit meiner Mutter hatte. Einer, der mir half, meinen Vater zu finden. Immerhin war er ein guter Detektiv.

Tja, so hatte das angefangen.

Echt vollkommen harmlos.

Aber dann war Erik Hansen neu in die Stadt gezogen, und

weil bald darauf etwas passierte, das mir bis heute echt peinlich war, hatte sich Colin plötzlich in meinem Kopf festgesetzt.

Als Trostpflaster, sozusagen.

Gedankenverloren betrachtete ich das Titelbild. Warum um alles in der Welt sah dieser Tom dem Jungen darauf nur so ähnlich?

»Quäl dich nicht«, meldete Colin sich wie aufs Stichwort.

»Aber es ist doch wirklich rätselhaft«, sagte ich. »Außerdem habe ich gerade nichts Besseres zu tun.«

»Ich wüsste da was«, erwiderte Colin.

Mir war sofort klar, was er meinte. »Lieber nicht.«

»Willst du Klarheit gewinnen oder dein Leben in düsterer Ungewissheit verbringen?«

»Geht das auch etwas weniger dramatisch?«, fragte ich unwirsch.

»Willst du denn nicht wissen, was in dem Geheimfach so geklappert hat?«, beharrte er.

»Doch, eigentlich schon«, gab ich zu.

Colin hatte ja recht. Ich konnte nicht länger untätig herumsitzen. Seufzend stand ich auf – und mein Herz raste los, was es sonst nur bei Eriks Anblick tat. Gleich würde ich etwas Neues erfahren! Über meinen Vater!

Hoffte ich jedenfalls.

17

Eine Entdeckung

Ich vergewisserte mich mit einem Blick in die Küche, dass meine Mutter nicht dort war.

Alles klar.

Colin erwartete mich schon neben dem Sekretär. Ich blieb stehen und lauschte. Auf dem Dachboden wurde ordentlich gewirbelt. Zur Sicherheit bat ich Colin, an der Tür Wache zu schieben.

Ich zog den Sekretär von der Wand, öffnete das Geheimfach und tastete eine Weile blind darin herum.

Da war nichts.

»Doch«, sagte Colin.

Ich steckte meine Hand tiefer hinein, bis ich glaubte, ich würde sie mir abklemmen.

Endlich, als ich schon alle Hoffnung aufgegeben hatte, bekam ich einen kleinen quadratischen Gegenstand zu fassen. Ich holte ihn heraus und betrachtete ihn.

Colin schaute mir über die Schulter.

»Du sollst doch an der Tür aufpassen!«

»Ich kann beides, Darling«, behauptete er und deutete auf den Gegenstand. »Das ist ein Schmuckkästchen.«

»Sehe ich auch.«

Das Kästchen war mit dunkelrotem Samt überzogen, der an einigen Stellen abgewetzt war. Vorsichtig öffnete ich es.

»Oh!«

»Ganz hübsch«, meinte Colin.

»Ganz hübsch? Spinnst du? Die ist wunderschön!«

Eine altmodische Brosche in Schmetterlingsform leuchtete mir entgegen. Sie war mit großen und kleinen Smaragden besetzt und filigran gearbeitet.

»Die muss ein Vermögen wert sein!«, flüsterte ich.

»Meine Großmutter väterlicherseits hat eine ganze Schachtel davon«, erklärte Colin wenig beeindruckt. »Das ist Jugendstil.«

Ich achtete nicht auf ihn, sondern betrachtete das Schmuckstück in stiller Bewunderung.

Colin dauerte es zu lange. »Die Frage ist, Baby, wie die Brosche in Charlottes Besitz gelangt ist und warum sie sie so gut versteckt hält.«

Da hatte er recht.

»Wahrscheinlich war sie ein Geschenk deines Daddys.«

»Möglich«, gab ich zu.

»Und weil sie ihn hasst, will sie die Brosche nicht mehr sehen«, spann Colin den Faden weiter.

»Mama hasst Papa nicht.«

»Woher willst du das wissen?«

Gute Frage.

Plötzlich hörte ich draußen Schritte. Jemand kam die Treppe zum Dachboden herunter.

»Verdammt! Du hast nicht aufgepasst!«

Colin war schlagartig verschwunden. Ich schaffte es in letzter Sekunde, das Schmuckkästchen zurück in das Geheimfach zu legen und den Sekretär wieder an die Wand zu schieben. Dann war ich mit einem Satz auf dem Sofa und tat, als würde ich in einer Zeitschrift blättern.

Doch niemand kam herein. Die Schritte entfernten sich Richtung Untergeschoss. Erleichtert atmete ich auf. Und nahm mir vor, die Detektivarbeit vorerst aufzugeben. Meine Nerven machten das nicht mit. Erschöpft schlich ich in mein Zimmer zurück.

Zwei Stunden später war Eriks Hemd an der warmen Sommerluft getrocknet und ich konnte es bügeln. Ich faltete es sorgfältig und schlug es dann in Seidenpapier ein.

Vom Dachboden drang während der ganzen Zeit Krach bis runter in mein Zimmer. Es klang, als würden meine Mutter und Tom da oben Bowling mit alten Möbeln spielen.

Eine Weile stand ich ratlos vor meinem Kleiderschrank, dann beschloss ich, dass die Zeit des Gruftielooks vorbei sein durfte. Ich zog das gelbe Sommerkleid aus dem Klamottenberg am Boden und schlüpfte hinein. Nicht schlecht!

Für mein idyllisches Familienbild mit Kaffee und Kuchen bei den Hansens war es noch ein bisschen früh, als ich, das Päckchen mit Eriks Hemd über dem Arm, das Hostel verließ. Also bummelte ich eine volle Stunde lang ziellos durch Kiesel.

Ich traf Dustin und Janne, die mich überrascht von oben bis unten musterten.

Ich grinste verlegen. Ja, ich trug ein luftiges gelbes Sommerkleid, und ja, ich hatte ein wenig Mascara und einen Hauch Lipgloss aufgetragen! Und meine Haare wurden von einer hübschen Spange locker im Nacken zusammengehalten, was das Beste war, das ich an Frisur hinkriegen konnte. Der asiatische Look von heute früh zählte nicht.

Dustin war regelrecht fasziniert und drehte wie verrückt an seinen Snakebites. Ein klares Zeichen dafür, dass ihm etwas schwer zu schaffen machte. In diesem Fall Emma, die für ihn immer ein guter Kumpel gewesen war und jetzt schon zum zweiten Mal wie ein richtiges Mädchen aussah.

Janne hingegen nickte zufrieden und fühlte sich wahrscheinlich wie eine Missionarin nach erfolgreicher Arbeit. Vielleicht hoffte sie ja sogar, ihren Spitznamen »The Brain« irgendwann gegen einen cooleren eintauschen zu können, der was mit Mode zu tun hatte. »The Style« vielleicht. Dann wollte sie wissen, ob seit gestern Nacht noch irgendwas Spannendes passiert sei.

Ich verneinte und wich ihrem Blick aus.

Es war mir auf meinem Spaziergang gerade gelungen, Tom aus meinen Gedanken zu verbannen und mich ganz fest auf Erik zu konzentrieren. Das wollte ich mir jetzt nicht verderben, indem ich von dem nächtlichen Sturm auf mein Zimmer und meinem morgendlichen Erstickungsanfall berichtete. Und dass Tom im Hostel wohnte, würde sich sowieso schnell von selbst herumsprechen.

Dustin und Janne akzeptierten meine Antwort und fragten mich noch, ob ich am Abend zur Mühle kommen würde.

Kiesels alte Wassermühle war vor fünfzehn Jahren stillgelegt worden, als der Himmelspark gebaut und der Saturnbach umgeleitet wurde, damit er sich malerisch durch das Gelände des Freizeitparks schlängelte. Seitdem war die Mühle ein inoffizieller Jugendtreff und seit ein paar Jahren wurde sie von uns mit Beschlag belegt. Die R'n'Bs trafen sich sowieso lieber in den Partykellern oder an den Pools ihrer Eltern.

Ich versprach, vorbeizuschauen, und machte mich endlich auf den Weg zur Hansen-Villa. Auf den letzten hundert Metern durch das Viertel der wohlhabenden Einwohner der Stadt stellte ich mir vor, wie ich am Abend gemeinsam mit Erik in der Mühle auftauchen würde. Arm in Arm und frisch verliebt.

Das wäre eine Show!

Meine Freunde würden ausrasten!

Ich lächelte verträumt vor mich hin und klingelte am Gartentor. Das Seidenpapierpäckchen auf meinem Arm knisterte leise. Mir fiel auf, dass ich nicht zu Mittag gegessen hatte, und bekam plötzlich riesigen Appetit auf Erdbeertorte und Butterkuchen. Meinetwegen durfte Mutter Hansen natürlich auch eine Pfirsichtorte und Streuselkuchen servieren. Da war ich nicht so wählerisch.

Ich klingelte noch mal.

Und noch mal.

Komisch.

Die Klingel war laut genug, selbst wenn die Familie im Garten saß, müsste sie sie eigentlich hören.

Ich versuchte, durch die Hecken zu spähen. Die Villa war ein moderner Bungalow mit gelb verputzten Wänden und einem dunklen Flachdach. Überrascht stellte ich fest, dass sämtliche Rolläden herabgelassen waren.

Wahrscheinlich, um die Hitze draußen zu halten, dachte ich,

denn die frühe Nachmittagssonne war tatsächlich ganz schön warm. Trotzdem fröstelte ich plötzlich.

Alles wirkte so verlassen!

Gerade wollte ich kehrtmachen und wieder nach Hause gehen, da kam Erik plötzlich langsam den Gartenweg entlanggeschlendert.

Als er mich sah, lächelte er. »Emma, hallo! Entschuldige, ich habe das Klingeln nicht gleich gehört.«

Wie zum Beweis hielt er seine Kopfhörer in die Höhe.

Ganz so adrett wie sonst sah er nicht aus. Eher ein wenig verwildert. Strubbeliges Haar, blonder Bartschatten, altes, ärmelloses T-Shirt und verwaschene Shorts. Und ein seltsamer Ausdruck in seinem Gesicht.

Trotzdem sehr, sehr sexy. Gleichzeitig wirkte er jedoch irgendwie verloren. Das verstand ich nicht.

In dieser Sekunde hätte ich ahnen müssen, dass hier etwas nicht stimmte.

Aber ich wollte es nicht wahrhaben. Für heute hatte ich schon genug ernste Themen behandelt. Mamas Liebes-Aus mit Ernest, Toms bedrohliche Anwesenheit, die rätselhafte Brosche.

Es war genug.

Jetzt wollte ich endlich meinen Traum leben. Und zwar zur Abwechslung einen Traum, der wahr werden sollte!

Erik öffnete das Gartentor und machte eine einladende Handbewegung.

Es gab eine flache Schwelle, über die ich leicht hätte stolpern können. Wenn die Gesetze der Physik nicht versagten, würde ich punktgenau in Eriks Armen landen. Ein super Auftakt für einen Nachmittag im Kreise der lieben Familie Hansen!

Ich stolperte nicht. Meine Beine funktionierten perfekt, als ich an Erik vorbei um die Hausecke herumlief.

Er sagte etwas, doch ich war zu verwirrt, um ihn zu hören. Mich hatte inzwischen eine dunkle Ahnung beschlichen, aber noch war da eine winzig kleine Hoffnung, dass doch noch alles gut werden würde.

Okay, die Geräusche einer Kaffeetafel fehlten schon mal. Kein Klimpern von Kuchenbesteck war zu vernehmen, kein leises Klirren, wenn eine Tasse auf die Untertasse gestellt wurde. Auch keine Stimmen.

Abgesehen von Vogelgezwitscher und dem Brummen eines Flugzeugs am wolkenlosen Himmel war gar nichts zu hören.

Erik war auch verstummt. Ich spürte nur, wie er mir langsam folgte. Ich bog um die Ecke der Villa und blickte auf eine wunderschöne große Terrasse. Der Boden war mit Terrakottafliesen belegt, es gab eine Sitzgruppe aus stylischen Rattanmöbeln und sogar eine Hollywoodschaukel.

Bloß keine Menschen. Keine Eltern Hansen, die mir freundlich entgegenblickten, mir das Du anboten und mich als zukünftige Schwiegertochter willkommen hießen.

Ich entdeckte einen Liegestuhl, in dem Erik offensichtlich gelegen hatte. Auf einem Tischchen stand ein halb voller Krug Limonade, daneben lag ein medizinisches Fachbuch.

Was so weit in Ordnung gewesen wäre … wenn er nicht so einsam gewirkt hätte!

Mein Appetit auf Kuchen verging mir mit einem Schlag.

Ich blieb stehen und reichte ihm das Päckchen mit seinem Hemd. »Das gehört dir. Danke noch mal, dass du es mir geliehen hast.«

»Nett von dir.«

»Gerne«, erwiderte ich und versuchte vergeblich, die Situation einzuschätzen.

Mir war verdammt unwohl zumute, und ich wusste nicht, was ich sagen sollte. Also sagte ich das Erste, das mir einfiel. Was leider nicht unbedingt von großem Einfühlungsvermögen zeugte.

»Wieso bist du hier ganz allein? Wo sind deine Eltern?«

Eriks aufgesetzt fröhliche Miene verrutschte.

»Ich bitte dich, Emma. Das klingt ja, als bräuchte ich einen Babysitter. Ich bin erwachsen! Meine Eltern sind auf Ärztekongressen, Vater in Düsseldorf, Mutter in Hamburg. Sie sind überhaupt selten am Wochenende hier. Ich bin daran gewöhnt, seit ich klein war.«

»Aha«, erwiderte ich und ließ mich in die Hollywoodschaukel fallen. Ich spürte, dass Erik lieber über etwas anderes reden wollte, aber nun hatte ich einmal angefangen. »Hängst du denn an so schönen Sonntagnachmittagen wie diesem immer ganz allein hier ab? Unternimmst du nichts mit den R'n'Bs?«

Erik setzte sich ebenfalls, leider nicht neben mich.

Schade.

Das hätte romantisch werden können – wir beide, die so einträchtig miteinander schaukelten!

Aber er wählte einen der Rattanstühle und saß sehr aufrecht, als hätte er ein Brett im Rücken. Dazu zog er ein Gesicht, als werde ihm gleich der Prozess gemacht.

Ich schaukelte ein bisschen stärker und gab mich ganz entspannt, sozusagen als Gegengewicht.

»Es ist ja auch deine Sache«, fügte ich friedfertig hinzu. »Wenn du lieber allein zu Hause bist und ...«, ich linste zu dem Buch hinüber, »... alles über die menschliche Gallenblase lernst, ist das natürlich völlig okay.«

Erik lächelte nicht. »Ich hatte heute früh Dienst im Park«, sagte er. »Und da ich in der Nacht nicht viel geschlafen habe, wollte ich es ruhig angehen lassen.«

Ich nickte. Daran wäre ja überhaupt nichts auszusetzen gewesen, wenn ich nicht diesen seltsamen Eindruck von ihm gehabt hätte. Er sah einfach nicht aus wie jemand, der sich an diesem Tag freiwillig von der Welt zurückgezogen hatte. Dafür war er viel zu nervös, weil ich ihn mit meinem Überraschungsbesuch dabei ertappt hatte. Sein Blick war auf den Boden gerichtet, die Hände waren fest ineinander verschränkt.

Ich stieß mich etwas kräftiger ab.

Es tat gut, so flott zu schaukeln!

»Außerdem ist es sicherlich klüger«, fuhr Erik nach einer Weile fort, »wenn ich Josephine ein paar Tage aus dem Weg gehe.«

Klar, die Kussattacke! Schien eine Ewigkeit her zu sein. So viel war seitdem passiert!

Aber in Wahrheit war meine Intimfeindin erst gestern Abend über Erik hergefallen.

»Was sollte das eigentlich?«, hakte ich nach und holte noch mehr Schwung, um für die nächste Frage Mut zu schöpfen: »Hast du was mit ihr?«

Ich staunte, wie forsch ich war, aber dieser Erik hier vor mir, der meinen Blick mied, war ein anderer als der strahlend schöne Held von gestern.

Er schüttelte heftig den Kopf. Vielleicht auch nur ganz schwach, meine Schaukelei ließ die Bewegung jedoch stärker wirken.

»Nein, ich weiß überhaupt nicht, was in sie gefahren ist«, sagte er, ohne aufzusehen.

Ich schon, dachte ich. Der Gedanke, der schöne Erik könnte sich für das trottelige Aschenputtel Emma Stern interessieren, war ihr vermutlich unerträglich gewesen.

»Vor ungefähr zwei Jahren hat sie schon mal mit allen Mitteln versucht, mich rumzukriegen«, sagte Erik wie zu sich selbst. »Aber daraus ist nichts geworden.«

»Warum nicht?«

Nachdenklich löste er eine Hand von der anderen und rieb sich über sein stoppeliges Kinn. »Sie ist nicht mein Typ. Außerdem hat sie intellektuell nicht so viel drauf. Sie interessiert sich bloß für Mode, Klamotten und Frisuren.«

Ich schaukelte vor lauter Aufregung noch kräftiger, obwohl ich jetzt schon verflixt hoch flog und mich gut festhalten musste.

Wenn Josephine nicht sein Typ war, dann stiegen meine Chancen gerade ins Unermessliche! Schließlich war ich das genaue Gegenteil von ihr. Aber ich schob den Gedanken vorerst in den Hintergrund. Etwas anderes interessierte mich brennend: »Hast du ihr das denn gesagt?«

»Na ja. Nicht genau mit diesen Worten. Aber ich musste damals schon ziemlich deutlich werden.«

Wow!, dachte ich. Mir erklärt er, ich bin zu jung, Josephine kriegt zu hören, sie ist zu doof. Eventuell musste Erik Hansen seine Taktik bei Mädchen noch etwas korrigieren, wenn er eine feste Freundin haben wollte.

Andererseits – gestern Nacht hatte er sein Verhalten mir gegenüber definitiv geändert. Jannes Make-over sei Dank. Erwachsen genug war ich ihm jetzt wahrscheinlich, aber ich fragte mich, ob ich auch klug genug war. Eine Diskussion über die Funktionen der Gallenblase würde vielleicht helfen …

Blöd nur, dass Anatomie nicht so mein Ding war.

Ich überlegte fieberhaft, was ich Intelligentes sagen könnte, während Erik den Blick hob und meiner Schaukelei zuschaute.

Ob ich ihn um eine Einführungsstunde bitten konnte?

Oder … Mir kam die Idee des Jahrhunderts! Ich würde ihn mit einfachen Fragen über sein anstehendes Medizinstudium zum Reden bringen und einfach zuhören, hin und wieder wissend mit dem Kopf nicken und in seinen Pausen »Interessant!«, »Ist ja irre!« oder »Unglaublich!« einwerfen.

Den Trick hatte meine Mutter mir mal verraten. Damals hatte ich nur verächtlich darüber gelacht, aber heute war ich ganz begeistert. So begeistert, dass ich vor Freude in die Hände klatschte.

Blöder Fehler.

Ich wurde aus der Hollywoodschaukel hinauskatapultiert und flog durch die Luft.

So fühlte es sich jedenfalls an. In Wahrheit machte ich nur einen kräftigen Satz und landete zu meiner Überraschung auf den Füßen.

Eine Sekunde lang sah es danach aus, als würde ich einfach stehen bleiben. Erik war aufgesprungen und griff nach mir, aber da kippte ich schon um. Leider in die falsche Richtung, weg von seinen rettenden Armen und stattdessen auf den erstaunlich massiven Rattantisch.

Die Gesetze der Physik waren mal wieder gegen mich.

Der Tisch knirschte unter mir, gab aber zum Glück nicht nach. Möglicherweise kam das Geräusch aber auch von meinen Knochen.

Vielleicht sollte ich Erik wirklich um eine Einführung in die Anatomie bitten, dachte ich.

Laut sagte ich: »Autsch!«

»Hast du dir wehgetan?«

Nicht gerade die intelligenteste Frage, fand ich.

»Nein«, entgegnete ich, »aber frag mal den Tisch!«

Erik lachte nicht.

Schade, ich hatte ihn für humorvoller gehalten. Vorsichtig sammelte ich meine Arme und Beine ein. Gebrochen war sicher nichts, aber mein linker Hüftknochen strahlte heftige Schmerzsignale aus. Ich unterdrückte ein Stöhnen und setzte mich vorsichtig auf einen Stuhl. Zur Sicherheit prüfte ich, ob es auch kein Schaukelstuhl war.

Davon hatte ich für heute genug.

Erik goss mir ein Glas Limonade ein und reichte es mir.

»Du lebst ganz schön gefährlich«, sagte er. Offenbar versuchte er, doch ein wenig witzig zu sein.

Ich trank das Glas in einem Zug aus und beruhigte mich langsam. Aus den Augenwinkeln beobachtete ich Erik, der wieder auf seinem Stuhl Platz genommen hatte.

Warum hatte mein Bild von ihm als mein großer, schöner Held einen solchen Riss bekommen, seit ich ihn hier so allein angetroffen hatte? Es war doch das Natürlichste von der Welt, wenn ein angehender Student einen freien Nachmittag mit einem Fachbuch verbrachte!

Bloß wirkte er auf mich eben so einsam. Und das lag nicht nur daran, dass meine Wunschvorstellung so krass von der Realität abwich. Eriks Ausstrahlung war einfach eine ganz andere als sonst, und mir kam der Verdacht, er könnte normalerweise eine

Art Maske tragen, die er nicht schnell genug hatte aufsetzen können, als ich so unverhofft bei ihm aufgetaucht war.

Schlagartig verflog mein Unmut über die zerstörte Idylle und machte einem anderen Gefühl Platz, das ich nicht gleich einordnen konnte. Es war nicht die sehnsuchtsvolle Verliebtheit, die ich seit Jahren für Erik empfand. Es war eher etwas wie tiefe Sympathie und Verständnis.

Ach ja, und Zärtlichkeit.

Meine Hüfte tat schon viel weniger weh, und ich hatte große Lust, aufzustehen, mich auf Eriks Schoß zu setzen und ihm tief in seine Bernsteinaugen zu blicken.

Einzig die Befürchtung, ich könnte auf dem kurzen Weg wieder mal stolpern und wer weiß wohin fallen, hielt mich zurück.

Also beschränkte ich mich auf ein großes Lächeln.

»Danke. Das war lecker«, sagte ich und stellte das Glas ab.

Erik erwiderte mein Lächeln und für eine Weile schwiegen wir beide und sahen uns an.

Es war ein romantischer Moment, der ewig hätte dauern können. Wenn mir nicht eine Frage im Kopf herumgegangen wäre. Vielleicht würde ich nie wieder die Chance haben, sie Erik zu stellen, also tat ich es jetzt.

»Warum bist du eigentlich bei den R'n'Bs? Also klar, ihr seid reich und so, das passt theoretisch. Aber du bist ein echt netter Typ und überhaupt nicht eingebildet wie die anderen aus Josephines Clique und …« Ich verlor den Faden, als ich sah, wie ein Schatten über Eriks Gesicht zog.

Verdammt!

Ich hatte den romantischen Moment zerstört. Warum hatte ich nicht zur Abwechslung mal meine Klappe halten können?

Warum musste ich immer alles so genau wissen?

Erik würde aufstehen und mich auffordern zu gehen, weil ich zu neugierig war und schlecht über seine Freunde sprach.

Und das war's dann. Keine Chance mehr auf eine Zukunft im Schoße der Familie Hansen, die zwar nicht ganz so harmonisch war, wie ich gehofft hatte, aber ja wohl immer noch heiler als meine eigene.

Doch zu meiner Überraschung lehnte Erik sich zurück und sagte: »Das ist eine lange Geschichte.«

Erleichtert atmete ich auf.

»Kein Problem«, erwiderte ich schnell. »Ich habe Zeit.«

18

Alles ist ganz anders

Im Laufe der nächsten halbe Stunde kam ich aus dem Staunen nicht mehr heraus. Ich erfuhr von einem fünfzehnjährigen Jungen, der mit seinen Eltern in eine neue, sehr kleine Stadt zog und sofort zum Außenseiter abgestempelt wurde. Er kam aus gutem Hause, er sah unglaublich gut aus, er war hochintelligent und sehr sportlich. Er lieferte also tausend gute Gründe, um von den anderen Jungs gehasst zu werden.

»Außerdem«, sagte Erik und grinste schief, »habe ich mich nicht wie die anderen angezogen. Ich mochte es einfach lieber, wenn meine Hosen und Hemden ordentlich waren und gut saßen. Und meine Haare wollte ich auch nicht im Gesicht haben. Davon bekam ich Kopfschmerzen. Also war ich der uncoole Spießer, der Typ, der sich zu fein war, wie die anderen rumzulaufen.«

»Verstehe.«

Ich war ganz schön geplättet. So hätte ich Erik nie gesehen!

»Aber so richtig unten durch war ich dann nach der Sache mit Fiona.«

»Fiona?« Es fiel mir nicht schwer, mich an die allseits unbeliebte Streberin unserer Schule zu erinnern. Sie war die Tochter des damaligen Rektors gewesen und hatte sich für eine zweite Hermine Granger gehalten.

Sie konnte bloß nicht zaubern. Aber dafür petzen. Wann immer sie jemanden beim Schummeln erwischte, meldete sie ihn beim Lehrer. Echt ätzend! Lilli und mich hatte sie auch mal verpetzt, weil wir uns bei einer Englischarbeit gegenseitig geholfen hatten. Als ihr Vater versetzt wurde und die ganze Familie nach Bremen zog, ging ein kollektiver Seufzer der Erleichterung durch die Schule.

»Wir haben uns angefreundet«, sagte Erik. »Sie war ein hochintelligentes Mädchen und wir haben oft gemeinsam Hausaufgaben gemacht. Na, und manchmal sind wir zusammen einen Kaffee trinken gegangen. Einmal bin ich ihr zu Hilfe geeilt, als sie von ein paar Jungs bedroht wurde. Ich habe mich mit zweien von denen geprügelt, die anderen sind abgehauen.«

»Oh«, machte ich hilflos und dachte: Nicht zu fassen! Der uncoole Neue schloss Freundschaft mit dem unbeliebtesten Mädchen weit und breit. Schlimmer ging's tatsächlich nicht.

Aber wie war es möglich gewesen, dass ich seine Ankunft in Kiesel so ganz anders wahrgenommen hatte?

Weil ich ein verliebter Teenager gewesen war, gab ich mir selbst zur Antwort. Und dementsprechend blind für alles andere.

»Dann habe ich den größtmöglichen Fehler überhaupt gemacht«, setzte Erik hinzu.

»Welchen?«, fragte ich gespannt.

»Ich habe allen Leuten meine Handynummer gegeben.«

»Ähm, ja, das weiß ich noch.«

Erik hatte meine Anwesenheit offenbar vergessen. Es war, als spräche er zu sich selbst.

»Das war mein gesellschaftliches Todesurteil.«

Huch?

»Wieso das denn?« Jetzt war ich ernsthaft verwirrt.

Doch Erik schien mich gar nicht zu hören, sondern redete schon weiter: »Die Jungs haben sich daraufhin in zwei Lager gespalten. In dem einen Lager hieß es, ich sei ein peinlicher Einschleimer, im anderen, ich wollte ihnen die Mädchen wegnehmen. Und beide Lager waren sich absolut einig darin, mich nicht leiden zu können.«

Mir fiel die Kinnlade hinunter, aber auch das bemerkte er nicht.

Erik, der strahlende Erik, war mal gemobbt worden? Und zwar von so ziemlich allen gleichaltrigen Jungs in Kiesel? Das konnte nicht wahr sein!

War es doch. Erik erzählte, wie die anderen ihn ausgegrenzt hatten, wie plötzlich niemand mehr mit ihm sprach, wie über ihn gelacht wurde und wie einige Jungs sich einen Spaß daraus machten, vor der Villa Hansen herumzulungern.

»Meine Eltern haben davon nichts mitgekriegt, aber ich empfand es als sehr unheimlich.«

Komisch, dachte ich, die waren nie zur selben Zeit da wie ich!

»Wann kamen die denn?«, fragte ich vorsichtig.

»So am frühen Abend«, erwiderte Erik. »Meistens waren sie zu mehreren, aber hin und wieder kam auch einer allein.«

Da erschrak ich. Hatte Erik mich auf meinen Spaziergängen etwa für einen dieser Jungen gehalten? Wie ich sehnsüchtig immer wieder an seinem Haus vorbeigegangen war und gehofft hatte, ihm zu begegnen? Ich trug damals schon meine dunklen Schlabberklamotten. Und ja, meine Haare waren sehr kurz gewesen zu der Zeit und ich liebte Kapuzenpullis.

Ich war das nicht!, hätte ich am liebsten geschrien, presste aber fest die Lippen zusammen.

Das musste ganz bestimmt jemand anderes gewesen sein. Ich hatte liebevolle Signale über den Gartenzaun gesendet, keine bedrohlichen Schwingungen.

Zum Glück sprach Erik schon weiter. »Außer einem platten Fahrradreifen und ein paar Schmierereien an unserem Garagentor ist nie etwas passiert. Trotzdem war ich nach ein paar Monaten ziemlich fertig mit den Nerven. Ich wollte schon meine Eltern bitten, dass wir wieder wegziehen, oder …«

»Oder was?«

Auf einmal fiel mir ein, was er gestern Nacht über Max gesagt hatte: Unterdrückte Menschen neigen zu verzweifelten Taten.

Kalte Angst packte mich und ich starrte Erik an. »Du hast doch nicht etwa versucht, irgendeine blöde Mutprobe zu bestehen, um anerkannt zu werden, oder?«

Endlich nahm er mich wieder richtig wahr.

»Nein«, erwiderte er schnell.

Ein bisschen zu schnell, fand ich. Auf einmal schien es ihm peinlich zu sein, dass er so viel von sich selbst preisgegeben hatte.

»Immerhin gab es eine ganze Reihe von hübschen Mädchen, die in mich verliebt waren. Das hat mich wiederaufgebaut.«

Falls das ein Witz gewesen sein sollte, so zündete er nicht. Bei mir schon gar nicht. Ich fragte mich, ob er sich überhaupt daran erinnerte, dass ich eines dieser Mädchen gewesen war.

Eher nicht.

Besser so.

»Und dann geschah so eine Art Wunder«, fuhr er fort, nun wieder ernst geworden. »Ich wurde ins Basketballteam aufgenommen. Das hat mich gerettet. Meine Teamkameraden wurden zwar nicht meine besten Freunde, aber sie haben mich akzeptiert. Und schließlich kam auch noch Josephine.«

Ich legte meine Stirn in eine Million Falten.

»Guck nicht so böse, Emma. Ich weiß natürlich, dass ihr beide euch nicht mögt. Aber damals war sie einfach nur nett und hat mich eingeladen, mit ihren Leuten abzuhängen.«

Josephine und nett?!

Ich hatte große Schwierigkeiten, mir das vorzustellen, aber ich hielt meinen Mund.

»Ehrlich gesagt wäre ich tatsächlich lieber zu euch gekommen«, erklärte Erik, »weil ihr auf mich irgendwie echter gewirkt habt. Nicht so eingebildet und oberflächlich. Aber deine Leute waren, na, sagen wir mal, nicht meine größten Fans.«

»Wenn die dich auch gemobbt haben, ziehe ich denen nachträglich noch die Tunnelohren lang und …«

»Haben sie nicht«, unterbrach er mich. »Aber sie mochten mich nicht. Das habe ich deutlich gemerkt. Bei den R'n'Bs dagegen bin ich ohne Vorbehalte aufgenommen worden. Tja, danach wurde mein Leben in Kiesel um einiges leichter und heute bin ich gern hier zu Hause. Es fällt mir sogar ein bisschen schwer, daran zu denken, dass ich im Herbst nach Hamburg ziehe.«

Was? Erik wollte wegziehen?

Oh, verdammt! Daran hatte ich überhaupt noch nicht gedacht. Trübsinn überfiel mich, mir war schlagartig zum Heulen zumute. Nur mit Mühe beherrschte ich mich.

»Aber du wirst doch oft herkommen, oder?«, fragte ich leise.

»Natürlich. Jedes Wochenende.«

Okay, das konnte zu ertragen sein. Eine Fernbeziehung war bestimmt eine schwierige Sache, überlegte ich, aber ich war bereit, montags bis freitags auf Erik zu warten.

Einen Moment lang schwiegen wir beide. Endlich sagte ich: »Deshalb hast du dich so gut in Max hineinversetzen können.«

»Ja, sicher.«

Wieder entstand Stille, aber es war eine angenehme, entspannte Stille. Ich war zufrieden. Wir hatten uns zwar immer noch nicht geküsst, aber Erik hatte mich ins Vertrauen gezogen. Und das fühlte sich an, als seien wir uns sehr viel nähergekommen.

Mir fiel etwas ein, das mir in der vierten Klasse passiert war. Drei Mädchen hatten sich eines Tages darauf geeinigt, mich nicht zu mögen. Keine Ahnung, wieso. Vielleicht, weil ich so blass war, vielleicht weil ich schon mit neun sehr dünn war, nur noch nicht so groß. Jedenfalls fingen sie an, über mich zu lästern. Das merkte ich, weil sie mich dabei immer so verstohlen anguckten. Im Kunstunterricht saßen sie zusammen an einem Tisch, kicherten und zeigten mit dem Finger auf mich.

Ich fand das furchtbar.

Aber dann kam Lilli.

Und wie!

Sie ging zu ihnen und hielt das alte Marmeladenglas hoch, in dem sie ihren Tuschpinsel abspülte.

Die Mädchen grinsten sie frech an. Lilli kippte das Glas mit der schlammigen Flüssigkeit über ihren Bildern aus und sagte dazu: »Wer noch einmal was gegen Emma sagt, kann was erleben!«

Das Geschrei war groß. Die schönen Bilder vom Himmelspark

waren zerstört! Unsere Grundschule nahm wie jedes Jahr an einem Malwettbewerb teil. Die ersten drei Gewinner bekamen ein Jahres-Abo geschenkt. Jetzt hatten die Lästerfreundinnen schon verloren, denn die Stunde war gleich um und wir mussten unsere Werke abgeben.

Die Lehrerin verpasste Lilli zwar eine Fünf, aber sie nahm es gelassen.

Und danach war Ruhe. Keines der Mädchen interessierte sich mehr für mich. Alle machten einen großen Bogen um mich und suchten später sogar meine Freundschaft.

Ich atmete tief durch. Wer wusste schon, wohin das noch hätte führen können, wenn meine allerbeste Freundin nicht eingegriffen hätte!

Danke, Lilli, dass du mich schon vor Jahren gerettet hast!

»Woran denkst du?«, wollte Erik wissen.

Ich erzählte ihm die Story, obwohl sie mir im Vergleich zu dem, was er erlebt hatte, lächerlich vorkam.

Aber er schaute mich ernsthaft an. »Damals hätte ich auch einen guten Freund gebraucht.«

Ich nickte nur.

»Ich fand es gut, wie du dich bei Gino für Max eingesetzt hast«, sagte Erik nach einer kleinen Pause.

Ich lächelte verlegen. »War doch keine große Sache.«

»Trotzdem«, beharrte er. »Du bist schwer in Ordnung, Emma.«

Während ich noch überlegte, wie ich dieses Kompliment auffassen sollte, stand er auf und zog mich hoch.

»Komisch«, sagte er und legte sanft seine Hände auf meine Schultern, »ich glaube, ich habe dich gestern überhaupt erst richtig wahrgenommen.«

»Das stimmt«, erwiderte ich leise. »Du hast sonst immer durch mich hindurchgesehen.«

»Tatsächlich?«

Seine Stimme klang rau, seine Bernsteinaugen funkelten und seine Hand strich zart über meine Wange.

Mir wurde ganz schwummerig zumute.

Gleich, gleich würde er mich küssen.

Endlich.

Mein Herz verzichtete darauf, loszugaloppieren. Merkwürdig, dachte ich. Aber dann sagte ich mir selbst, dass Erik und ich jetzt ein neues Level erreicht hatten. Da war es nicht mehr nötig, dass ich mich so furchtbar aufregte. Außerdem hatte ich stattdessen ein wohlig warmes Gefühl im Bauch, das sogar noch schöner war.

Schon zog Erik mich sanft zu sich heran – da zerstörten zwei Klingeltöne die Stimmung. Wir zuckten zurück.

Nicht schon wieder!, stöhnte ich innerlich und checkte mein Smartphone.

Diesmal war es wenigstens nicht allein meine Schuld, so wie gestern Nacht, als Lilli uns dazwischengekommen war. Denn auch Erik fischte in seiner Hosentasche nach seinem Handy und las mit gerunzelter Stirn eine Nachricht.

Ich dachte kurz daran, dass es die Leute früher einfacher gehabt haben mussten. Wenn die im Garten knutschen wollten, konnte sich das Telefon im Haus totklingeln, die hörten gar nicht hin. War sowieso bestimmt nur Tante Christa, die sich zum Kaffee einladen wollte.

So was in der Art.

Egal.

Ich fand eine WhatsApp-Nachricht von meiner Mutter. »Wollte nur mal ausprobieren, ob das mit deinem neuen Smartphone funktioniert«, schrieb sie. »Bist du um sechs zurück und hilfst mir bei den An- und Abreisen?« Geschmückt war die Nachricht mit fünf küssenden Emojis und drei roten Herzen.

Prima, und dafür hatte ich meinen Kuss mit Erik verpasst!

Ich schaute zu ihm hin. Hatte er auch so etwas Banales bekommen?

Nein.

Offensichtlich nicht, denn unvermittelt hob er den rechten Arm und schleuderte sein Smartphone quer durch den Garten. Dazu machte er ein verdammt finsteres Gesicht.

Klasse Wurf!

Ich hörte ein leises Platschen. Offenbar besaßen die Hansens weiter hinten einen Teich.

Oder einen Pool.

So oder so war das Handy wohl hin.

Spontan hätte ich Erik gern gefragt, ob ich kurz hinterherspringen durfte. Mir war nach dem zweiten Beinahekuss echt heiß und die Sonne brannte glühend vom Himmel.

War bloß kein guter Moment und ich biss mir rasch auf die Zunge.

Stattdessen wollte ich Erik etwas Tröstendes sagen, aber da ich keinen Plan hatte, was in der Nachricht gestanden hatte, fielen mir nur irgendwelche allgemeinen Sprüche ein. Nichts wird so heiß gegessen, wie es gekocht wird, zum Beispiel. Oder: Die Zeit heilt alle Wunden.

Die Sprüche stammten von meiner Oma Rieke und hatten prima in meinem Unterbewusstsein überlebt.

Zum Glück ließ ich es aber bleiben, ihre Weisheiten weiterzugeben.

Denn jetzt platzte Erik.

Zumindest verbal.

»Der Professor kann sein Kleinhirn hacken und frittieren!«, schnaubte er.

Oha!

Ein paar lustig-eklige Bilder sammelten sich in meinem Kopf, und ich schaute schnell zu Boden, damit mich mein Grinsen nicht verriet.

Erik meinte es todernst!

Wir standen immer noch nah beieinander, aber die romantische Stimmung war mit dem frittierten Kleinhirn endgültig dahin.

»Äh …«, machte ich ratlos und überlegte, ob ich ihm beruhigend über den Arm streichen sollte.

»Ich hasse ihn!«, stieß Erik aus.

Oje, wen denn bloß?

Hatte sich in den letzten Minuten etwa das Raum-Zeit-Kontinuum verändert und wir befanden uns jetzt in der Zukunft? In einer Zukunft, in der Erik bereits in Hamburg Medizin studierte und seinen Kleinhirnprofessor verfluchte?

Schwierig. Es schien immer noch die Sonne, wir trugen dieselben Klamotten und die Bäume zeigten noch keine Spur von Herbstlaub.

Diese Erklärung fiel flach.

»Kann der Mann mich nicht einmal am Sonntag in Frieden lassen?«, wütete Erik weiter.

Der Mann?

Der Professor?

Wer sollte das sein?

»Hast du einen Privatlehrer?«, wagte ich mich vor.

»Was? Nein, wie kommst du darauf?«

Endlich sah er mich wieder an, und ich bemerkte, dass seine Augen jeglichen Bernsteinton verloren hatten.

Wäre ich an der Stelle dieses Professors gewesen, hätte ich es echt mit der Angst bekommen – und gut auf mein Kleinhirn aufgepasst.

»Na ja, weil du so wütend auf den bist.«

Erik strich sich durchs Haar. »Unsinn. Ich rede von meinem Vater.«

»Ach … ach so …« Darauf hätte ich auch von allein kommen können. Ich hatte nur nicht gewusst, dass Vater Hansen ein Professor war. Hatte ihn für einen ganz normalen Arzt gehalten, noch dazu für einen freundlichen Menschen.

Womit ich offenbar danebengelegen hatte.

Entweder weil ich meine Gefühle für Erik auf seine Familie übertragen hatte oder weil ich sonst nur noch einen weiteren Neurochirurgen kannte. Der spielte in »Greys Anatomy« mit, war meistens echt nett und trug den Spitznamen McDreamy.

Unglücklicherweise war er jetzt tot. Meine Mutter hatte eine ganze Nacht lang geweint, denn sie hatte die Serie nur wegen Dr. Derek Shepherd geschaut. Sie hatte mich sogar zweimal in der Nacht geweckt, um mir von ihm vorzuschwärmen, obwohl sie genau gewusst hatte, dass ich am nächsten Morgen einen Mathetest schreiben musste.

Der Mathetest war dann nicht so gut gelaufen.

Von meinen Gedanken an meine leicht verrückte Mutter kam

ich zu Eltern im Allgemeinen und zählte schließlich eins und eins zusammen.

Alles klar.

Professor Hansen spornte seinen Sohn zu Höchstleistungen an. Eine simple Gallenblase reichte nicht für einen Nachmittag.

»Er scheint ziemlich streng zu sein«, sagte ich.

»Streng? Ha! Tyrannisch trifft es besser. Mein Vater ist ein Sklaventreiber. Wenn es nach ihm gegangen wäre, hätte ich schon in der Grundschule meine Doktorarbeit geschrieben.«

»Oh Mann, das muss hart sein.«

Erik nickte, aber ich merkte, wie er langsam wieder entspannter wurde.

»Entschuldige, Emma. Von dem Professor lasse ich mich eigentlich nicht mehr so schnell aus der Ruhe bringen. Normalerweise rege ich mich auch nicht so auf, aber heute …«

»Heute hast du dich an die Zeit erinnert, als du gemobbt wurdest«, redete ich an seiner Stelle weiter. »Und ein Grund dafür war bestimmt, dass du so ein guter und fleißiger Schüler warst.«

»Genau.«

»Tja, und daran war wohl dein Vater beteiligt.«

»So ist es.« Sein Blick wurde wieder heller und ein winziges Lächeln erschien in seinen Mundwinkeln. »Du bist ein kluges Mädchen, Emma.«

»Das war nicht schwer zu erraten«, wiegelte ich ab und verschwieg ihm die Sache mit dem Raum-Zeit-Kontinuum. Hätte den guten Eindruck bloß wieder zerstört.

»*Willst* du überhaupt Medizin studieren?«, fragte ich nach einem kurzen Moment. »Oder machst du das alles nur, damit der Professor zufrieden ist?«

Ich dachte dabei an Max, der auf seine Art mutig genug war, um sich den Wünschen seines Vaters zu widersetzen.

»Auf keinen Fall«, erwiderte Erik. »Ich liebe die Medizin, aber ich muss aufpassen, dass der Mann mir nicht alles verdirbt.«

Ich warf einen langen Blick in Richtung Teich oder Pool.

»Ja, hast recht«, sagte Erik und lachte leise. »Eventuell muss ich mir da eine reifere Methode überlegen.«

»Und ein neues Smartphone brauchst du auch.«

Jetzt lachten wir beide und es fühlte sich endlich wieder richtig unbeschwert an. Die romantische Stimmung wollte sich aber nicht wieder einstellen und so verabschiedete ich mich gleich darauf.

Erik brachte mich zum Gartentor.

»Vielen Dank für das Hemd«, sagte er. »Und vielen Dank fürs Zuhören.«

»Immer wieder gern.«

Ich hatte die Klinke schon in der Hand, da hielt Erik mich noch einmal zurück.

»Du hast mir gar nicht erzählt, wie es dir geht, Emma. Alles gut überstanden?«

»Na klar. Max scheint sich von seinem Abenteuer übrigens auch erholt zu haben. Er ist heute früh mit Lilli nach Hamburg gefahren. Und du? Merkst du noch was von deinem Sturz?«

Er lachte und tastete seine linke Kopfhälfte ab. »Abgesehen von einer kleinen Beule ist alles okay. Aber was ist mit diesem Tom? Hat er tatsächlich bei euch im Hostel geschlafen?«

»Ja«, gab ich knapp zurück.

Ich verschwieg auch ihm, wo genau Tom die Nacht verbracht hatte. Erik war bestimmt nicht eifersüchtig oder so etwas. Trotzdem. Ich ließ es lieber unerwähnt. Und seine nächsten Worte bestätigten mich in meiner Entscheidung.

»Komischer Kerl. Irgendwie undurchsichtig, was meinst du?«

»Ja«, sagte ich wieder wortkarg.

Erik störte sich nicht daran. »Also, mutig ist er, das muss man ihm lassen. Aber er hat etwas an sich, das mich misstrauisch macht. Weißt du etwas über ihn? Wo er herkommt, was er so treibt?«

Ich hob bloß die Schultern.

Erik nickte, als hätte er das erwartet. »Okay. Mal sehen, was sich herausfinden lässt. Wahrscheinlich werde ich ihm im Himmelspark von Zeit zu Zeit begegnen, wenn ich Dienst habe. Mit etwas Glück bekomme ich aus ihm seine Geschichte heraus.«

»Gute Idee«, murmelte ich.

»Hauptsache, er nistet sich nicht bei euch ein.«

Auch den Dachboden ließ ich lieber unerwähnt und zuckte nur scheinbar gleichgültig mit den Schultern.

In Wahrheit freute ich mich riesig. Erik machte sich Gedanken über mich!

Ich räusperte mich. » Jetzt muss ich echt los«, sagte ich, bevor ich mich ihm wie ein verknallter Teenager an den Hals werfen konnte.

Erik nickte erneut. »Ja, und für mich wird es Zeit, dass ich mich wieder mit der menschlichen Gallenblase beschäftige. Das Kleinhirn wartet nämlich schon.«

Wir grinsten uns an.

»Pass auf dich auf, Emma.«

Er sorgte sich um mich!

Mein Herz schmolz wieder mal dahin.

Es fiel mir schwer, mich von ihm zu trennen, aber ich musste wirklich zurück und im Hostel helfen.

»Komm heute Abend zur Wassermühle«, lud ich ihn noch ein. »Die WPs treffen sich da jeden Sonntag. Wir machen nichts Besonderes, hängen nur ein bisschen ab.«

»Gern«, erwiderte Erik. »Ich werde froh sein, wenn ich für ein paar Stunden den Büchern entkomme. Aber nur, wenn niemand was dagegen hat, dass ein Spion aus dem feindlichen Lager bei ihnen aufschlägt.«

»Never«, gab ich zurück. »Schau einfach vorbei.«

Ich winkte Erik zu und beeilte mich, zum Hostel zurückzukommen.

19

Ein Heim für Tom

Während ich durch Kiesels Gassen lief, musste ich die ganze Zeit an Erik denken.

Er war mir in der letzten Stunde so vertraut geworden, als wären wir schon seit Jahren eng miteinander verbunden.

Ich lächelte verträumt und stellte fest, dass Colin seit einer Weile aus meinem Kopf verschwunden war.

Das gefiel mir, und ich wagte einfach mal zu hoffen, dass die Tage meines eingebildeten Traumtypen gezählt waren. Mit Erik an meiner Seite würde ich ihn nicht mehr brauchen.

Ich konnte es kaum abwarten, Lilli davon zu berichten!

Blöderweise vergingen der gesamte restliche Nachmittag und der frühe Abend, bevor ich Lilli überhaupt wieder zu Gesicht bekam.

In der Zwischenzeit schickte sie mir nur eine Nachricht, dass sie mit Max auf dem Rückweg sei und bis nach seiner Abreise warten würde, um sich zu übergeben.

Sosehr ich mich auch bemühte, ich verstand es nicht. Am

Ende nahm ich an, sie hätte in Hamburg etwas Falsches gegessen, und hoffte, sie wäre am Abend wieder fit, damit ich ihr von Erik und Tom und Colin berichten konnte. Den Gedanken, Max könnte für ihre Übelkeit verantwortlich sein, verwarf ich sofort wieder. Doch nicht der liebe Max!

Kaum war ich zurück im Hostel, verflog zumindest die Hoffnung, Tom könnte verschwunden sein.

»Er ist im Park und arbeitet am Kinderkarussell«, informierte mich meine Mutter, als ich sie im Flur antraf.

Sie hielt ihr Handy hoch. »Vorhin hat er mir geschrieben. Es scheint ihm zu gefallen, aber bestimmt träumt er davon, bald bei der ›CloudKiss‹ anfangen zu dürfen. Für einen jungen Mann wie ihn ist das ja viel spannender, als kleinen Kindern beim Ein- und Aussteigen zu helfen. Soweit ich weiß, ist dann für ihn ja auch die eine oder andere Freifahrt auf der Achterbahn drin.« Sie tippte etwas in den Computer auf dem Empfangstresen und zwinkerte mir zu. »Und so, wie der Junge aussieht, findet er sicher schnell ein Mädchen, das mit ihm den Kuss probiert.«

Ich staunte. Meine Mutter machte sich ja eine Menge Gedanken über Tom. Wollte sie etwa die Spannungen zwischen ihm und mir aus der Welt schaffen?

Indem sie andeutete, ich sollte ihn küssen?

Bäh!

»Hübsches Kleid«, sagte sie und zwinkerte gleich noch mal.

Doppel-Bäh!

Mir fiel ein, dass Tom mir sein wahres Ziel verraten hatte. Sein Wunsch, mit den Tieren des Himmelsparks zu arbeiten, war somit eine der wenigen Infos, die ich über ihn hatte. Ich wusste außerdem, aus welcher Stadt er stammte und wie alt er war.

»Er ist wirklich ein ganz außergewöhnlicher Mensch«, fing meine Mutter wieder an.

»Wie meinst du das?«, erkundigte ich mich vorsichtig, während mir der Schreck durch die Glieder fuhr.

Hatte Tom seinen Mund etwa doch nicht halten können und meiner Mutter von unserem nächtlichen Abenteuer berichtet? Oder hatte er sich einfach verplappert? Das war ja eigentlich meine Spezialität!

Ich ordnete hektisch ein paar Prospekte auf dem Tresen, um meiner Mutter nicht ins Gesicht sehen zu müssen. Halb erwartete ich ein fürchterliches Donnerwetter. Mein Blick fiel dabei auf ein Faltblatt von Hamburg, das zu einem Besuch der Hansestadt einlud.

Lilli!, flehte ich im Stillen. Komm endlich zurück! Ich brauche dich!

»Nun«, sagte meine Mutter langsam, »ich finde es mutig, wie er so ganz allein hergekommen ist und den Sommer fern von seiner Familie verbringt.«

»Das ist doch nichts Besonderes. Der Typ ist alt genug!«

Während ich mich den Prospekten über die Nordseeküste widmete, fuhr sie fort: »In deinen Augen ist das vielleicht keine große Sache, Emma, aber ich finde es sogar heldenhaft.«

Heldenhaft? Hilfe! Jetzt kam sie zur Sache.

Doch wieder Irrtum.

»Er besitzt ein ganz besonderes Einfühlungsvermögen«, erklärte meine Mutter. »Stell dir vor, er hat mir gesagt, wie sehr es ihn freut zu sehen, dass es mir gut geht. Ist das nicht reizend? Dabei kennt er mich erst seit heute früh.«

Das war nicht reizend, fand ich. Das war definitiv verdächtig!

Wieso interessierte sich Tom so sehr dafür, wie es meiner Mutter ging?

Verdammt! Ich brauchte Lilli dringender denn je. Sie musste mir helfen, hinter sein Geheimnis zu kommen. Meinetwegen konnte sie dafür auch in die Glaskugel schauen. Schaden konnte es nicht.

Meine Mutter hatte nur eine kurze Pause gemacht. »Er bewundert mich dafür, wie ich ganz allein das Hostel führe«, erzählte sie weiter.

»Ganz allein? Und was mache ich?« Empört schaute ich sie an.

»Entschuldige, Emma. So hat er das bestimmt nicht gemeint.«

Wie denn wohl sonst?, dachte ich verärgert.

»Was ist los?«, fragte meine Mutter. »Du guckst so böse.«

»Ach, nichts«, brummte ich. Und um sie endlich abzulenken, fragte ich: »Sind die Gäste aus Frankfurt schon da?«

Sie nickte und ich entdeckte ein verräterisches Glitzern in ihren Augen.

»Es ist doch eine Familie?«, vergewisserte ich mich. »Vater, Mutter, Kind?« Ich hatte letzte Woche die Reservierung entgegengenommen und mich ein wenig gewundert. Normalerweise buchten Familien, die aufs Geld achten mussten, ein Zimmer in einer von Kiesels zahlreichen Privatpensionen, oder sie kamen mit dem eigenen Camper angereist. Unser Hostel war eher was für jugendliche Pärchen oder Gruppen.

»Nicht ganz.«

Das versprach nichts Gutes. Von Familienvätern ließ meine Mutter aus Prinzip die Finger, aber sonst … Mir war klar, dass sie dringend Ernest vergessen wollte, und das klappte bei ihr am besten an der Seite eines anderen Mannes.

Doch ein Gast unseres Hostels? Noch dazu einer, der von so weit her kam?

Ich rieb mir die Stirn. Das passte nicht zu meiner Mutter.

»Es sind drei Geschwister«, erklärte sie. »Alle Anfang zwanzig.« Das Glitzern erlangte die Leuchtkraft von Sternschnuppen. »Ihr Onkel hat sie eingeladen.«

»Und der Onkel ist?«

»Unser neuer Sparkassendirektor. Wilhelm Schneider. Sein Haus ist noch nicht fertig, deshalb hat er seine zwei Nichten und den Neffen bei uns untergebracht. Ein feiner Mann, wirklich, ein sehr feiner Mann.«

»Hör mal ...«

»Ist schon gut, Emma. Ich weiß, was du sagen willst. Ich soll mich nicht gleich auf den Nächsten stürzen. Das tue ich nicht, versprochen! Willi hat mich nur gefragt, ob ich mal mit ihm essen gehe, und es wäre unhöflich gewesen, Nein zu sagen, findest du nicht? Schließlich ist er neu in Kiesel und kennt noch niemanden.«

»Willi?«, wiederholte ich und versuchte, eine strenge Miene aufzusetzen. Mama war einfach unmöglich! »Du nennst ihn schon beim Spitznamen?«

Die Sternschnuppen explodierten förmlich in ihren Augen.

»Ach was, ist mir eben nur so rausgerutscht. Das Zimmer für die drei Geschwister habe ich übrigens fertig. Jetzt müssen wir nur noch warten, bis die Münchner Jungs abfahren, dann kannst du mir beim Putzen und Bettenmachen helfen.«

Geschickt abgelenkt, dachte ich bei mir, sagte aber nichts. Sollte meine Mutter ihr neues Glück eben in den Armen eines Sparkassendirektors finden! Wenn ein Magier es nicht schaffte, sie zu halten, dann vielleicht ein Mann der trockenen Zahlen. Hauptsache, sie war glücklich.

Insgeheim wunderte ich mich über mich selbst. Sonst war ich von ihrem flotten Liebesleben immer furchtbar angenervt. Und jetzt störte es mich kaum! Gut, das mochte daran liegen, dass sich in meinem eigenen Liebesleben die Dinge geradezu überstürzten. Meine Gedanken flogen zu Erik.

Hoffentlich kam er später zur Wassermühle!

Hoffentlich schafften wir es heute Abend, uns zu küssen!

»Du strahlst ja so«, sagte meine Mutter. »Wo warst du eigentlich in den letzten Stunden?«

Ich schaute sie strafend an, und sie hob die Hände, als wolle sie sich ergeben.

»Sorry, ich weiß. Ich soll dich nicht ausfragen.« Meine Mutter grinste mich an. »Alles klar, mein Schatz. Kannst du mir helfen, die beiden Lampen da auf den Dachboden zu bringen? Dann siehst du auch gleich, was Tom und ich geschafft haben. Es ist schon fast alles fertig!«

Am liebsten hätte ich abgelehnt, aber mir fiel keine gute Ausrede ein. Also schnappte ich mir eine der beiden alten Stehlampen und folgte meiner Mutter die Treppe hinauf.

Oben angekommen, staunte ich nicht schlecht. Ich hatte den Dachboden als verstaubte Gerümpelkammer in Erinnerung, doch jetzt befand ich mich in einem winzigen, doch sauberen und anheimelnden Raum. Die unverputzten schrägen Holzwände glänzten frisch geschrubbt, das kleine Oberlicht ließ die späte Nachmittagssonne hinein und der Boden war mit einem zwar abgewetzten, aber bunt leuchtenden Teppich belegt.

»Ein richtiges Bett fehlt noch«, sagte meine Mutter und wies auf eine alte Steppdecke, die in der hinteren Ecke auf dem Boden lag. Darunter befand sich vermutlich die Schaumstoffmatratze aus meinem Zimmer. »Aber das kommt noch.«

Fast hätte ich erwidert, dass Tom sich so vielleicht gleich ganz heimisch fühlen würde, presste aber gerade noch rechtzeitig die Lippen aufeinander. Hätte nur bohrende Fragen zur Folge gehabt.

Neben dem provisorischen Lager stand ein wackliger Nachttisch, außerdem gab es noch einen Stuhl und eine rollbare Kleiderstange, wie sie in Kaufhäusern benutzt wurden.

»Wo hast du die denn her?«, fragte ich.

»Von Josephine«, sagte meine Mutter arglos. »Sie hat vorhin reingeschaut und war sofort bereit, uns zu helfen. Manchmal frage ich mich, warum ihr zwei eigentlich so verfeindet seid. Wenn man mal davon absieht, wie sie sich auftakelt, ist sie ein wirklich nettes Mädchen.«

Ja klar, dachte ich, aber nur, wenn es darum geht, sich bei Tom einzuschmeicheln!

Laut sprach ich es nicht aus. Mama hatte mich schon oft gebeten, freundlicher zu Josephine zu sein, weil wir schließlich auf die Gunst ihrer Mutter angewiesen waren. Nicht nur, dass Anna von Lerchen uns manchmal Gäste rüberschickte; sie hatte Mama auch schon mehr als einmal aus einer finanziellen Klemme herausgeholfen.

Aber solchen Diskussionen ging ich grundsätzlich aus dem Weg.

Josephine war ein Miststück, und bei allem Verständnis für meine Mutter würde es mir nie im Leben gelingen, sie nett zu finden.

»Lassen wir das«, murmelte meine Mutter, als ich eisern schwieg. »Hier, schau mal. Es gibt zum Glück diese eine Steckdose, und mit dem Verlängerungskabel müssten wir es schaffen, eine Lampe am Kopfende aufzustellen und die andere hier bei der Kleiderstange.«

Ich half ihr, die Lampen anzuschließen, und als wir fertig waren, klatschte Mama begeistert in die Hände.

»Richtig gemütlich, findest du nicht?«

»Ja, sicher.«

»Ein paar Blumen wären schön. Darum kümmere ich mich nachher.«

»Vielleicht noch Champagner und Pralinen?«, sagte ich spitz.

»Sei nicht sarkastisch, Emma. Das steht dir nicht!«

Von unten drangen Rufe zu uns hoch.

»Ah, das müsste Josephine sein. Sie hat versprochen, Gardinen für das Oberlicht zu nähen.«

Ich beschloss, nachher mit Lilli zusammen zu würgen. Egal, was sie für einen Grund für ihre Übelkeit hatte, meiner war mindestens genauso gut!

Es war schon spät, als ich mich auf den Weg zur alten Wassermühle machte. Um meiner Mutter bei den Zimmern zu helfen, war ich in Shorts und T-Shirt geschlüpft, und später hatte ich keine Zeit gehabt, mich noch einmal umzuziehen.

Falls Erik auftauchen sollte, musste er mich eben in meiner üblichen Kluft hinnehmen. Ich war mir sicher, es würde ihm nichts ausmachen. Schließlich waren wir uns am Nachmittag wirklich nahegekommen, und ich konnte mich nicht jedes Mal in Schale werfen, wenn ich ihn sah.

Josephine mit PH hatte tatsächlich Gardinen gebracht, aber es war mir gelungen, ihr aus dem Weg zu gehen, indem ich mich in mein Zimmer verkrümelte, bis sie wieder weg war.

Anschließend rief meine Mutter mich auf den Dachboden, damit ich sah, wie hübsch die hellblauen Stoffe sich am Oberlicht machten. Sie waren an zwei Leisten befestigt, damit sie an der schrägen Wand richtig hingen.

Ja, hübsch.

Mama hatte meinen bösen Gesichtsausdruck unkommentiert gelassen.

Die Münchner Jungs waren gegen halb sieben erhitzt ins Hostel zurückgekehrt und hatten ziemlich laut gemeckert, weil sie nicht mehr duschen durften. Allen voran Bodo, natürlich.

Aber meine Mutter hatte nicht mit sich reden lassen und darauf hingewiesen, dass die Zeit zum Auschecken längst überschritten sei. Also hatten sie murrend ihr Gepäck genommen und waren mit dem Bus zum Bahnhof gefahren. Bodo hatte mir zum Abschied einen langen, dunklen Blick geschenkt. War mir aber egal gewesen.

Ein anderer Junge aus der Gruppe hatte mir verraten, dass sie Max direkt am Bahnhof treffen würden. »Er hat keine Zeit mehr, hier noch einmal vorbeizuschauen, aber er hat gesimst, dass er dich herzlich grüßen lässt. Und er dankt dir für alles.«

Mir tat es leid, dass ich ihn nicht mehr sehen würde, und ich hoffte, er würde zu Hause in München stark bleiben und sich von niemandem mehr unterbuttern lassen. Schon gar nicht von seinem Vater.

Ich hoffte, Lilli würde vom Bahnhof direkt ins Hostel kommen, um mir alles zu erzählen, aber sie ließ sich nicht blicken.

Die Münchner hatten sehr, sehr viel Dreck gemacht, und es dauerte zwei Stunden, bis wir die Zimmer für neue Gäste sauber hatten.

Meine Mutter, die bei anderen Gelegenheiten heftig schimpfte, trällerte die ganze Zeit fröhlich vor sich hin. Ich nahm an, ihre gute Stimmung war dem Sparkassendirektor zu verdanken.

Sollte mir recht sein.

Endlich verließ ich das »Cloud« durch den Hinterausgang. Am Waldrand angekommen, wandte ich mich nicht dem Himmelspark zu, sondern in die entgegengesetzte Richtung.

Der Mond war bereits aufgegangen und schickte seine bleichen Strahlen auf die Erde.

Unwillkürlich dachte ich an die vergangene Nacht, an Erik und mich im Wald. Und plötzlich wünschte ich mir, ich hätte mir doch mehr Mühe bei meiner Klamottenwahl gegeben.

Zu spät.

Bald entdeckte ich die mächtigen Umrisse der Mühle. In der Dämmerung wirkte sie genauso neu und prächtig, wie sie vor zweihundert Jahren gewesen sein musste. Aber ich wusste, ihr Reetdach war an vielen Stellen durchlöchert, einige der Fachwerkbalken waren durchgefault und das rot verputzte Mauerwerk wies Millionen Risse auf. Von dem großen Schöpfrad waren nur noch ein paar zerbrochene hölzerne Schaufeln übrig, und das Obergeschoss, wo einst die Müllersfamilie direkt neben dem Kornspeicher gewohnt hatte, war heute unbenutzbar.

Immer wieder wurde im Stadtrat darüber diskutiert, die Mühle instand zu setzen, aber der Himmelspark war jedes Jahr aufs

Neue wichtiger. Eine bessere Straße für die Besucher musste gebaut werden, Kiesels Zentrum sollte aufgehübscht werden oder ein neues Informationsbüro musste her.

Irgendwas war immer.

Meine Freunde und ich waren froh darüber. Solange die Mühle halb verfallen war, gehörte sie uns allein.

Sollte sie eines Tages hergerichtet und zum Kulturdenkmal erklärt werden, mussten wir uns einen neuen geheimen Treffpunkt suchen.

Beim Näherkommen entdeckte ich einen schwachen Lichtschein, der durch die schmalen Fenster nach außen drang, und musste grinsen. Früher hatten wir alte Petroleumleuchten benutzt, aber nachdem Sammy mal eine umgestoßen und um ein Haar die Mühle abgefackelt hatte, waren wir zu Taschenlampen übergegangen.

Ich klopfte dreimal kurz gegen die erstaunlich gut erhaltene Holztür. Dann zählte ich im Stillen bis zehn und wiederholte den Vorgang.

Von drinnen wurde das Losungswort gefordert.

»Was sagt der Müller?«

Ich erkannte Dustins Stimme und war versucht, ihn einfach auszulachen.

Manche unserer alten Rituale kamen mir inzwischen lächerlich vor. Aber das hier waren meine besten Freunde, meine Familie, die Leute, auf die ich immer zählen konnte. Also spielte ich mit.

»Wer zuerst kommt, mahlt zuerst!«, rief ich laut und deutlich.

Im nächsten Augenblick wurde ein schwerer Riegel zur Seite geschoben und die Tür schwang auf.

»Wir dachten schon, du lässt uns hängen«, sagte Dustin mit düsterer Stimme.

»Wieso? Ihr wisst, dass ich sonntags immer viel zu tun habe und erst später kommen kann.«

Er schwieg dazu, ließ mich eintreten und schob den Riegel sorgfältig wieder vor.

»Erwartet ihr einen Überfall?«, fragte ich und konnte mir mein Grinsen nun kaum noch verkneifen.

Dustin sagte wieder nichts und ging in die hintere Ecke des Mahlraums voraus, wo wir uns eine Art Lager aus alten Kisten und Mehlsäcken gebaut hatten.

Dort saßen Sammy und Mario. Mit ernsten Mienen nickten sie mir zu. Zwischen ihnen auf dem Boden standen zwei Sixpacks, beide unberührt.

Das Lachen blieb mir im Hals stecken. Wenn die Jungs nicht mal ihr Bier tranken, musste etwas wirklich Schlimmes passiert sein.

»Was ist los?«, fragte ich und setzte mich auf eine umgedrehte Apfelsinenkiste. »Wo sind Janne und Lilli?«

»Wissen wir nicht«, erwiderte Dustin. Seine karottenfarbenen Haare wirkten im Licht der Taschenlampen eher rostrot, sein Blick war finster. »Ist jetzt auch gerade nicht das Wichtigste.«

So langsam wurde mir klar, dass die drei wirklich mächtig wütend waren.

»Also, schießt los.«

Sie tauschten einen langen Blick, bevor Mario das Wort ergriff. Seine Eltern betrieben einen Tante-Emma-Laden im Zentrum, der aufgrund der Konkurrenz eines Einkaufszentrums am Stadtrand chronisch knapp vor dem Konkurs stand.

Mario war besonders schlecht auf die Sprösslinge wohlhabender Eltern zu sprechen.

»Das haben wir heute überall in der Stadt aufgesammelt«, sagte er und reichte mir ein Flugblatt. Ich nahm es und las: »Die Feiglinge von Kiesel!«

20
So eine Frechheit!

Als Erstes dachte ich, es sei einfach sehr stümperhaft gestaltet. Bloß ein paar Strichmännchen, im Hintergrund ein Kreis und dazu ein paar Zeilen Text, mit der Hand geschrieben und dann kopiert. Dann kapierte ich, was da stand. Mir stockte der Atem und ich brachte keinen Ton heraus.

»Die Feiglinge von Kiesel«, übernahm Mario. »Emma S., Janne W., Lilli N., Mario K., Dustin M., Samuel V.«

Ich sah mir das Flugblatt näher an. Mehr stand da nicht, aber das war auch nicht nötig. Jeder, der gestern Nacht dabei gewesen war, wusste, worum es ging. Der Kreis war das Riesenrad, die Strichmännchen die WPs, die reglos davorstanden. Und auch wer nicht eingeweiht war, wusste natürlich sofort, wer die Figuren mit den abgekürzten Namen waren. Kiesel war klein genug. Ich fand, wirklich gut war nur ich getroffen, lang und bleistiftdünn, aber das behielt ich lieber für mich.

»Unsere Nachnamen sind abgekürzt«, sagte ich. »Wie albern ist das denn? Es ist doch allgemein bekannt, wie wir heißen.«

»Meine Mutter hat mich schon zur Rede gestellt«, erklärte Mario. »Sie wollte wissen, was das zu bedeuten hat. Wenn ich wieder etwas angestellt habe, bekomme ich vier Wochen Hausarrest.«

Dustin und Sammy waren dem elterlichen Zorn offenbar noch entgangen, aber es war nur eine Frage der Zeit, bis auch sie davon erfuhren. Irgendein Nachbar hatte bestimmt ein Flugblatt erwischt, das den Jungs entgangen war, und hatte sie schon informiert. Falls das nicht Marios Eltern bereits erledigt hatten.

Mir wurde abwechselnd heiß und kalt, als ich mich fragte, was meine Mutter wohl dazu sagen würde.

Bisher war es mir gelungen, unsere nächtliche Aktion vor ihr geheim zu halten, aber nun könnte es doch rauskommen. Es war nicht etwa so, dass ich irgendeine Strafe fürchtete. Was mir wirklich zu schaffen machte, war der Gedanke, dass meine Mutter von mir enttäuscht sein würde.

In ihren Augen war ich ein vernünftiges und erwachsenes Mädchen.

Dieses Bild durfte nicht zerstört werden.

»Ist ja wohl klar, wer den Mist fabriziert hat«, unterbrach Mario meine Grübeleien.

»Josephine?«

Er schüttelte den Kopf. »Kann sein, dass sie die Anstifterin ist, aber ich kenne nur einen, der so primitive Strichmännchen malt. Konrad Schneider. Der hat null Zeichentalent, kriegt in Kunst aber trotzdem regelmäßig eine Drei minus. Warum wohl?«

Ich seufzte. Konrads Vater besaß eine ganze Kette von Supermärkten, bedrohte die Existenz von Marios Familie und war stellvertretender Bürgermeister von Kiesel. Ein mächtiger Mann.

Für Mario bedeutete Konrad ungefähr das, was Josephine für mich bedeutete.

»Möglich«, meinte ich vorsichtig.

»Es ist so. Den bring ich um!«

»Immer mit der Ruhe, Leute«, mahnte Sammy, der grundsätzlich versuchte, Frieden zu stiften. Er hasste jegliche Form von Auseinandersetzung. »Wir müssen erst mal …«

Weiter kam er nicht, denn an der Tür ertönte nun unser Klopfzeichen.

Bevor jemand nach dem Losungswort fragen konnte, rief Lilli den Spruch vom Müller und hämmerte jetzt wild gegen die Tür.

»Macht schon, Leute!«

Mario sprang auf und öffnete. »Ist jemand hinter dir her?«

»Sozusagen«, erwiderte Lilli atemlos, kam zu uns in die Ecke gerauscht und ließ sich auf einen Mehlsack fallen.

»Die Viper hat mich abgefangen, als ich ins Hostel gekommen bin«, erklärte sie. »Ich dachte, ich hole dich ab, Emma, aber du warst schon weg.«

»Du hast ja auch auf meine Nachrichten nicht reagiert!«

»Sorry, Akku leer. Musste so viele Fotos machen.«

»Selfies von dir und Max?«

»Nee, von den Zombies.«

»Mädels«, mischte sich Mario ein. »Könnt ihr euren Weiberkram auf später verschieben? Wir haben ein Problem von existenzieller Bedeutung zu besprechen.«

»Weiberkram?« Lilli stemmte empört die Hände in die Hüften. »Existenzielle Bedeutung? Gib nicht so an, Alter.«

Bevor jemand noch etwas erwidern konnte, sprang sie wieder auf und zog mich hoch. Ich staunte über ihre Kraft. Sie bugsierte mich in die entgegengesetzte Ecke des Mahlraums, wo die beiden riesengroßen Mühlsteine lagen. Drum herum standen die Reste einer enormen runden Holzkiste.

Lilli stieg darüber hinweg und setzte sich auf den oberen Stein.

Ich folgte ihrem Beispiel. Das Problem mit den Flugblättern konnte noch einen Moment warten. Erst wollte ich wissen, was los gewesen war.

Von dort, wo die Jungs hockten, erklang jetzt dreifach das zischende Geräusch von Bierdosen, die geöffnet wurden.

»Prost«, murmelte Lilli. »Wie sind die eigentlich drauf?«

»Erzähl ich dir gleich. Du zuerst.«

Ich hätte auch dringend über Erik reden wollen und über Tom und sein merkwürdiges Verhalten. Aber Lilli machte einen erschöpften und zugleich gehetzten Eindruck.

»Zombies?«, hakte ich nach, als sie nicht gleich loslegte. »Du hast wirklich Zombies fotografiert? Wo zum Teufel warst du mit Max?«

»In Hamburg, in einer Ausstellung«, berichtete Lilli. »Ich wollte ihn heute ganz für mich haben und dachte, das bringt uns einander näher. Aber für einen einfachen Stadtbummel hätte er wahrscheinlich nicht auf den zweiten Besuch im Himmelspark verzichtet.«

»Klar«, meinte ich. »Aber wieso ist dir deshalb dann gleich schlecht geworden?«

Sie schaute mich unglücklich an. Ich fand, sie sah tatsächlich ein bisschen grün im Gesicht aus.

»Lilli, was war das für eine Ausstellung?!«

»›Körperwelten‹.«

»Igitt.« Plastifizierte Tote, teilweise oder gänzlich aufgeschnitten? Ich hatte etwas darüber in der Zeitung gelesen, mich fast übergeben müssen und mir geschworen, niemals hinzugehen. Lerneffekt hin oder her.

»Am schlimmsten war die Raucherlunge«, murmelte Lilli. »Ganz schwarz und schrumpelig. Bitte versprich mir, dass wir nie mit dem Rauchen anfangen!«

Wir klatschten uns ab, dann grinsten wir.

»Und, wie hat es Max gefallen?«

»Super! Der wollte gar nicht wieder weg. Er meinte, das wäre sogar noch besser als echte Untote.«

»Na ja.«

Lilli verzog das Gesicht. »Ich glaube, er fand es wirklich cool, dass ich mit ihm dahin gefahren bin. Aber er hat nicht ein einziges Mal versucht, mich zu küssen.«

»War vielleicht nicht das passende Ambiente.«

»Aber auf der Rückfahrt auch nicht. Und am Bahnhof warteten schon der blöde Bodo and Friends und er musste schnell umsteigen. Jetzt ist er weg. Weit, weit weg.«

»Bloß in München«, versuchte ich sie zu trösten. »Nicht auf dem Mond.«

»Es fühlt sich aber an wie Mond.« Lilli schniefte ein bisschen.

Ich legte ihr einen Arm um die Schultern. »Er wird sich bestimmt melden.«

»Glaubst du?«

»Hundertpro«, erwiderte ich, obwohl ich gar nicht so sehr davon überzeugt war. Max lebte wirklich weit weg und er hatte eine Menge Probleme zu lösen. Gut möglich, dass er Lilli schnell vergessen würde.

»Okay«, sagte sie. »Ich gehe nach Hause und leg mir die Karten.

Oder ich frag das Pendel. Oder die Glaskugel. Oder ich mach zur Sicherheit gleich alles. Wollte dir nur kurz wegen der Viper Bescheid geben.«

»Was war denn da los?«

Zum Glück vergaß Lilli jetzt ihren Kummer über Max und lachte schon wieder.

»Ich schätze mal, die ist durchgeknallt. Dabei habe ich sie nicht mal verflucht. Ehrlich nicht!«

»Lilli! Sag schon!«

»Tja, also, die hat mich was ganz Komisches gefragt. Nämlich, ob ich etwa zu Tom will. Auf den Dachboden! Klarer Fall von Dachschaden, oder?«

»Ähm«, machte ich.

Lilli riss die Augen auf. »Etwa nicht?«

»Ich muss dir was erklären«, begann ich und setzte sie so schnell wie möglich ins Bild.

Sie kam aus dem Staunen gar nicht mehr raus. »Tom Lange alias Superheld alias Mister Geheimniskrämer wohnt jetzt bei euch und ist auch schon allerbester Freund von Charlotte?«

»So ungefähr.«

»Kann es vielleicht sein …« Lilli sah mich wachsam an. »Spioniert er sie vielleicht aus?«

»Warum sollte er das tun?«, fragte ich ungläubig.

Lilli hob die Schultern.

»Wisst ihr denn gar nichts über ihn?«

»Er kommt aus Berlin«, sagte ich mit so dumpfer Stimme, dass Lilli aufhorchte.

»Was hast du für ein Problem damit?«

Ich druckste ein wenig herum. Dann winkte ich ab und sagte:

»Es besteht gar kein Zusammenhang. Es ist nur ... mein Vater wohnt da.«

»Echt? Wusste ich noch gar nicht.« Lilli wandte sich an die Jungs: »Hey! Habt ihr was zu futtern? Ich muss denken ...«

Drüben wurden nur die Bierdosen hochgehalten.

»Nicht hilfreich«, murmelte Lilli. Ich registrierte erleichtert, dass ihr immerhin nicht mehr allzu schlecht sein konnte. »Martin Stern lebt also in Berlin«, wiederholte sie. »Versuchst du noch, ihn zu finden?«

Ich nickte.

Lilli sah mich fragend an. »Wieso fährst du dann nicht hin?«

Ich verdrehte die Augen. »Berlin ist eine riesige Stadt mit Millionen Einwohnern. Wie soll ich ihn da finden? Oder glaubst du, seine Telefonnummer steht einfach so in deiner Glaskugel?«

»Nö. Aber vielleicht im Telefonbuch.«

Manchmal war Lilli sehr viel realistischer als ich.

Andererseits war ich nun wirklich nicht untätig gewesen und hatte im Internet schon oft nach Martin Stern gesucht, ihn aber nie gefunden. Als ich Lilli darauf hinwies, lächelte sie nur optimistisch. »Dann müssen wir eben bei Charlotte suchen. Ich wette, irgendwo hat sie seine Kontaktdaten versteckt.«

»Kann sein«, meinte ich vage.

Ich gestand ihr meine Schnüffelaktionen und erzählte von der Entdeckung, die ich in dem Sekretär gemacht hatte. Die mich aber auch nicht weitergebracht hatte.

Lilli versprach, das Foto, die Brosche und den Sekretär einmal auszupendeln. Innerlich seufzte ich, aber ich musste jedes Hilfsangebot dankbar annehmen.

»Zurück zu Tom«, sagte Lilli nach einem kurzen Moment des

Schweigens. »Wieso hast du nicht verhindert, dass er einzieht? *Willst* du etwa, dass er bei euch bleibt? Ich meine, er hat ja auch schon in deinem Zimmer geschlafen!«

»NEIN!«, rief ich. So laut, dass die Jungs zu uns herüberstarrten. Ich senkte meine Stimme. »Natürlich will ich den Typen nicht bei uns haben. Aber ich konnte nichts dagegen machen.«

»Und wieso nicht?«

»War schon alles beschlossene Sache, als ich aufgestanden bin. Und später war ich nicht da.«

»Sondern wo?«

Jetzt war Erik dran. Ich schilderte Lilli in Kurzfassung, was am Nachmittag geschehen war.

»Wahnsinn!«, stieß sie aus, als ich geendet hatte. »Die Sache mit dem Tuschwasser hatte ich längst vergessen.«

Okay, das war vielleicht nicht der wichtigste Teil meines Berichtes, aber ich gönnte ihr die schnelle Rückblende auf ihre Heldentat.

»Und mit dem Kuss ist es wieder nichts geworden?«

»Nö.« Ich seufzte.

»Schon merkwürdig. Am Ende hat das Universum doch was dagegen, dass ihr zusammenkommt.«

»Es war nicht das Universum, sondern mein Smartphone. Gestern Nacht und heute Nachmittag.«

»Du musst in höheren Dimensionen denken, Emma. Komm, wir hauen ab und gehen zu mir nach Hause. Wir haben eine lange Sitzung vor uns.«

»Unmöglich.«

Ich erklärte ihr, dass Erik vielleicht vorbeischauen wollte. Dann kam ich endlich auf die Flugblätter zu sprechen.

Lilli wartete gar nicht, bis ich mit meinem Bericht fertig war, sondern sprang auf und war mit drei Sätzen bei den Jungs. Dustin, Mario und Sammy wichen erschrocken zurück.

»Warum habt ihr das nicht gleich gesagt?«, rief Lilli. »Zeigt mal her den Wisch!«

Mario reichte ihr ein Flugblatt. Seine Miene war schon nicht mehr ganz so düster. Das mochte am Bier liegen oder daran, dass Lilli in der nächsten Sekunde in schallendes Gelächter ausbrach.

»Und deswegen macht ihr euch alle in die Hose?«, fragte sie, als sie sich ein wenig beruhigt hatte. »Da steht doch gar nichts!«

»Kannst du nicht mehr richtig gucken?«, fragte Dustin säuerlich zurück. »Das sind wir vor dem Riesenrad im Himmelspark, und es ist ja wohl klar, worum es geht. Wir sind eingebrochen und waren zu feige, um einen Jungen in Not zu retten.«

»Ja, *uns* ist das klar!« Lilli verdrehte die Augen. »Aber anderen Leuten nicht, du Dummi.« Sie sah von einem zum anderen. »Euer Künstler hat fünf Strichmännchen vor einem Kreis gemalt. Wer, bitte, soll denn da einen Zusammenhang herstellen?«

»Meine Mutter wollte schon wissen, was es zu bedeuten hat«, sagte Mario.

»Und? Hast du es ihr erklärt?«

Er schüttelte den Kopf.

»Guter Junge. Das ist nämlich die einzige Gefahr: Dass wir uns verplappern, wenn uns jemand ausfragt!«

Wir anderen tauschten Blicke und fühlten uns einen Moment lang ziemlich blöd. Dann entspannten wir uns.

»Ein Glück, dass du den Durchblick hast«, sagte ich zu Lilli.

Sie neigte hoheitsvoll den Kopf. »Stets zu Diensten. Trotzdem ist dieser Wisch natürlich eine Frechheit. Vor allem, weil die anderen Beteiligten darauf nicht erwähnt werden. Die R'n'Bs und die Typen aus München.«

Sie nahm ihren Rucksack, kramte lange und brachte endlich einen Kugelschreiber zum Vorschein. Sorgfältig breitete sie das Flugblatt auf einer freien Kiste aus und begann zu zeichnen.

Lilli war sehr talentiert, und sie musste sich Mühe geben, Strichmännchen zu fabrizieren, die ebenso stümperhaft aussahen wie die Originale. Aber schließlich wimmelte es auf dem Flugblatt nur so vor Figuren, die R'n'Bs und die Münchner waren ebenfalls namentlich erwähnt, und wo Lilli die Nachnamen nicht kannte, hatte sie sich einfach einen Buchstaben ausgedacht. Kurz schwebte ihre Hand mit dem Kugelschreiber noch über dem Kreis, und ich ahnte, sie war versucht, ein wunderschönes Riesenrad mit dem wunderschönen winzigen Max zu zeichnen, aber sie ließ es bleiben.

»So«, sagte sie und reichte Mario das Blatt zurück. »Das kannst du morgen im Copyshop vervielfältigen lassen und dann bringen wir es unters Volk. Jetzt ist es wenigstens gerecht.«

Ich wollte etwas dazu sagen, zum Beispiel, dass so eine Aktion albern war und auch ein bisschen riskant, aber ich wurde von einem erneuten Klopfen an der Tür unterbrochen.

Diesmal jedoch fehlte unser Geheimzeichen.

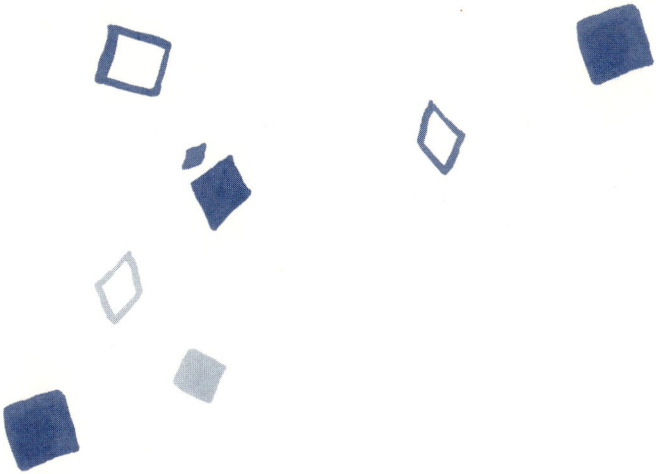

21

Krieg oder Liebe

Wir starrten uns an und in den Gesichtern der anderen fand ich meinen eigenen Schrecken wieder. Mochte das Flugblatt noch ein harmloser Scherz gewesen sein – aber was kam jetzt?

Ein Überfall der R'n'Bs?

Die Jungs suchten mit den Augen den Mahlraum ab. Auf der Suche nach Waffen, schätzte ich.

Leise flüsterte ich Lilli zu: »Das muss Erik sein. Verdammt! Ich habe ganz vergessen, ihm unser Klopfzeichen zu verraten.«

»Erik?«, fragte Sammy alarmiert. »Was hat der denn hier zu suchen?«

»Ich habe ihn eingeladen«, gestand ich kleinlaut.

Auf einmal schien mir das keine gute Idee gewesen zu sein. Am Nachmittag im Garten der Hansen-Villa war mir dieser ganze Cliquen-Streit lächerlich vorgekommen. Nicht eine Sekunde hatte ich gedacht, es könnte ein Problem geben, wenn Erik zu uns stieße.

Aber nun …

Auf einmal ertönte eine laute Stimme, die wir alle kannten.

»Nein, nein! Du musst anders klopfen, sonst denken die da drinnen, kleine grüne Wesen vom Mars bitten um Einlass. Oder Josephine und ihre Gefolgsleute wollen die Mühle übernehmen. Das kommt so ziemlich aufs Gleiche raus, denn so oder so wäre der Abend im Eimer.«

Janne!

Schon hörten wir unser Zeichen. Dann schickte Janne den Spruch vom Müller hinterher.

Lilli reagierte am schnellsten. Mit wenigen Schritten war sie an der Tür und schob mit einiger Mühe den Riegel weg.

»Warte!«, rief Mario noch. »Da stimmt was nicht!«

Mario hatte zehn Millionen CSI-Folgen gesehen, von New York bis Miami.

Vielleicht dachte er, unsere Janne werde unter Androhung brutaler Gewalt dazu gezwungen, ihrem Entführer bei uns Einlass zu verschaffen.

Die Tür schwang auf – und dort standen Janne und Colin. Wieder brauchte ich einen Moment, bis ich begriff, dass es Tom war, der verwirrt blinzelte, weil ihm plötzlich drei Taschenlampen direkt in die Augen strahlten.

»Lasst den Quatsch!«, rief Janne. »Wir sind es bloß.«

Die Jungs senkten die Lampen. Endlich kam Leben in mich und ich sprang auf.

»Was will der denn hier?«

»Ich freue mich auch, dich zu sehen«, sagte Tom.

Colin legte schützend seinen Arm um mich. Ich wollte mich an ihn kuscheln, fand aber keinen Halt.

»Warum bist du bloß so luftig?«, murmelte ich.

»Sorry, Darling. Ab morgen gehe ich ins Fitnessstudio und trainiere mir schöne dicke Muskeln an.«

»Als ob das was bringen würde!«

Er wirkte beleidigt.

Ich konzentrierte mich auf Janne.

»Wieso hast du ihn mitgebracht? Du weißt, wir müssen so etwas gemeinsam beschließen. Das ist absolut gegen die Regeln.« Ich ignorierte, dass ich auch niemanden um seine Meinung gefragt hatte, bevor ich Erik einlud. Aber das konnte Janne ja nicht wissen.

Die zuckte bloß mit den Schultern. »Dachte mir, es wäre nett, wenn er ein bisschen Anschluss findet. Jetzt, wo er bei euch auf dem Dachboden wohnt.«

Die Info löste bei den Jungs erstaunte Blicke aus. Janne achtete nicht darauf, sondern fuhr fort: »Eigentlich wollte ich dich abholen, Emma. Ich war selbst ein bisschen spät dran. Aber du warst schon weg. Also bin ich allein los und Tom kam mir auf dem Weg zum Wald entgegen.«

»Direkt von der Arbeit«, ergänzte er.

»Und da habe ich ihn spontan gefragt, ob er nicht mitkommen will.«

»Wir sollen ihn bei den WPs aufnehmen?«, hakte Dustin nach. »Einfach so? Einen Fremden?«

»Immerhin einen, der uns ganz schön aus der Klemme geholfen hat«, berichtigte Janne. »Denkt an gestern Nacht. Ohne ihn hätte sonst was passieren können!«

Die anderen sahen verlegen zu Boden, als sie daran dachten, wie sie untätig herumgestanden hatten, während Max um sein Leben bangte.

Ich sah, wie Tom sich das Lachen verkneifen musste. »Leute, ich mache nur mit, wenn ich nicht irgendwelche Aufnahmeriten bestehen muss«, erklärte er. »Mühlstein-Weitwurf oder Mehlsäcke-Stemmen würde heute echt über meine Kräfte gehen. Ich glaube, ich habe zweitausend Kinder aufs Karussell rauf- und wieder runtergehoben.« Er seufzte theatralisch.

Lilli kicherte, die Jungs grinsten, Janne wirkte zufrieden. Sie hockte sich neben mich auf die Apfelsinenkiste.

»Ist doch ein cooler Typ«, raunte sie mir zu. »Und Josephine wird sich schwarzärgern.«

Brummig zuckte ich mit den Schultern.

Inzwischen hatte Tom von Sammy ein lauwarmes Dosenbier bekommen und wurde aufgefordert, von letzter Nacht zu erzählen. Wie das so gewesen war auf dem Riesenrad und ob er Angst gehabt hatte?

Tom beschäftigte sich umständlich mit seiner Dose. Drehte sie in den Händen, trank einen Schluck Bier, stellte sie ab, nahm sie wieder auf.

War ihm die Fragerei unangenehm? Vielleicht war er einfach nicht der Typ, der gern über sich selbst sprach. Vielleicht war das schon der simple Grund für seine Geheimniskrämerei? Trotzdem, ich dachte gar nicht daran, ihm zu helfen!

Bevor Tom jedoch irgendwas sagen konnte, erschien der nächste Besucher. Allerdings klopfte er nicht etwa an die Tür, sondern stand so plötzlich mitten im Mahlraum, dass ich kurz glaubte, Colin sei ein Gestaltwandler geworden und erscheine mir jetzt als Erik.

Ich rieb mir kräftig die Augen.

Nein, es war mein echter, großer, schöner Erik.

»Hi«, sagte ich überwältigt. »Wie bist du reingekommen?«

Er grüßte entspannt in die Runde, aber ich bemerkte ein nervöses Flackern in seinen Augen. Selbstverständlich entging ihm nicht die plötzlich aufwallende, kaum unterdrückte Feindseligkeit, die von den Jungs ausging.

»Ich kenne die Mühle seit Jahren«, erklärte er. »Da hinten beim Schaufelrad ist ein mannsgroßes Loch in der Wand. Da kommt man leicht rein.«

»Wissen wir«, grummelte Mario. »Aber zivilisierte Menschen kriechen nicht durch irgendwelche Löcher, sondern gehen durch die Tür.«

»Wie darf ich das verstehen?«, fragte eine Stimme, die ich unter Tausenden wiedererkannt hätte.

Josephine tauchte hinter Erik auf und löste ein allgemeines Stöhnen (Lilli, Janne und ich) und Knurren (Dustin, Mario und Sammy) aus.

»Seid ihr ein Rudel Wölfe, oder was?«

Aggressionen platzten auf wie ein Blitzlichtgewitter, und Josephine stellte sich lässig in Positur, als wäre sie von Paparazzi umzingelt.

Sie lächelte sogar kokett.

Lilli sprach mal wieder aus, was ich dachte: »Echt krass, die Viper. Bewahrt Haltung auch noch in höchster Gefahr.«

So groß war die Gefahr allerdings nicht, denn Erik und Josephine waren nur wenige Sekunden lang in der Unterzahl. So lange brauchten ein paar weitere R'n'Bs, um durch das Mauerloch zu klettern.

Ich sah Konrad, Marvin, Florian und Torben-Maria, der für seinen Namen natürlich echt nichts konnte, aber dennoch ein furchtbar eingebildeter Typ war. Weitere Mädchen waren nicht dabei, trotzdem stand es sechs zu sechs für die WPs und die R'n'Bs, sofern Erik zu Josephines Clique gezählt wurde.

Tom hingegen gehörte weder zu der einen noch zu der anderen Gruppe. Ich bemerkte, wie er sich abseits stellte und still das Geschehen beobachtete. Josephine verschlang ihn förmlich mit ihren Blicken, aber vorerst blieb sie bei ihren Leuten. Immerhin, meine Feindin wusste Prioritäten zu setzen. So nach dem Motto: Erst der Krieg, dann die Liebe.

Die WPs formierten sich Schulter an Schulter, verschränkten abwehrend die Arme vor der Brust und starrten die Eindringlinge böse an. Sammy vergaß, dass er Auseinandersetzungen hasste, Janne war vorübergehend keine Pazifistin mehr. Und ich hing mittendrin.

Die R'n'Bs standen uns gegenüber und starrten zurück, nur Erik musste mit sanfter Gewalt dazu gebracht werden, mit ihnen eine Kette zu bilden.

Als alle aufgereiht waren, wusste niemand, was nun geschehen sollte.

Also, natürlich hassten wir uns gegenseitig, wir lästerten über die anderen, wir spielten gemeine Streiche – aber wir gingen nicht mit Fäusten aufeinander los. Das war ja hier kein Videospiel! Oder ein Musical, wo die verfeindeten Cliquen plötzlich gegeneinander tanzen und singen.

No way. Tja, was nun?

Ich erinnerte mich an meine inoffizielle Rolle als Sprecherin der Clique und fragte: »Wieso seid ihr hier?«

»Du hast mich eingeladen«, sagte Erik. »Oder habe ich da etwas falsch verstanden?«

Darauf fiel mir keine Erwiderung ein. Ausnahmsweise war ich froh, dass Josephine das Wort ergriff.

»Zwar bin ich dir keine Rechenschaft schuldig«, sagte sie hochnäsig, »aber als gut erzogener Mensch will ich dir gern Auskunft geben. Ich bin Janne und Tom gefolgt und habe unterwegs meine Jungs informiert. Ich habe nämlich befürchtet, sie will ihn entführen.«

»Ja, richtig«, gab Janne mit einem ironischen Grinsen zurück. »Entführen und vernaschen, damit du ihn nicht zwischen deine Krallen kriegst.«

In Toms Mundwinkeln zuckte es amüsiert.

Dann schaltete Mario sich ein.

»Wieso hast du Erik herkommen lassen?«, fragte er mich. »Er gehört doch gar nicht zu uns.«

»Na ja …«, begann ich, kurz verwirrt. Dann straffte ich mich.

Klar, ich hatte mir das alles anders ausgemalt. Ein friedlicher Abend mit meinen Freunden, die es cool fänden, wenn Erik einer der unseren werden würde. Weder war Toms Auftauchen in diesem Szenario vorgesehen gewesen, noch die plötzliche massive Anwesenheit der R'n'Bs. Schlechter hätte es nicht laufen können. Ein Erik allein, fern von Josephine and Company, hätte sicher weit weniger Stress ausgelöst als dieser Gruppen-Erik hier vor uns. Aber deswegen brauchten mich meine Leute noch lange nicht anzufeinden!

Ich fühlte mich auf einmal sehr allein, obwohl Lilli rechts und Mario links von mir standen.

Prompt gesellte sich ein sehr durchscheinender Colin zu mir, was ich ihm hoch anrechnete. Ich war mir nicht sicher, ob ich ihn in dieser Situation gebrauchen konnte, aber er murmelte etwas von Fairplay, worauf nur ein Engländer kommen konnte, und brachte mich damit auf die rettende Idee.

»Hört mal«, sagte ich mit einer Stimme, die hoffentlich fest und souverän klang. »Lasst uns fair bleiben.«

»Sind wir hier auf einem bescheuerten Kricketfeld, oder was?«, wollte Josephine wissen.

Mein Blick fiel auf Erik. Der wirkte nervös und ich konnte ihn gut verstehen. Er hatte vermutlich gehofft, an diesem Abend mit den WPs Freundschaft schließen zu können, aber nun musste er für die R'n'Bs Position beziehen. Ich bemerkte die feindlichen Blicke von Dustin und den anderen, die sich besonders auf ihn konzentrierten. Es war, als drehten sie alle an der Zeit, plötzlich waren sie wieder fünfzehn und der viel zu gut aussehende blonde Typ war erneut der Außenseiter.

Und Tom? Er blickte zur Tür und überlegte wohl, wie lange er brauchen würde, um zu verschwinden. Unseren Cliquenstreit fand er wahrscheinlich albern und er ging ihn ja auch tatsächlich nichts an.

Aber so cool und abwägend, wie er dabei blieb, kam mir der Gedanke, dass diese Situation für ihn nichts Neues war. Er wirkte entspannt, geradezu mit sich selbst im Reinen – wie einer, der sein Leben lang am Rand der anderen Menschen gelebt hatte, niemals in ihrer Mitte.

Ohne es zu wollen, empfand ich plötzlich so etwas wie Verständnis für Tom.

Weil ich abgelenkt war, bekam ich nun erst mit, dass Dustin sich ein Flugblatt geschnappt hatte und damit vor den anderen herumwedelte.

»Fair? Ihr wisst doch gar nicht, was fair ist! Die Typen da …«

Er zeigte mit der freien Hand der Reihe nach auf die Jungs der R'n'Bs. Bei Josephine machte sein Arm einen schnellen Hüpfer in der Luft, als traute er sich nicht, sie ebenfalls anzuklagen. »Also, die Typen da haben uns vor der ganzen Stadt angeschwärzt. Und sie ...«

»Was ist das?« Josephine hatte ihm das Blatt entrissen, bevor Dustin mit seiner Rede überhaupt fertig war. Beide Arme fielen nutzlos herab und sein Blick war nicht der intelligenteste.

»Strichmännchen vor einem großen Kreis und eine Menge Namen, inklusive meines eigenen«, fasste Josephine zusammen.

Lilli stieß mich kräftig mit dem Ellenbogen an, während Janne uns fragende Blicke zuwarf.

Schon klar. Dustin hatte aus Versehen das von Lilli angereicherte Flugblatt erwischt.

»Die Feiglinge von Kiesel«, las Josephine laut vor. »Was soll der Mist? Warst du das, Konrad?«

Der Angesprochene schrumpfte sichtbar in sich zusammen. Die anderen Jungs traten unruhig von einem Bein aufs andere und flüsterten miteinander. Die Formation der R'n'Bs befand sich in Auflösung.

Nur Erik stand ruhig da, und ich hielt mich mit den Augen an seiner großen Gestalt fest, während um mich herum das Palaver immer hitziger wurde.

Konrad schwor beim Leben seiner Siamkatze, er hätte nur die WPs gezeichnet; die WPs behaupteten, ungefähr hundert genau dieser Flugblätter gefunden zu haben. Hinter meinem Rücken ließ Mario unauffällig die Originale in einer Kiste verschwinden.

Josephine bebte vor Zorn und schrie Konrad an. Dessen Verteidigung schwächelte bald, und seine Kumpel, die hundertprozentig an der Aktion beteiligt gewesen waren, dachten keine Sekunde daran, ihm zu helfen.

Angsthasen, dachte ich und grinste schadenfroh in mich hinein. Beim Streich mitmachen und dann nicht dazu stehen. Würde bei uns nicht vorkommen!

»Pass auf!«, raunte Lilli mir zu. »Jetzt schießt sie die Blitze. Gleich geht der arme Konrad in Flammen auf.«

Doch in diesem Moment hob Erik die Hand, und als hätte er einen Schalter umgelegt, trat schlagartig Stille in der Mühle ein.

Sogar Josephine verstummte, wenn ihre Augen auch noch gefährlich funkelten.

»Tja, Leute, so schnell kann das also gehen«, sagte Erik mit ruhiger Stimme.

Das leise Zittern darin hörte vermutlich nur ich heraus, aber ich wusste ja auch mehr über ihn als die anderen.

Alle schauten ihn fragend an. Ich auch. Obwohl ich schon so eine Ahnung hatte, was gleich kommen würde. Immerhin verfolgte mich das Thema schon das ganze Wochenende.

»Merkt ihr es nicht?«, fragte er.

Ich schaute schnell zu Tom. Der wusste auch, worum es ging, da war ich mir ganz sicher. Und er wirkte noch ein bisschen mehr wie ein Außenseiter. Ganz so, als hätte auch er am eigenen Leib erfahren, worüber Erik gleich sprechen würde. Ein merkwürdiges Gefühl regte sich in mir, aber ich weigerte mich, es Mitleid zu nennen. Das wäre ja etwas Nettes gewesen, und ich hatte nicht vor, nette Gefühle für Tom zu empfinden!

Keine Sympathie, kein Mitleid, gar nichts!

Langsam, beinahe zärtlich nahm Erik Josephine das Flugblatt aus der Hand und zerriss es in kleine Schnipsel.

»Wegen einer dummen Zeichnung seid ihr dabei, die Gruppe zu sprengen.«

Sein Blick wanderte von Josephine zu Konrad und weiter zu den anderen Jungs.

Alle starrten daraufhin betreten zu Boden. Sogar Josephine.

»So fängt es an«, ergänzte er. »Einer wird ausgeguckt, der als Sündenbock herhalten muss, und schon schlagen die anderen auf ihn ein.«

Josephine wollte etwas erwidern, aber er ließ sie nicht zu Wort kommen.

»Das habe ich nicht wörtlich gemeint. Prügel sind gar nicht nötig. Aber ihr hättet weitergemacht und Konrad mit Worten erledigt. Es ist nämlich sehr einfach, einen Einzelnen zu mobben. Dagegen erfordert es eine Menge Arbeit und Selbsteinsicht, sich mit den eigenen Fehlern und Schwächen auseinanderzusetzen. Ihr hättet euch zum Beispiel fragen müssen, was diese dumme Feindschaft mit den WPs überhaupt soll und ob ihr nicht zu alt für so etwas seid. *Das* wäre eine erwachsene und reife Reaktion gewesen. Stattdessen benehmt ihr euch wie Grundschüler und geht auf einen Freund los.«

Konrad starrte ihn mit offenem Mund an. Offenbar wusste er nicht, was er davon halten sollte, dass Erik ihn in Schutz nahm.

Jetzt zeigte Erik auf uns. »Und ihr braucht euch nicht einzubilden, dass ihr besser seid. Nur ein Fehler von einem von euch und derjenige wäre wahrscheinlich ebenso dran.«

Wie bitte?

Ich hatte plötzlich einen Kloß im Hals und musste hart schlucken. Der große, schöne Erik machte sich bei mir mit einem Mal sehr, sehr unbeliebt.

Dass die R'n'Bs allesamt einen miesen Charakter hatten, war allgemein bekannt. Die hielten sich für was Besseres, die hackten auf allen herum, die nicht so reich und so schön waren wie sie.

Aber wir WPs, wir waren die Guten, die Anständigen, die Coolen.

Klar?

Wir mobbten nicht, wir nahmen die Schwächeren in Schutz, wir kämpften gegen die Reichen und für die Armen. Robin Hood und seine Mannen waren nichts gegen uns!

Schließlich hatten wir alle gemeinsam Mario bei den Hausaufgaben geholfen, als er sich das Handgelenk verstaucht hatte. Und einmal hatte Dustin im Einkaufszentrum einen Chanel-Lippenstift mitgehen lassen, weil Janne sich den seit Monaten so innig gewünscht hatte.

Nicht ganz astrein, die Geschichte, aber keiner von uns hackte deswegen auf ihm herum. Er sollte so etwas bloß niemals wiederholen.

Wir hielten zusammen, das stand fest. Wir waren eins.

Ich dachte scharf nach.

Dabei fing ich Lillis Blick auf.

Wie war das im letzten Jahr gewesen, dachte ich plötzlich, als Lilli noch ein bisschen mehr als sonst gegessen hatte und ziemlich rundlich geworden war? Hatte ich da nicht ein paar Machtworte sprechen müssen, weil die Jungs anfingen, sie zu necken?

Und wenn schon!, sagte ich mir augenblicklich. Das waren doch lediglich ein paar harmlose Späße gewesen. Kein Mobbing!

Erik hatte null Ahnung von uns. Mochte er noch so klug und belesen sein, er kannte uns einfach nicht. Er war eben von seinen eigenen Erfahrungen geprägt und deshalb voreingenommen.

Und wir würden es uns noch einmal gut überlegen, ob wir einen wie ihn in unsere Reihen aufnehmen würden. Einen, der uns auf die gleiche miese Stufe stellte wie unsere Feinde!

»Denkt mal an gestern Abend«, fuhr Erik fort. »Und damit meine ich euch alle hier. Da habt ihr gegen die Gruppe aus München zusammengehalten, oder etwa nicht?«

Hm, ja, das stimmte wohl, soweit ich es von Lilli wusste. Norddeutsche gegen Bayern.

Lilli und die Jungs nickten und auch bei den R'n'Bs gab es Zustimmung.

»Und warum ist das heute wieder vorbei?«, fragte Erik in die Runde. Er wartete keine Antwort ab, sondern gab sie gleich selbst: »Weil ihr kein gemeinsames Feindbild mehr habt. Und da ihr euch nicht als Gruppe die Köpfe einschlagen wollt, müssen eben Einzelne von euch herhalten.«

»Quatsch«, sagte Janne. »Wir WPs halten zusammen, da wird keiner gemobbt.«

»Mag ja sein, aber nehmt es einfach als Beispiel, wie schnell es gehen kann. Hier ist es Konrad, bei euch könnte es jeder sein. Dustin, weil er so rote Haare hat, oder Lilli, die alle ein bisschen für verrückt halten. Oder …«, er warf mir einen schnellen Blick zu, den ich nicht deuten konnte, »oder Emma, weil sie so dünn und tollpatschig ist.«

Ich starrte ihn an.

DAS hätte er nicht sagen dürfen!

Moralpredigt schön und gut, und ich verstand durchaus, dass Erik die allgemeine aggressive Stimmung entschärfen wollte, aber DAS hätte er nicht sagen dürfen.

Never!

Schon als er Lilli beleidigt hatte, war ich wütend auf ihn geworden, aber mich hätte er unter gar keinen Umständen hineinziehen dürfen. Wo war unsere Vertrautheit vom Nachmittag, unser Einverständnis?!

Ich öffnete den Mund und sprach, bevor ich einen klaren Gedanken gefasst hatte.

»Nur weil du jahrelang selbst gemobbt worden bist«, schleuderte ich ihm entgegen, »musst du hier keinen Rundumschlag verteilen!«

Plötzlich war es so still in der Mühle, dass man ein vergessenes Weizenkorn hätte fallen hören können.

Jegliches Murmeln verstummte, jegliches Füßescharren verhallte.

Erik schaute mich an, Fassungslosigkeit im Blick.

Und ich wusste, ich hatte alles vermasselt.

22

Geh mir aus den Augen!

»Emma«, sagte Erik tonlos und wurde ungefähr so bleich wie ich.

Nur meinen Namen, kein Wort mehr.

War auch nicht nötig. Lag ja ein ganzer Roman darin, und der ging so: Du hast mich verraten, das werde ich dir niemals verzeihen. Ich hatte gedacht, du bist ein verantwortungsvoller Mensch, der mit einem Geheimnis umgehen kann, aber du hast mich zutiefst enttäuscht. Geh mir aus den Augen, ich will dich niemals wiedersehen!

Unwillkürlich wich ich zurück und schon in der nächsten Sekunde war ich nicht mehr allein. Colin legte tröstend seinen Arm um mich.

»Sei froh, Darling. Der Wikinger ist sowieso nichts für dich.«

»Was weißt du schon.« Ich nahm alle Selbstbeherrschung zusammen, die ich aufbringen konnte, um nicht loszuheulen.

»Genug, mehr als genug«, flüsterte Colin. »Ich muss dich schließlich seit drei Jahren über ihn hinwegtrösten.«

»Und wenn schon.«

»Ein Gentleman würde sich anders benehmen.«

Aber es war mir egal, was ein englischer Geist sagte.

»Nein!«, rief ich laut, bevor ich mich zurückhalten konnte. »Bitte sei nicht böse, Erik!«

Colin verzog sich mit einem resignierten Seufzer, Josephine schnaubte und Erik … sagte nichts.

Lilli schob ihre kleine Hand in meine.

»Haltung, Emma!«, wisperte sie. »Contenance!«

Das half etwas.

Ich war nämlich kurz davor gewesen, mich vor Erik auf die Knie zu werfen und ihm flehend meine gefalteten Hände entgegenzustrecken. Eventuell hätte ich auch noch seine Segeltuchschuhe geküsst.

Na ja. Wäre wohl too much gewesen.

Erik stand reglos da wie eine Statue.

Rechts und links von ihm löste sich die Gruppenformation der R'n'Bs auf und auch meine Jungs hielt es nicht mehr in Reih und Glied. Plötzlich flüsterten alle miteinander, einige warfen Erik verstohlene Blicke zu. Dustin beriet sich tatsächlich mit Torben-Maria, Janne brachte Konrad ein Bier, um auf den Schreck etwas zu trinken, und wieder andere nutzten die Gunst des Augenblicks, um sich Tom an den Hals zu werfen.

Josephine tat zwar, als müsste sie ihm etwas zuflüstern, aber ich hätte wetten können, sie knabberte leidenschaftlich an seinem Ohrläppchen.

Immerhin, schoss es mir durch den Kopf. Mit Erik hatte ich es mir ein für alle Mal verdorben, weil ich meinen Mund nicht halten konnte – aber wenigstens hatte ich für den Moment einen Krieg der Cliquen verhindert.

»Es tut mir furchtbar leid«, sagte ich lahm zu Erik. »Ich … habe das nicht so gemeint. Du bist bestimmt überhaupt nie gemobbt worden. Wäre ja auch ein Ding! Also, ein cooler Typ wie du ist doch überall beliebt und …« Ich brach ab, weil ich merkte, dass ich es nur noch schlimmer machte.

Es hatte keinen Sinn, den anderen etwas vorzuspielen. Die Leute hier waren mit Ausnahme von Tom alle aus Kiesel, und plötzlich erinnerten sie sich daran, wie nervig sie damals den Streber aus der Großstadt gefunden hatten. So viel größer, so viel besser aussehend, so viel weltgewandter als sie!

Langsam schaute ich von einem zum anderen und fragte mich, wer wohl zu den Mobbern gehört hatte. Am Nachmittag hatte Erik behauptet, es sei keiner von meinen Freunden dabei gewesen.

Aber ob das wirklich stimmte?

Konnte ich meine Hand dafür ins Feuer legen?

Nein. Leider.

Und die Jungs der R'n'Bs? Von denen war es jedem zuzutrauen, fand ich.

Erik rührte sich noch immer nicht und sein enttäuschter Blick ließ mich regelrecht zusammenschrumpfen.

Vielleicht sollte ich doch auf die Knie gehen, überlegte ich. Dann konnte er die Wand hinter mir anstarren. Aber wahrscheinlich fände er es nicht lustig, wenn ich schon wieder vor seinen Augen hinfiel.

Ich drückte Lillis Hand. Das schien sie als Aufforderung misszuverstehen.

»Also, wie ein Opfer siehst du eigentlich nicht aus«, sagte sie nachdenklich zu Erik. »Aber wenn du willst, kann ich nachher meine Glaskugel zu deiner Zukunft befragen. So weißt du, was auf dich zukommt, und kannst dich entsprechend wappnen.«

O nein. War das Lillis Rache, weil Erik so böse auf mich war? Oder weil er sie als verrückt bezeichnet hatte? Oder beides?

»Hör auf«, wisperte ich ihr zu.

Leider war Lilli niemand, der sich so leicht stoppen ließ, und sie wartete nur auf Eriks Stichwort.

Das kam prompt. »Wie soll ich das verstehen?«

»Na, ganz einfach. Stell dir vor, du gehst im Herbst in Hamburg zur Uni, und deine Kommilitonen lachen sich schlapp über das Landei, das zu allem Übel auch noch so einen ganz leichten ostfriesischen Dialekt spricht …«

»Das tue ich überhaupt nicht!«, warf Erik empört ein.

Sicherheitshalber schob ich Lilli hinter mich und hielt nun wieder allein seinem vor Zorn lodernden Blick stand.

Tut mir leid, signalisierte ich ihm telepathisch. Ich liebe dich und ich wollte dich nicht verletzen!

Leider besaß Erik null übersinnliche Fähigkeiten.

Fast wünschte ich mir, er würde zu seinem früheren Verhalten zurückkehren und wieder durch mich hindurchsehen.

Aber das ging wohl nicht mehr.

Plötzlich kam Hilfe aus einer gänzlich unerwarteten Ecke.

»Nun regt euch wieder ab, Leute«, sagte Tom.

Er hatte sich von Josephine gelöst und kam zu uns herüber. Offenbar mochte er nicht länger angeknabbert werden. Oder er glaubte, er sei irgendwie für mein Wohlbefinden verantwortlich, weil er bei uns wohnte. Was auch immer.

Er baute sich zwischen mir und Erik auf und redete ruhig auf ihn ein. »Du lässt dich doch wohl nicht so leicht verrückt machen, hm? Komm, lass uns ein Bier trinken. Dieses ganze Gerede von Mobbing ist überflüssig.«

»Korrekt!«, rief jemand. Mario oder Sammy.

»Die Vergangenheit ist vergangen!«, stimmte Dustin zu.

Torben-Maria ging zu Erik und knuffte ihn in den Oberarm, wobei er sich an dessen Muskeln wahrscheinlich einen Finger brach. »Keiner, der noch bei Verstand ist, würde es wagen, gegen dich zu sein.«

Und schon war Erik von den Jungs umringt. Einer drückte ihm eine Dose in die Hand, andere redeten auf ihn ein. Dustin schlug ihm vor, ganz offiziell den WPs beizutreten, Konrad von den R'n'Bs protestierte mit lauter Stimme dagegen.

»Unseren Erik geben wir nicht her!«

Lilli und ich tauschten verwunderte Blicke.

»Irre«, meinte Lilli.

»Wahnsinn.« Mein Beitrag.

Ich schaute zu Erik. Der überragte die anderen um eine halbe Kopflänge und wirkte definitiv besänftigt. Ein wenig sonnte er sich sogar in den allgemeinen Freundschaftsbekundungen, fand ich. Nur mir würde er nicht verzeihen, und dieses Wissen lag wie ein Felsbrocken auf meinem Herzen, das sich schon seit meinem Ausbruch kaum noch traute, überhaupt zu schlagen.

»Der kriegt sich wieder ein«, sagte Lilli schnell. »Brauchst nicht zu weinen, Emma.«

»Tue ich gar nicht!«

Tat ich leider doch – und vor Tom war mir das ganz besonders peinlich.

»Wenn du willst, rede ich noch mal mit ihm«, bot er an.

»Nein, danke. Ich regele meine Angelegenheiten allein.«

Das fehlte noch, dass ein undurchsichtiger Typ wie er bei meinem Erik ein Wort für mich einlegte. Der richtete am Ende noch mehr Schaden an als Lilli.

»Tut mir leid«, sagte sie. *Ihre* telepathischen Fähigkeiten funktionierten einwandfrei. »Mir ist das alles so rausgerutscht.«

»Mir ja auch vorhin.«

»Tja«, meinte Tom, »Mädchen reden oft schneller, als sie denken. Muss ein Genfehler sein.«

Als er unsere Mienen sah, hob er die Hände. »Nicht schießen, bitte, war nicht so gemeint! Normalerweise rede ich keinen solchen Müll. Das muss die Müdigkeit sein.«

»Oder du bist auch ein Mädchen«, gab Lilli zurück.

Wir grinsten uns an, Tom grinste mit. »Getroffen!«

Mein Blick huschte wieder zu Erik. Der hatte jetzt in der einen Hand eine Bierdose, in der anderen einen Plastikbecher mit einer braunen Flüssigkeit. Irgendjemand hatte also Hochprozentiges mitgebracht. An Erik war das natürlich verschwendet. Ein Sportler, Sanitäter und zukünftiger Chefarzt gab sich nicht die Kante! Das verstand sich ja wohl von selbst.

»Auf Ex!«, rief Torben-Maria.

Erik kippte den Inhalt des Pappbechers in sich hinein und spülte mit Bier hinterher.

»Wenn das man gut geht«, meinte Lilli.

»Verträgt er überhaupt Alkohol?«, fragte ich besorgt.

Anscheinend ganz gut, denn er ließ sich nachschenken. Dabei wirkte er schon viel lockerer und lachte mit Torben-Maria über irgendeinen geheimen Witz, der schätzungsweise von mir handelte, denn beide sahen wie auf Kommando zu mir herüber.

Und auf einmal hatte ich genug.

Ich hatte alles zerstört, was mit Erik hätte sein können?

Pech.

Er hatte vielleicht ein bisschen zu empfindlich reagiert?

Sein Problem.

Er würde mich niemals küssen, niemals mein Freund sein, niemals meine große Liebe?

»Shit happens«, sagte Colin weise.

Danke sehr. Mir kamen schon wieder die Tränen.

Noch ein Blick zu Erik, der mir jetzt seinen breiten Rücken zuwandte und mir damit deutlich signalisierte, wie wichtig ich noch für ihn war.

Es reichte wirklich.

»Ich hau ab, Leute.«

»Die beste Idee des Abends«, sagte Lilli. »Ich will auch weg.«

»Me too!«, sagte Colin innbrünstig. »Ich bin völlig erschöpft.«

»Stell dich nicht so an«, murrte ich.

»Was dagegen, wenn ich mich euch anschließe?«, fragte Tom. »Ich bin mir nicht sicher, ob ich allein den Rückweg finde.«

Colin schnitt mir eine Grimasse und sackte in sich zusammen. Er sah ein bisschen aus wie ein Flaschengeist, der zurück in sein enges Heim flutschte.

Trotz meiner Trauer musste ich lachen. »Witzbold!«

Ich schniefte. Dann bemerkte ich, dass Tom mich irritiert anblickte.

»Äh … wie bitte?«, fragte ich hastig. Mir war wohl wieder einmal ein Kommentar an Colin laut herausgerutscht.

Tom gähnte ausgiebig. »Ich bin wirklich platt.«

Erst jetzt entdeckte ich die schwarzen Ringe unter seinen Augen und seine hängenden Schultern.

Kein Wunder, dachte ich. Der Typ hatte seit gestern Abend maximal zwei, drei Stunden in meinem Zimmer geschlafen. Und wer wusste schon, was er so alles erlebt hatte, bevor er auf das Riesenrad geklettert war, um Max zu retten.

Lilli ging offenbar mal wieder Ähnliches durch den Kopf.

»Klar, komm mit. Siehst echt fertig aus. Seit wann bist du eigentlich in Kiesel und wie bist du hergekommen? Zu Fuß? Getrampt? Wann hast du überhaupt das letzte Mal in einem Bett geschlafen? Bist du vielleicht obdachlos? Hast du einen richtigen Job? Oder gehst du noch zur Schule? Studierst du? Und wieso spionierst …«

Das war der Moment, in dem ich mich aus meiner Erstarrung löste und Lilli fest eine Hand auf den Mund presste. Immerhin schnürte ich ihr diesmal nicht die Luft ab, aber ich brachte sie zum Schweigen.

»Uff!«, machte Tom.

»Grmpf«, stöhnte Lilli.

»Schluss«, befahl ich.

Sie nickte und ich nahm meine Hand weg.

»Wir sind alle kaputt«, erklärte ich ruhig. »Wir gehen nach Hause. Morgen sehen wir weiter.«

»Okay«, sagten beide wie aus einem Mund.

Noch einmal wanderte mein Blick zu Erik. Er stand keine drei Meter von mir entfernt, doch es war, als trennten uns Welten.

Lilli ging zur Tür, Tom folgte ihr, ich schlich hinterher.

Niemand schien unseren Abgang zu bemerken. Selbst Josephine war zu sehr damit beschäftigt, Erik in den Reihen der R'n'Bs zu halten, als dass sie Toms Verschwinden hätte verhindern können.

Ich sah, wie er sich kurz zu ihr umdrehte. Lag da Bedauern in seinem Blick? Oder Erleichterung?

Keine Ahnung.

So leise wie möglich schob Lilli den Riegel zurück und wir traten in die kühle Nachtluft hinaus. Ich atmete tief durch. Mir wurde bewusst, wie stickig es mit den vielen Leuten im Mahlraum gewesen war.

Den Weg nach Kiesel legten wir schweigend zurück.

Erst als wir vor dem Hintereingang des Hostels standen, sagte Lilli: »Sei nicht traurig, Emma, es wird sich alles zum Guten wenden.«

»Woher willst du das wissen?«, gab ich patziger zurück, als ich wollte. »Hast du deine Glaskugel unter dem T-Shirt versteckt?«

»Ist bloß gesunder Menschenverstand«, erwiderte sie gelassen.

»Entschuldige.«

»Kein Thema.« Sie lächelte. »Erik ist ein kluger Typ. Der wird dir bestimmt verzeihen. Und morgen überlegen wir uns, wie wir ihn dazu kriegen können, in Ordnung?«

»Okay«, sagte ich matt.

Tom schien schon im Stehen zu schlafen und wurde nur noch einmal munter, als Lilli ihn in die Seite knuffte.

»Was meinst du dazu? Schaffen wir die große Versöhnung zwischen Emma und Erik?«

Er verzog das Gesicht, als sei dies das Letzte, was er im Leben tun wollte. Das verursachte bei mir ein komisches Gefühl in der Magengegend. Dann sah er mich aus seinen meergrünen Augen an und zeigte ganz schwach seine Grübchen.

»Klar«, meinte er. »Wenn es das ist, was sie wirklich will.«

Blöde Frage! Was denn sonst?

23
Küss mich, Erik!

Lilli verabschiedete sich. Vorher formte sie mit zwei Fingern noch ein V und wies erst auf ihre Augen, dann auf Tom.

Du entkommst mir nicht, sollte das heißen. Ich behalte dich im Blick.

Er setzte bloß eine unschuldige Miene auf.

Dann betraten Tom und ich das Hostel und er verschwand ohne ein weiteres Wort in Richtung Dachboden.

In meinem Zimmer fiel ich aufs Bett, überzeugt davon, die ganze Nacht nicht schlafen zu können.

Aber ich war schon weg, bevor ich überhaupt meine Schuhe ausgezogen hatte.

Ich träumte, dass ich mit Erik auf der »CloudKiss« fuhr.

Endlich!

Dritter Versuch.

»Emma, sweet Emma«, flüsterte er, bevor er seine Lippen sanft und zärtlich auf meine legte.

Ich konnte mein Glück kaum fassen!

Doch bevor ich seinen Kuss erwidern konnte, fiel ich dummerweise aus dem Wolkenwagen und landete unsanft auf dem Fußboden. Da keine Schaumstoffmatratze mehr da war, um meinen Sturz abzufangen, stieß ich mir die linke Hüfte, die mir noch vom Zusammenprall mit dem Rattantisch im Garten der Hansens wehtat.

»Aua!«

Niemand hörte mich, niemand war da.

Nicht mal Colin.

Der war wohl auch zu müde.

Ich vergoss ein paar Tränen der Einsamkeit und krabbelte zurück ins Bett.

Ohne weitere Unfälle schlief ich bis zum Morgen durch. Diesmal kannte meine Mutter kein Erbarmen und weckte mich um halb acht.

»Hopp, hopp! Waschtag!« Sie stand breitbeinig vor meinem Bett und guckte streng. Ein Sklaventreiber hätte sich von ihr noch eine Scheibe abschneiden können.

Einer wie Hansen senior.

Och, nee!

Sofort kam die Erinnerung zurück. Meine Welt war zusammengebrochen, meine Träume von einer glücklichen Zukunft mit Erik waren zerstört – und ich sollte drei Stunden lang den zweitmiesesten Job im Hostel erledigen? Waschtag kam bei mir gleich nach Bäder putzen.

»Kannst dir noch einen Tee machen und dann schwirrst du los«, fügte meine Mutter hinzu.

»Ja, danke, aber vielleicht möchte ich wenigstens richtig frühstücken!«

»Nimm dir was mit«, sagte sie ungerührt und zog mir die Bettdecke weg. »Wenn du schon wieder so lange feiern konntest, dass du es nicht mal mehr geschafft hast, dich auszuziehen, kannst du auch pünktlich deine Arbeit erledigen.«

Die Logik entging mir, aber vermutlich war ich noch nicht richtig wach.

Also raffte ich mich auf, schlurfte in die Küche und brühte mir einen Tee auf. Währenddessen aß ich eine Banane und einen halben Apfel. Mir war nämlich ein Bericht eingefallen, den ich letzte Woche in einer Frauenzeitschrift gelesen hatte. Viele Vitamine erhöhten demnach die geistige Leistung. Vielleicht half mir eine Obstkur ja dabei, künftig schneller zu denken als zu reden. Oder auch nur, langsamer zu reden als zu denken.

»Ist Tom schon auf?«, fragte ich meine Mutter, die in aller Ruhe ein Honigbrötchen aß.

»Nein, er schläft noch. Der arme Junge muss sich auch mal ausruhen. Dieser Job im Himmelspark ist wirklich sehr anstrengend. Vielleicht mache ich ihm nachher Frühstück. Was glaubst du, was er am liebsten isst?«

Ich musste sie ziemlich fassungslos angestarrt haben, denn sie hob die Augenbrauen. »Was ist denn?«

»Äh … also … ich muss hier eine Banane runterwürgen und der Typ kriegt lecker Frühstück von dir gemacht. Das ist ja wohl unfair!« Ich schämte mich ein bisschen, weil das so kleinlich und eifersüchtig klang, aber ich konnte nicht anders.

»Bist du etwa neidisch, Emma?«

Ja, genau.

»Ich doch nicht.«

»Dann ist ja gut.«

Verwirrt trank ich noch etwas Tee, dann ließ ich sie allein und machte mich an die Arbeit.

Zehn Minuten später zog ich einen alten Bollerwagen mit dreißig Kilo schmutziger Bettwäsche nebst Handtüchern quer über den Marktplatz. Mein Ziel war der öffentliche Waschsalon zwei Querstraßen hinter Ginos Eiscafé. Unsere altersschwache Maschine im Hostel konnte diese Wäscheberge nicht bewältigen. Es gehörte zu meinen Aufgaben, zweimal in der Woche diese Tour zu machen.

Ich sah mich um, als ich am Brunnen vorbeikam. Niemand da, abgesehen von den alten Leutchen auf den Bänken.

Ein Glück!

Es war mir sogar schon passiert, dass ich von den Mitgliedern einer japanischen Reisegruppe fotografiert worden war. Die hatten das einheimische Riesenmädchen mit dem altertümlichen Handwagen für besonders pittoresk gehalten.

Grässlich!

Es gab nur einen einzigen Vorteil an diesem verhassten Job: Lilli wohnte direkt neben dem Waschsalon.

Also beeilte ich mich, die Wäsche auf drei Maschinen zu verteilen, und freute mich schon darauf, die nächsten anderthalb Stunden mit einem berühmten Nena-Nickel-Frühstück zu verbringen. Ausnahmsweise hatte ich mal richtig Hunger. Konnte daran liegen, dass ich mir unterwegs ausgemalt hatte, welche Leckereien meine Mutter wohl für Tom zaubern würde.

Das Heim der Nickels war noch um einiges schmaler und älter als unser Hostel und wirkte wie ein richtiges Knusperhäuschen. Lillis Mutter hatte es eigenhändig bemalt und die großen Lebkuchen sahen sehr echt aus. Erst hatte es in der Nachbarschaft wilde Proteste gegen diesen Schandfleck gegeben, inzwischen galt das Häuschen als Touristenattraktion.

Die Eingangstür war nie abgeschlossen, und so trat ich ein, ohne zu klingeln.

Durch den kurzen Flur folgte ich den köstlichen Düften direkt in die Küche. Dort saß Nena und blickte trübselig auf den reich gedeckten Tisch. Ich entdeckte einen ganzen Berg Pfannkuchen, außerdem einen Teller mit Rührei und kross gebratenem Frühstücksspeck. Mir lief das Wasser im Mund zusammen, während mein Blick weiterwanderte zu dem vollen Brotkorb, zu Butter, Marmelade, Honig und Nuss-Nougat-Creme.

»Wo ist Lilli?«, fragte ich. »Und guten Morgen.«

»Sie hat gesagt, sie hat keinen Hunger«, erwiderte Nena düster. »Kannst du dir das vorstellen? Dabei habe ich mir so viel Mühe gegeben. Sie wird doch nicht krank sein? Fieber messen durfte ich nicht.« Sie seufzte tief. »Iss du wenigstens etwas, Emma.«

Das ließ ich mir nicht zweimal sagen und legte los. Erst nach zwei Brötchen, einer großen Portion Rührei mit Speck und drei Pfannkuchen kam ich wieder zu mir.

»Lilli hat keinen Appetit?«, fragte ich nach und rieb mir den vollen Bauch. »Wieso das denn?«

»Das weiß ich nicht. Sie sitzt seit dem Morgengrauen in ihrem Zimmer und starrt in die Glaskugel. Willst du mal mit ihr reden?«

Ich nickte. Doch bevor ich aufstehen konnte, kam Lilli selbst in die Küche. In der Hand hielt sie ihr Smartphone.

»Ich glaube, die Verbindung ist oben nicht so gut«, sagte sie hoffnungsvoll und schaute so intensiv auf das Display, als wollte sie es hypnotisieren.

»Erwartest du einen Anruf?« Nena beäugte ihre Tochter misstrauisch. Eine appetitlose Lilli war ihr definitiv nicht ganz geheuer.

»Äh … nee, nicht wirklich.«

»Soll ich zur Sicherheit mal das Thermometer holen?«

»Mir geht es gut, Mama.«

Von einer Nena Nickel hätte ich eigentlich erwartet, dass sie mit ihren magischen Kräften schnell hinter Lillis Geheimnis kam. Aber vielleicht versagten diese Kräfte ja bei der eigenen Tochter.

Mir war sofort klar, worum es ging, aber ich war zugegebenermaßen auch besser informiert. Max hatte sich noch nicht gemeldet, das lag auf der Hand. Was andererseits auch nicht unbedingt ein Thema war, das mit einer Mutter erörtert werden sollte.

»Ich glaube, ich muss wieder rüber«, sagte ich daher, um Lilli vor den scharfen Nena-Blicken zu retten. »Die Wäsche ist bestimmt durch. Hilfst du mir, Lilli?«

Sie folgte mir schweigend und wenig später füllten wir gemeinsam die beiden großen Trockner.

»Willst du darüber reden?«, fragte ich vorsichtig, als wir uns auf ein paar Plastikstühle in der Ecke gesetzt hatten, um zu warten, dass die Programme durchliefen.

Lilli hob die Schultern. »Da gibt es nichts zu reden. Max ist wieder in München und hat mich vergessen. Keine Nachricht, kein Anruf.«

»Glaube ich nicht. Wahrscheinlich hatte er nur noch keine Zeit, um dir zu schreiben.«

»Keine zwei Minuten? Dafür hätte sogar der Präsident von Amerika Zeit.«

Darauf fiel mir keine Erwiderung ein.

Zum ungefähr hundertsten Mal checkte Lilli ihr Smartphone. Dann tat sie etwas, wofür ich sie echt bewunderte. Sie schaltete es aus und ließ es tief in ihrem Rucksack verschwinden.

»Wenn er sich melden will, wird er das irgendwann tun«, sagte sie mit einer sehr erwachsenen Stimme. »Ich werde nicht länger meine Zeit verplempern, um darauf zu warten.«

Anerkennend klopfte ich ihr auf die Schulter.

Wir holten die Wäsche aus den Trocknern und ließen sie durch die Bügelmaschine laufen.

Zu zweit war das sehr viel einfacher und die Arbeit ging uns leicht von der Hand.

Als wir sämtliche Stücke in Folie eingewickelt und auf dem Bollerwagen verstaut hatten, meinte Lilli: »Ich komme mit zum Hostel. Hab nichts weiter vor.«

»Wir können zusammen essen«, schlug ich vor. Es war fast Mittag und trotz des großen Frühstücks knurrte mein Magen schon wieder.

Lilli verzog das Gesicht.

Komisch, dachte ich.

Es war, als hätten wir die Rollen vertauscht. Musste ich mir Sorgen um meine beste Freundin machen?

Ach was, entschied ich. Lillis gesunder Appetit würde bestimmt schnell zurückkehren. Ich konnte mir nicht vorstellen, dass sie länger als einen Tag nichts essen mochte. Leider sollte Lilli mich in diesem Punkt noch überraschen, aber davon konnte ich in diesem Moment nichts ahnen.

Als wir über den Marktplatz gingen, erzählte sie mir, Janne habe sie früh am Morgen angerufen.

»Wie war es noch in der Mühle?«, wollte ich wissen.

»Laut Janne ist es zu einem regelrechten Wettstreit um Erik gekommen. Die WPs wollten ihn unbedingt aufnehmen, die R'n'Bs wollten ihn nicht abgeben. Am Ende hat Josephine ein Machtwort gesprochen. Wer an Erik herankommen wolle, müsse erst an ihr vorbei. So was in der Art.«

Ich stellte mir Josephine in Verteidigungshaltung vor: eine Festung aus stählernen Fingernägeln und blitzenden Augen. »Das hat sich sicher niemand getraut.«

»Erraten. Aber was machen wir nun eigentlich mit dir und Erik?«

Hilflos hob ich die Schultern, dann erzählte ich ihr von meinem Traum.

»Boah!«, stieß Lilli aus. »Deine Träume sind ganz schön actionreich.«

»Stimmt.«

Dabei kannte sie noch gar nicht den von mir und Erik auf dem fliegenden Schimmel!

Lilli ging noch ein paar Schritte weiter, bevor sie so plötzlich stehen blieb, dass ich auf sie auflief. Die Deichsel des Bollerwagens bohrte sich schmerzhaft in meine Oberschenkel.

Ich stöhnte. Aber auf ein paar blaue Flecken mehr kam es nun auch nicht mehr an.

»Heureka!«, rief Lilli.

»Häh?«

»Ich hab's!«

»Was denn?«

»Ich weiß, wie wir Erik mit dir versöhnen können.«

»Echt?«

Ich hatte keinen Plan, und Lilli musste lange auf mich einreden, bis ich es endlich kapiert hatte.

»Das funktioniert nie«, sagte ich schließlich entmutigt und zog wieder an.

Der Bollerwagen rumpelte über das Kopfsteinpflaster und schien mir mit jeder Umdrehung seiner Räder zuzustimmen. *Rattaratta-Nein-Rattaratta-Nein-Rattaratta-Nein!*

»Sei nicht so pessimistisch, Emma. Einen Versuch ist es wert. Es ist ganz einfach. Wir müssen nur Eriks Helfersyndrom ausnutzen.«

»Was?«

Lilli grinste. Ihren Kummer wegen Max hatte sie für den Moment vergessen. »Na, ein Sanitäter und angehender Arzt wird doch sofort zu Hilfe eilen, oder? Und ich habe gestern zufällig mitgekriegt, dass er heute wieder im Park Dienst hat.«

»Aber …«

»Klappe. Lass mich mal machen.« Sie dachte einen Moment nach, dann teilte sie mir mit; »Ich muss noch ein paar Leute rekrutieren. Wir treffen uns um Punkt drei Uhr ganz vorn in der Schlange für die ›CloudKiss‹. Heute ist Montag, und es dürfte nicht ganz so viel los sein, obwohl Ferien sind. Aber sieh zu, dass du um die Uhrzeit wirklich ganz vorn stehst. Zur Not musst du dich eben durchkämpfen.«

Ich schluckte. Wenn ich etwas hasste, dann war es, mich irgendwo vordrängeln zu müssen. In der Beziehung war ich sehr englisch drauf. Colin und seine Landsleute waren schließlich Weltmeister im geduldigen Warten.

»Und wie soll ich in den Park gelangen?«, fragte ich Lilli mit dünner Stimme.

Sie sah mich nur an.

»Ach so.«

Verdammt. Wollte ich wirklich schon wieder durch den Bach waten und über den Zaun klettern?

Nein.

Wollte ich mich mit Erik versöhnen?

Jaaaa!

Okay.

Vor dem Hostel verabschiedete Lilli sich von mir, nicht ohne mich vorher noch einmal auf ihren Plan einzuschwören. Ich versprach, mich daran zu halten, obwohl ich mich immer noch fragte, ob ich damit nicht endgültig bei Erik verspielt haben würde. Dann beschloss ich, es einfach zu tun. Darüber nachdenken konnte ich ein andermal.

Schnell räumte ich die Wäsche ein und machte mich auf die Suche nach meiner Mutter. Ich fand nur einen Zettel auf dem Küchentisch.

»Bin in der Sparkasse, ein paar wichtige Dinge besprechen.« Dazu ein zwinkernder Smiley.

War mir ganz recht, dass sie nicht da war. So riskierte ich nicht, mich zu verplappern.

Hunger auf Mittagessen hatte ich keinen mehr. Mein Magen war offensichtlich zu der Einsicht gekommen, dass er möglichst leer sein sollte bei dem, was ich vorhatte.

Mir blieb noch etwas Zeit, und ich überlegte, womit ich mich ablenken konnte.

Ich konnte nach der Berliner Adresse meines Vaters suchen.

Gute Idee.

Oder?

Nein.

Ganz schlechte Idee.

Würde mich jetzt überfordern. Morgen würde dafür auch noch Zeit sein.

Hm. Vielleicht besser nicht an morgen denken. Dann würde ich entweder die überglückliche Freundin von Erik Hansen sein oder ein verlassener und am Boden zerschmetterter Single forever.

Zerschmettert nur im übertragenen Sinne. Hoffte ich.

Da mir nichts anderes einfiel, womit ich mir die verbleibenden zwei Stunden bis zu meiner Verabredung vertreiben konnte, machte ich mich einfach schon auf den Weg zum Park. So hatte ich Zeit, die Eintrittskarten zu besorgen, die Josephine mir abgeluchst hatte. Natürlich hatte ich nicht genug Geld, um die alle zu bezahlen. Ich ließ sie mir auf den Namen des Hostels geben.

Dann lief ich zum Saturnbach. Nach einigen vergeblichen Anläufen schaffte ich es auch ohne Räuberleiter über den Zaun, schlüpfte in meine Schuhe und lief die Wiese hinunter. Um drei Uhr stand ich schon seit gut vierzig Minuten ganz vorne in der Schlange und ließ ständig Leute durch.

»Ich warte noch auf einen Freund«, sagte ich.

Was ja auch stimmte.

Irgendwie.

»Ich bin doch hier«, erklärte Colin.

»Du zählst nicht.«

»Das habe ich nicht verdient!«

»Sorry.«

Mann! War ich durcheinander! Jetzt entschuldigte ich mich schon bei meinem imaginären Freund.

Colin zitterte am ganzen unsichtbaren Leib. Es kam bei mir wie eine Vibration an.

»Hast du etwa Angst vor der Achterbahn?«

»Well …« Er zögerte, dann nickte er heftig.

»Musst ja nicht mitfahren.«

Das brachte ihn in Bedrängnis und er musste schwer grübeln.

Die Luft war erfüllt vom Schreien der Fahrgäste, die gerade ihre Reise in die Wolken antraten, vom aufgeregten Palaver der Wartenden und dem Quietschen der Bremsen, wenn ein Wagen wieder in die Station einfuhr.

Und auf einmal sah ich ihn.

Erik.

Mein Herz galoppierte prompt los.

Er bahnte sich seinen Weg durch die wartende Menge. Niemand machte freiwillig Platz, erst als hinter ihm unverkennbar Lillis Stimme ertönte, kam er leichter voran.

»Das ist ein Notfall, Leute! Lasst den Sanitäter durch! Jede Sekunde zählt!«

Hinter Erik und Lilli kämpften sich Janne und Dustin einen Weg durch die Menge. Ich tat, was ich tun musste, und packte das Pärchen, das ich gerade noch vorgelassen hatte, am Kragen.

Die beiden Mitarbeiter, die am Einstieg Dienst hatten, guckten nur verwirrt aus der Wäsche. Der eine war groß und dünn, der andere klein und dick. Drängeleien kamen bei ihnen wahrscheinlich oft vor, aber so etwas hatten sie wohl noch nicht erlebt. Besonders helle schienen beide nicht zu sein. Sie ließen mich einfach gewähren.

»Hey, was soll das?«, fragte der Typ, der schon mit einem Bein im Wagen stand. Es war ein bulliger Kerl, an dem ich mich normalerweise nicht vergriffen hätte. Aber dies war kein alltäglicher Moment und ich packte noch fester zu. Seine Freundin ließ sich widerstandslos aus dem Wagen herausziehen, und der bullige Typ schlug mich zu meiner Überraschung nicht k.o., sondern stellte sich wieder an.

Guter Junge.

»Blöde Tussi«, knurrte er nur.

Dagegen war nichts zu sagen.

Ich sprang in den Wagen und ließ den Sicherheitsbügel runter.

Colin entschied sich im letzten Moment, mitzukommen.

Eine Sekunde später saß auch Erik neben mir.

»Komm sofort da raus, Emma!«, rief er wütend.

Uiii!

Das war laut! Meine Ohren dröhnten ein bisschen.

Jetzt waren Lilli, Dustin und Janne da. Mit vereinten Kräften drückten sie Eriks Sicherheitsbügel nach unten und ließen ihn einschnappen.

»Hey, was soll das?«, schrie er.

Bestimmt würde ich taub sein, bevor wir überhaupt losgefahren waren.

Im nächsten Moment überprüften Dick und Doof den Sitz der Bügel, dann klickte die elektrische Sperre ein und wir waren im Wagen gefangen.

»Bist du verrückt geworden?«, fuhr Erik mich an. »Du willst rausspringen?«

Seine Bernsteinaugen waren fast schwarz vor Zorn.

Mir war mulmig zumute.

Colin erschrak sogar zu Tode. Er war so bleich, dass er noch durchsichtiger wirkte als sonst.

»Du willst uns umbringen?«

Er wartete meine Antwort gar nicht erst ab, sondern verschwand wie ein geölter Blitz.

»Äh … nein …«, stotterte ich.

Dann erinnerte ich mich an meinen Text, den Lilli mir eingetrichtert hatte, und während der Wagen sich langsam in Bewegung setzte, sagte ich: »Da musst du etwas falsch verstanden haben. Ich habe nur geträumt, ich würde aus dem Wagen fallen.«

»Aber Lilli hat behauptet, du willst springen.«

»Ach was«, sagte ich so locker wie möglich. »Lilli übertreibt gern. So ist sie eben.«

Der Wagen tauchte jetzt in die künstliche Wolke ein und begann im Dämmerlicht seinen langsamen Aufstieg nach oben. Um uns herum glitzerte ein künstliches Sternenzelt, was total unlogisch war, aber noch nie jemanden gestört hatte.

Lächelnd deutete ich auf meinen Sicherheitsbügel. »Wäre ja gar nicht möglich, oder? So dünn bin ich nun auch wieder nicht.«

»Du bist genau richtig.«

Was?

Ich hatte mich verhört, oder?

»Was hast du gesagt?«

Ich konnte erkennen, wie er ein paarmal schluckte.

»Es tut mir leid, Emma«, sagte er endlich. »Ich habe gestern überreagiert.«

Für einen Augenblick war ich zu verblüfft, um zu antworten.

Danke, danke, danke, liebe Lilli!

Du hattest recht.

Es funktioniert!

»War alles meine Schuld«, murmelte ich. »Du hast mir etwas sehr Persönliches anvertraut und ich konnte es keinen Tag lang für mich behalten.«

»Wir haben beide Fehler gemacht.«

Darauf gab es nichts zu sagen, also schwieg ich. Inzwischen hatten wir ungefähr die Hälfte des Anstiegs hinter uns gebracht. Weit oben war schon ein kleines Stück vom echten Nachmittagshimmel zu entdecken.

»Du bist schon ein ziemlich verrücktes Mädchen, Emma.«

Ja, dachte ich. Wenn du wüsstest, *wie* verrückt! Ich zwinkerte Colin zu, aber der war ja gar nicht da.

»Hast du was ins Auge gekriegt?«, fragte Erik.

»Äh …«

Wir waren jetzt fast oben, gleich würde der Wagen in die Tiefe stürzen.

»Soll ich mir das mal ansehen?« Erik beugte sich zu mir herüber, so weit es sein Sicherheitsbügel erlaubte.

Dank seines langen Oberkörpers war das überraschend weit. Ich musste nur den Kopf drehen, schon berührten sich unsere Nasenspitzen.

Und dann passierte es.

Die Wolke plumpste nach unten. Ich hätte darauf gefasst sein müssen – war ich aber nicht. Der Fahrtwind zerrte an meinen Haaren, krampfhaft klammerte ich mich an den Sicherheitsbügel. Ich bekam kaum Luft. Noch ein paar Sekunden und die Höchstgeschwindigkeit war erreicht.

Jetzt! Jetzt! Jetzt!

»Küss mich!«, murmelte ich.

Und Erik gehorchte.

»Emma, süße Emma«, flüsterte er, bevor er seine Lippen sanft und zärtlich auf meine legte.

Sanft und zärtlich?

Na ja.

Nicht ganz.

Aber ziemlich, wenn man die Geschwindigkeit einberechnete, in der wir uns fortbewegten.

Ich küsste zurück.

Wir hörten nicht auf, als die automatische Kamera das Foto geschossen hatte, auch nicht, als der Wagen die nächste Steigung hinaufraste. Ich wusste gar nicht mehr, wo ich mich befand, so wundervoll war es, mit meinem großen, schönen Erik zu knutschen. Die Fahrt ging weiter – und wir küssten uns. Der Wagen fuhr in die Station ein – und wir küssten uns. Applaus und Pfiffe erklangen, wir hörten nicht auf, waren ganz weit weg, auf unserem eigenen Planeten.

Erst als ein Ordner unsere Sicherheitsbügel hochklappte und uns empfahl, ein Zimmer zu nehmen, lösten wir uns wieder voneinander.

Keine Ahnung, wie ich aussah. Wahrscheinlich ziemlich durch den Wind. An meine Haare mochte ich gar nicht denken.

Na und?

Erik sah mich mit unendlicher Zärtlichkeit an. Ich war sehr, sehr, sehr glücklich.

Als wir durch die Sperre gingen, trafen wir auf Lilli, Janne und Dustin, die um die Wette strahlten.

Etwas abseits standen Tom und Colin.

Was?

Ja, sah echt so aus.

Colin wirkte stinksauer, Tom hatte spöttisch die Mundwinkel verzogen.

Aber das war mir jetzt ausnahmsweise mal egal.

Denn Erik drehte sich zu mir um und flüsterte mir ins Ohr: »Alles wieder gut?«

»Alles wieder gut«, flüsterte ich zurück. »Und übrigens ...« Ich grinste ihn an. »Übrigens hast du überhaupt keinen ostfriesischen Dialekt. Ich finde, du redest wie ein echter Hamburger Schnösel.«

»Na warte«, drohte Erik und zog mich an sich. Und dann küssten wir uns wieder.

Die wilde Fahrt geht weiter!

Brigitte Kanitz
Mister Dream – Ein Traumtyp zu viel
Band 2
352 Seiten. Klappenbroschur
ISBN 978-3-649-66923-4
Auch als ebook erhältlich:
ISBN 978-3-649-67073-5
Erscheint im September 2016

Emmas Leben gleicht weiterhin einer Achterbahnfahrt: Als wäre es nicht schon verrückt genug, dass Schulschwarm Erik (mit dem endlich wirklich etwas läuft) und ihr imaginärer Traumtyp Colin (der nur in ihrer Fantasie existiert) aufeinander eifersüchtig sind – nun ist auch noch Tom aufgetaucht. Der scheint eine mysteriöse Verbindung mit ihrem unsichtbaren Freund Colin zu haben. Höchst seltsam! Nach und nach kommt Emma Toms Geheimnis auf die Spur – und damit einem vierten rätselhaften Mann in ihrem Leben: ihrem Vater …

KATRIN LANKERS
VERRÜCKT
NACH
NEW YORK
Willkommen
in der
Chaos-WG

I Love New York

Als ich beschlossen habe, nach New York zu gehen, hatte ich einen genialen Plan: Ich wollte mein verkorkstes Liebesleben 6000 Kilometer hinter mir lassen und mich voll und ganz auf das Praktikum bei einem angesagten Lifestyle-Magazin konzentrieren. So viel zur Theorie … Jetzt bin ich hier, lebe mit vier total verrückten Mitbewohnern in einem Haus, das jeden Moment abgerissen werden kann. Habe in der Redaktion einen Typ Marke Schnösel-Streber vor die Nase gesetzt bekommen. Und auch in puncto Liebe ist es komplizierter als je zuvor!

Katrin Lankers
Verrückt nach New York –
Willkommen in der Chaos-WG
Band 1
272 Seiten. Klappenbroschur.
Jugendbuch.
ISBN 978-3-649-61758-7
Auch als @book erhältlich:
ISBN 978-3-649-62198-0

Ana Jeromin
Sonnentänzer
272 Seiten. Hardcover
ISBN 978-3-649-66885-5
Auch als ebook erhältlich:
ISBN 978-3-649-67069-8

Als Táan und sein Zwillingsbruder Sigai aus heiterem Himmel vor der Tür stehen, ist Kathrin mehr als überrascht. Táan war ihr bester Freund in ihrer Kindheit, die sie bei den Haida-Indianern in Kanada verbracht hat. Mittlerweile lebt sie mit ihrer Familie wieder in Deutschland und hat die beiden Brüder eine Ewigkeit nicht mehr gesehen. Schnell ist klar, dass sie nicht gekommen sind, um mit ihr die Ferien zu verbringen. Ehe Kathrin sichs versieht, wird sie von der Vergangenheit eingeholt und alles dreht sich nur noch um einen wertvollen Besitz der Haida, den Kathrin gestohlen hat – nicht ahnend, welche Geister sie damit rief …

Patricia Schröder
The Perfect
416 Seiten. Hardcover
ISBN 978-3-649-66783-4
Auch als @book erhältlich:
ISBN 978-3-649-67070-4

Adam C. Oulay sucht DICH! »Teile deine Kreativität, dein Trendgefühl und deinen Geschäftssinn mit mir – und vielleicht sogar noch mehr … BEWIRB DICH JETZT!«

Wie weit würdest du für deinen Erfolg gehen? Wärest du bereit, ALLES zu tun, um dieses Casting zu gewinnen? Auch wenn du niemandem trauen kannst, außer deiner besten Freundin? Selbst dann, wenn euer beider Leben in Gefahr wäre? Es könnte DIE Chance sein – für eine von euch. Oder aber der Weg in die Hölle …